佳人非淑女

上

昭素節 著

風 文創 475

目錄

序言

昭素節

這是一個外星女穿越古代的故事，會寫這個故事，是源自於我的靈光一閃。當時，我已經看了很多穿越文，自己也寫了好幾篇。那些現代女孩有的穿越成村姑，有的穿越成豪門富家女子，帶著現代的印記在古代過完幸福平淡或是波瀾起伏的一生。

近幾年，穿越文有了微妙的轉變，以前的文多是瑪麗蘇女主，不管女主穿越前多平凡，到了古代就會光芒四射。那些皇親國戚、富家公子、武林盟主們爭先恐後地愛上女主，真的應了那句「人世間縱有百媚千紅，我獨愛妳那一種」。

這裡面的確有讓人詬病的地方，初時看還好，看多了會讓人懷疑現實，心裡犯嘀咕：**我沒有這麼多人愛，就是因為沒穿越**。

可能是物極必反吧，這幾年突然風向大變，再穿越過去的女主就沒她們的前輩那麼幸福了，她們再也不能左右逢源、無往不利，反倒要像古代女人一樣小心謹慎、安分守己，努力適應古代社會，並且和別的女人爭寵宅鬥。

我起初也喜歡看，可是後來又有點困惑了，若是穿越女活得跟古代女人一樣，那還要穿越做什麼？穿越的其中一大看點，就是看古今兩種觀念的碰撞啊！

然後有一天，我突然想到，若是一個來自未來的外星女穿越到古代會怎麼樣？而且這個外星女所在的星球沒有男人……

這個點子大大地振奮了我，我越想越激動，女主的形象越來越立體豐滿，簡直呼之欲出。

首先，因為女主李青桐所在的星球沒有男人，所以她對男人沒有任何概念，她只見過類似充氣娃娃的玩具男人，這一個特點，導致她穿越後有很多笑料百出的行徑；還有女主的奇葩腦回路，使她對古人說出的話、做出的反擊既有趣又發人深省。

然後，女主的性格孤僻強悍、野性不羈，她必然要與古代的種種清規戒律產生激烈碰撞，比如她與養祖母一家的衝突；與親父、庶母，還有公公、婆婆的衝突碰撞等等。她不甘心留在深閨做一個安分守己的名門淑女，她想去邊關征戰沙場，她會讓敵人聞風喪膽，同時也讓世人刷新了對女人的認識。

她不是淑女，她是英雄，人家是英雄救美，她是英雄俘獲美人。

總而言之，這是一個幽默搞笑又充滿積極能量的故事。它能展現女人美的多樣性，天真溫柔是一種美、安靜文雅是一種美，強悍熱血且敢於堅持自我也是一種美。同時，愛情也有很多種類，女主從不走尋常路，她的愛情自然也是與眾不同……

再多我就不透露了，希望大家喜歡這個故事。

第一章

西元六〇一六年，華猶美拉星球。

隨著人類的進化，男性特有的Y染色體正在逐漸滅亡，剩下為數不多的男性被當作世界級寶貝嚴加保護，然而他們已無法滿足人類繁殖的需要；好在Y染色體的滅亡並非一朝一夕的事情，政府早做好了應對之策，科學家已經研究出讓女性無性繁殖的方法，人類發展也因此重新回到母系社會。

男性逐步退出歷史舞臺，人類進入了前所未有的和諧安寧時期。戰爭消失，暴力犯罪減少，因此監獄的數量也銳減；交通事故大幅度降低，絕大部分的捲煙廠和酒廠紛紛關門大吉。

綠燈區已成為歷史遺跡，日本村的支柱產業受到極大的衝擊，很多影視出版公司改行批發銷售充氣哥哥，其中「安倍王子」和「小泉純狼」是最受世界人民歡迎的產品、「芭比天皇」則屬於充氣品中的奢侈物。街頭電線杆上專治性病的小廣告，也與時俱進地變成了推廣按摩棒和人造黃瓜的內容，偉哥則更名為偉姐。

然而，無性繁殖雖然效率高，但是由於它缺乏基因的多樣性，導致後代更容易感染疾病，大地球聯邦每年都有數萬女孩死於這種基因缺陷疾病，李氏家族的小女兒李青桐便是其中一員。

李青桐少年時代身體還算強健，她跟姊姊們都進行過專門的力量和智商訓練。不過，與幾個姊姊相比，她缺乏領導能力，且性格孤僻古怪，喜歡獨來獨往，心思不合時宜地纖細敏感，喜歡文學藝術，時常在紙堆中消磨時光。如果沒有這場突如其來的怪病，李青桐現在還過著雖不受母族重視但也算安逸平靜的日子。

可惜她的好日子很快便到頭了，哪怕是有著高度發達的醫療科技，對她的疾病也束手無策。當然，如果她的家族肯付出高昂的代價，她還是可以多活一些時日的；可惜，李家並非只有她一個後代，儘管有些才智，但她孤僻的性格使她不受家族重視，李家不可能為了她拿出十分珍貴的生存資源。

果然，她的母親和姨媽們最終明確地表示了放棄。人類發展到今日，親情已經變得稀薄，家庭倫理觀念蕩然無存，她們只信奉自然法則——優勝劣敗，適者生存。

對於此，李青桐只是平靜地接受，沒有懇求、沒有質問。大自然淘汰了她，她認命便是，她總歸比那些尚在胚胎時就遭到淘汰的胎兒多享受了二十幾年，雖然如此想，她的心裡還是有一些遺憾。

聽說很久以前，人類的感情很豐富，她常常從一些殘存的資料中看到有人歌頌母愛、父愛，歌頌無私的親情，這世上究竟有沒有那麼無私的感情呢？

以前的人類社會是什麼樣子的呢？那時地球還沒大爆炸，那裡有紅花綠樹、有碧草藍天、有純淨的水源，還有鼎沸的人聲……人們總是認為逝去的時光最美好，李青桐也不例外，她帶著這個想法，懷中抱著自然能筆記型電腦漸漸進入了夢鄉。

半睡半醒間，她的腦海裡又出現了歷史教授那沈重惋惜的聲音。「……很久很久以前，由於人類肆無忌憚地破壞地球環境、消耗能源，導致地球提前進入衰老期。終於有一天，地球不堪重負，發生了大爆炸。好在不少國家有先見之明，事發之前他們投入巨大的人員、財力探索宇宙，找到了一個可以勉強供人類繁衍生息的星球，才使得人類不致滅亡，這就是我們現在所居的星球；但畢竟事發倉促，準備不足，所以人類只遷徙出很小一部分，史料也只帶走最重要的一部分，其他的都毀滅了。」

李青桐思索著這些話，意識越來越模糊，終於，她抱著筆電沈沈地睡了過去。筆電裡頭存著她近日偶然發現的一些四千年前的資料，那是一個文學網站，裡面有一些名為穿越宅鬥、宮鬥的作品。

四千年前，地球上發生了一系列的災難，很多物種滅絕，許多珍貴的歷史資料丟失；但是那一天，碰巧一名技術員習慣性地摸了一把伺服器，使得網站內部資料歪打正著地保存了一部分，這份資料輾轉傳到了李青桐手裡，伴她度過了最後的時光。

李青桐這一睡，便再也沒有醒來，身邊只有一隻白色的流浪狗和一隻蟑螂陪伴。房間裡，寬敞乾淨的大床上放著姊姊們送來的生日禮物：一個維妙維肖的充氣電動小泉純狼、一本《古今中外美男裸體圖冊》、一盒偉姐，還有幾根仿真黃瓜。

李青桐作了一個長長的、內容十分雜亂的夢，再次睜開眼時，竟看到了一幅不可思議的畫面——她的頭頂竟是只有擬真立體螢幕中才能看到的碧藍天空，迎面吹來的氣息好聞得讓人想流淚，陽光透過樹葉的縫隙在她的眼前調皮地躍動著。李青桐壓下心中的激動和驚異，艱難地轉動著頭，想看看到底發生了什麼事。

這時她才發現自己竟然變成了一個嬰兒，這具身體感覺不大健康，身軀瘦弱，才出生五、六個月左右，更讓人驚訝的是身邊既沒有機器人保姆也沒有嬰兒監視器！

李青桐閉目思索一會兒，突然腦中靈光一閃，驀然明白她這是穿越了。對於穿越她自然是不陌生的，在她那個時代，有些科學家已經研究出時光機器，他們送出了很多老鼠和志願者，但回來的卻一個也沒有，因此也無從得到反饋資料。

李青桐看過很多穿越小說，以前她也幻想過穿越，她最想擁有的是清新的空氣、美麗的自然景觀、天然的食物，還有那些未遭毀滅的歷史遺跡。至於男人嘛，她沒多想，從歷史資料來看，絕大部分男人自大自戀、好鬥多疑、懶惰自私，反正那時充氣哥哥滿大街都是，乾淨、方便且持久。

嬰兒的身體容易睏倦，李青桐時醒時睡，不知過了多久，她感覺有人將她抱了起來，她張嘴打了個呵欠，想睜眼，眼皮卻根本不聽她使喚。矇矓中聽到一陣嘰哩呱啦的說話聲，她仔細聆聽，這種語言有些難懂，幸好她平常就喜歡研究古漢語，能聽懂大致內容。起先是一個小心翼翼的男聲。「咦，不是說好要二妞幫著看孩子嗎？人也不知跑哪兒去了……嫂子，我把妳家的菜地鋤完了，要不妳再餵娃兒幾口奶……」

一個婦人嗤地一聲笑了，聲音又高又尖。「我說二成啊，你對這娃兒可真上心啊，又不是你的種，何必瞎忙活呢？放著地不種、魚不打，為了一個病病歪歪的丫頭片子到處給人幹活換奶吃，你就不怕你娘罵你？」

那個叫二成的男子憨憨一笑，繼續懇求道：「桂花嫂子，妳就幫幫忙吧！妳看這娃兒多可憐，瘦得跟貓兒似的，等我打了魚，給妳送魚去。」

「哼，誰知道你哪年能打到魚。」

李青桐費力地睜開雙眼，好奇地打量著面前的男人，她已經好久沒見過活的男人了。面前的男子大約三十歲，五官尚算端正，臉龐黑紅，臉上刻著深深淺淺的皺紋，一身灰色、打著補丁的粗布衣裳，這種衣裳她在中華區歷史博物館裡見過仿冒品，是古中國時期的衣飾。

李二成正在小意求情，一低頭正好對上了小閨女那雙黑亮純淨的眸子，他咧開嘴一笑，也不管她聽不聽得懂，嘴裡說道：「我的桐娃兒醒了，別哭啊，一會兒就讓妳吃奶。」

李青桐衝他一笑，露出了粉紅色的牙齦。李二成一看到女兒的笑容，心都酥了，滿身的疲倦不翼而飛，他熟練地托著女兒，死皮賴臉地往桂花嫂子手裡塞，其他人都看著他們笑。還好，鄉下人家，尤其是成了親的婦人不怎麼在乎男女之防，不然就他這舉動不被人誤會才怪。

劉桂花嫌惡地撇了撇嘴，不甘不願地接過了李青桐，揀了塊蔭涼青石坐下，背過身掀開衣襟，心不在焉地餵起了奶。

李青桐掙扎了一小會兒，便開始「吃飯」了。這乳汁雖然有些腥，但比她幼年時吃的營養液好吃多了，何況這頓飯來之不易，她自然不能浪費了。

李青桐一邊「吃飯」一邊豎著小耳朵聽著周圍人八卦著，對環境熟悉得越快，她今後的生活就越容易。從一大堆蕪雜的對話中，她揀選出幾點可能有用的資訊。這個地方叫李家村，她的養父有很多兄弟姊妹，父母尚在，她還有一個臥病在床的養母。

李青桐吃飽飯，李二成跟眾人寒暄幾句，便抱著孩子回家去了。當李二成走路時，李青桐才發現養父的腿有些跛。

李青桐自然見到了她的養母王氏，那是一個看上去十分憔悴、面色蠟黃的女子。她正靠著枕頭蹙著眉頭有氣無力地做針線活，一見到父女倆進來，便試圖在臉上擠出笑容，招呼道：「她爹，娃兒吃飽了沒？」

「飽了飽了。」李二成笑呵呵地應道，小心翼翼地把女兒放到妻子身旁，順手蓋上被子，自己則移坐到床沿上跟妻子話家常。

李青桐半閉著眼裝睡，不過那兩隻小小的粉嫩耳朵卻豎得高高的。

夫妻倆閒扯了一通，王氏忽然吞吞吐吐道：「二成，你以後別抱著娃兒到處求奶了，咱娘說你寧可給不相干的人幹活，也不幫自家兄弟……」

李二成趕緊反問道：「怎麼了？是不是我不在家時咱娘又來罵妳了？」王氏遲疑不語，李二成騰地站起來，厲聲說道：「我為啥不幫他幹活？大嫂明明有奶，卻不肯奶咱的桐娃一口，不但不餵還一口一個小野種；大哥聽見了也不管，兩口子還時不時地在娘面前說我的不是，他不就是怨著我用一條腿換來的撫恤金沒給他們花嗎？他也不想想，要不是娘偏心，替爹上戰場的可是他！」

李二成越說越生氣，王氏忙柔聲安慰。「二成，你別急，是我該罵，誰讓我這破身子不中用，不但不能給你留個後，還成天吃藥花錢，把你那點家底都淘乾了。」

李二成的情緒漸漸穩定重新坐了下來，接著語重心長地安慰王氏。「玉花，妳的心思得放寬些，別說這些見外的話，妳是我婆娘，我給妳瞧病那是應該的，至於留不留後，那也是天意，當初算命的可說我是命中無子；再說咱們不是有了桐娃兒嗎？閨女雖頂不上小子有用，但總比沒有強。」

夫妻倆互相勸慰著，心裡的氣便慢慢消下去了，過了一會兒，王氏擦乾眼淚，收拾心情，與丈夫商量道：「桐兒已經六個月了，咱可以試著讓她吃些雞蛋麵糊了；咱不去求人家了，看著你到處跟人陪小心，我心裡也難受。」

李二成唉了一聲。「說真的，我從前再難，為了自個兒的事還真不願意去求人，可為了這娃兒，我倒覺得也沒啥，聽著她哭，我心裡就難受。」

王氏笑道：「我也疼得很，這娃跟咱家有緣，要不，怎麼那桃花江上來來往往那麼多人，那只小木盆偏就漂到你跟前了？」

李二成也跟著說道：「可不嗎？妳不知道那天的風浪有多大，別說是小木盆，就連咱家那條小破船都差點頂不住，差一會兒，這孩子可就要掉江裡餵魚了。」說到孩子的事，屋裡的氣氛比方才輕鬆許多。

王氏又接著說道：「我這兩天身子好了些，你明兒帶我回娘家一趟吧！我厚著臉皮找娘借點細糧，再攢些雞蛋，做成雞蛋麵糊餵她。」

李二成低頭想了想，自己著實無處可借糧，只能厚著臉皮去岳母家打秋風了。

第二天一大早，夫妻倆因天熱路又顛簸，怕對孩子不好，便把李青桐交給鄰居花二嬸照看，李二成則去村西頭的郭家花三文錢租了一輛牛車，帶著王氏去楊樹村的岳母家。

花二嬸是個寡婦，膝下只有一子花大虎，可惜花大虎被同村的郭三郎帶壞了，沾上賭錢的毛病。兩年前他欠了一大筆賭債，債主上門要債，還聲言不還錢就砍他胳膊，花大虎嚇得魂飛魄散，連夜逃跑，留下了老娘、媳婦以及八個月大的女兒。

那債主將花二嬸家裡搜刮得一乾二淨，花二嬸氣得一病不起，花大虎的媳婦也終日哭哭啼啼，一家三口整日淒淒慘慘，常常兩、三日不見炊煙。那時李二成家還不像現下這般艱難，多少也能接濟點，加上兩家又是鄰居，因此相較別家，他們兩家走得更近些。花二嬸受了夫妻倆的照顧，雖有心報答，奈何她是泥菩薩過江自身難保，平常也只能替李家幹些力氣能及的輕活、雜活，像今日照顧李青桐自然不在話下。

花二嬸將搖籃放到院裡的樹蔭下，讓年僅三歲的孫女花小麥逗李青桐玩耍，她自己則頂著毒辣的日頭去地裡鋤草。

花小麥雖然才三歲，長得十分瘦小，但性格十分乖覺可喜，說話細聲細氣的，她手裡舉著一支破了皮的小撥浪鼓咚咚的轉動著，嘴裡不停地叫著。「妹妹、妹妹……」

李青桐對這玩意兒沒啥興趣，轉過頭不看。花小麥很盡心地招待著這位小客人，很快地，樹葉、小草、菜葉、知了、小蟲能找的都被找了出來，統統獻寶似地給李青桐瞧，這次，李青桐來了興趣。不過，花小麥提前得了奶奶和娘的囑咐，很是知道分寸，只讓李青桐遠觀，不讓她近玩，就怕她一不小心吞了下去。

當花小麥把院子裡能玩的東西幾乎找了個遍時，天已近正午。花小麥的娘吳氏從後園摘菜回來，接著花二嬸也從地裡回來了。李青桐的午飯吃的是雞蛋麵糊，這在鄉下可是頂好的東西，尋常人家的雞蛋都是拿來賣的，只有過年過節時才會吃上幾顆。

花小麥嘴裡說著不想吃，眼睛卻豔羨地看著那一小碗香噴噴的雞蛋糊，嘴裡時不時地吞嚥著口水。李青桐特意給這位懂事的小姊姊留了幾口，花小麥毫不嫌棄她的口水剩飯，高高興興地吃了下去。

下午的情景跟上午大體類似，夕陽西下時，李二成和王氏終於回來了，他們算是滿載而歸，車上不僅有白麵、小米還有半籃子雞蛋。

李二成把牛車還回去後，才來接閨女回家。他一邊擦著汗水一邊跟王氏說道：「還是妳娘家好，這份情咱們將來一定得還；還有妳那大嫂，竟也不像以前那般小氣了，今日娘給東西她也沒攔著。」

王氏卻不似丈夫那般樂觀，她心事重重地嘆了口氣，遲疑著說道：「二成，方才我本想在路上跟你說，剛好咱們車上捎了別人就憋著，我覺得大嫂今日是別有所圖。」

「妳說啥？咱家能有啥可圖的？」

「就是我那大姪子腦子不是燒壞了嗎？我大嫂一直擔心他將來娶不上媳婦，還說要收童養媳啥的。」

李二成的眉毛頓時攢成了一團，悶聲道：「不能吧，咱家桐兒才幾個月大？她想得也忒遠了些。」

王氏道：「我寧願我想多了。」

夫妻倆商量了一陣，最後王氏道：「不管她怎麼想，東西先收著，畢竟我娘還在呢，將來桐兒長大了自會孝順她，等咱家日子好過些，就把人情給還了，誰也說不出什麼來。」

「只能如此了。」李二成無奈地接道。

韶光荏苒，時光飛逝，不知不覺，李青桐已經六歲了。這六年裡，她每天好吃好喝好睡，閒著沒事聽聽人們的談話，學學語言，有時還會找僻靜處調息打坐，伸伸胳膊腿，做一些簡單的力量訓練。她的身體要比同齡的孩子好得多，力氣也大得多，不過，跟她以前相比還是差多了。

華猶美拉星球上的女性，體質和智力都跟以前的女性不可同日而語，其中又以華裔女性最強，大概是這個民族的女性禁受了太多的苦難和磨礪，她們的耐力和韌性是其他種族無法比擬的；與之相反的是，華裔男性則是最早遭淘汰的。

李青桐一邊活動手腳一邊沈思。這裡的自然環境極好，但是社會環境差了些，女性的地位比她想像中的低多了，以後她想主宰自己的命運就必須變得更為強大。她學什麼好呢？古武學還是古醫學？李青桐還沒想出個所以然，就聽到養母王氏在大聲叫她。

「娘，我在這兒。」李青桐答應一聲，從隱蔽的樹叢中探出身子。

王氏看到閨女好端端地站在那兒，不由得鬆了口氣，囑咐了她幾句，便接著忙自己的事去了。這閨女什麼都好，就是性子有些怪，不愛跟別的小孩玩，整個人老氣橫秋，說話一板一眼的。說她呆吧，有時比大人還機靈；要說聰明，有時又不是那回事。也許這孩子來頭大，所以才跟別的孩子不一樣吧？王氏如是自我安慰道。

李青桐不知道王氏心裡在想什麼，她自認自己做女兒這方面很成功，為此她還不恥下問，向周圍的小屁孩們學習怎麼撒嬌、怎麼說話。這也是很無奈的事，華猶美拉星球上的女嬰一生下來就由政府統一撫養教育，母親只須定時去看看就行，此舉是為了將女性從繁重的育嬰勞動中解放，以便她們將精力放在事業上。因此，李青桐沒有與父母親密相處的經驗，只能從零開始學習。

這幾年李家也起了些變化。

先是王氏的身體逐步好轉。其實王氏的病本就不大，但耐不住她心思重，覺得自己不能生養愧對丈夫、婆婆，再加上妯娌們的擠兌譏諷，讓病不覺加重了幾分。自從撿到了李青桐，她這個心病開始逐步減輕，每每遇到可氣的事，一看到白白軟軟的閨女衝她咧嘴笑，她的心情就會不由自主地放鬆下來。王氏心情好，身體也跟著變好，一年後基本不用再吃藥了，家裡因少了這項大開銷日子也逐漸好過起來。夫妻倆勤勞肯幹又節儉，加上人口不多，日子過得雖比上不足，也還比下有餘。

李二成夫妻倆對李青桐比親生的還好，有什麼吃的、穿的都給她用。李青桐長開後，容貌越發出色，圓圓的小臉嫩滑得像剝了殼的雞蛋，雙眼湛亮有神，一張小嘴紅彤彤的，要是再胖些，就跟那年畫上的娃娃沒差別。她不但長得出色，性格也乖巧可喜，小小年紀就知道幫著父母幹活，為爹娘分憂。

一般情況下，一個人的性格是不會發生翻天覆地的改變的，即便重活一世，李青桐的性格也仍跟前世大體相似。她有些冷淡但不冷漠，喜歡獨來獨往，不愛占人便宜也不喜歡吃虧。

李家村的不少村民都挺喜歡李青桐這個身世坎坷、安靜好看的女孩子；不過，李青桐畢竟不是銀子、元寶，也有不少人討厭她，像那桂花嬸子、李家老太太、郭家娘子等人。

朝陽初升，晨霧漸逝。李青桐吃過簡單的朝食後便像往常，左手提一只小木桶、右手拖一根細細的竹竿，竹竿的頂端還有魚線和用繡花針捏成的魚鈎，這是她央求父親做的。

李青桐每日看著父母為生計奔忙，心裡過意不去，也想幫著他們做點什麼，可是她會的東西雖多，在這裡卻根本沒有用武之地。

種田？不懂；做飯？不會。她能想到的就是捕魚、打獵，可惜這具身體太小了，縱使她願意入山，爹娘也不同意。她還是做一些力所能及的事吧，比如去河邊淘點螃蟹、網點小蝦，或是去林子裡摘些蘑菇、木耳，挖點野菜之類。她有時還會去放放鴨子、打點豬草。窮人的孩子早當家，村裡也有幾個勤快的孩子，但像李青桐這樣整日閒不住的孩子卻沒有。

李青桐邁著小短腿，提著釣魚裝備從村中昂然而過。

路上有村民故意逗她。「喲，桐娃兒妳這是去幹啥呀？」

李青桐一本正經地答道：「釣魚。」

「哈哈，小心別被大魚拖到河裡去了。」問話的人忍不住大笑起來，其他路人也跟著笑，大夥說笑幾句便各自走開忙活去了，可有些人偏不這樣。

這人就是李青桐名義上的大伯母何氏。何氏生得高大健壯，四肢像是被硬裝上似地看上去十分僵硬不協調，一張焦黃的馬臉，八字眉、三角眼、高顴骨、塌鼻梁、薄嘴唇，一看就是一副刻薄相。

何氏的性格確實與她的相貌很相宜，她這會兒正居高臨下地斜睨著李青桐，嘴撇得像被人撕扯著一般，用一副十分挑剔的目光上上下下打量，嘴裡發出讓人十分不舒服的嘖嘖聲。「哎喲，青桐這娃兒長得真俊啊，長大了那是妥妥的一枝花，我瞧著她比咱們老三家的青榆還好看，你們說是不是？」

李青榆比青桐大一歲，是叔叔李三成的閨女，三嬸胡氏頗為得意女兒的相貌；而何氏的女兒李青梅的容貌隨她，母女倆平常沒少受胡氏的奚落，這次她是借刀殺人、報仇雪恨來了。

李青桐不大懂這裡面的彎彎繞繞，她在母星生活時，家庭倫理觀念已經十分淡薄，姊妹之間雖有競爭，但大都靠實力說話，她們不會浪費生命進行這種無謂的爭執；而且隨著科技的發展和人類基因的改良，加上男性評判價值體系的消失，華猶美拉星球上的女性幾乎沒有關於外形方面的煩惱，她們的精力主要放在體力和智力發展上。

李青桐看著笑得不懷好意的何氏，她側頭想了片刻，認真大聲地說道：「大伯母，妳知道高麗村嗎？」

「妳說啥？高麗是啥？」何氏不解其意大聲反問。李青桐記得很清楚，高麗在這時空是存在的，那麼他們那兒應該有中醫整容了吧？

李青桐字字清晰地說道：「那是整弄容貌的地方，妳去把臉削短、嘴弄厚、牙弄白、眼角拉開吧！花不了多少錢的。」

圍觀的人頓時反應過來，一起意味深長地大笑起來。

何氏這會兒也明白了李青桐是在說她醜，她像一隻被踩了尾巴的母貓，氣得跳腳大罵道：「妳這個小野種，竟敢說老娘醜。」

李青桐很為她的邏輯傷感。「妳前面說是我野種，後面又自稱是我老娘，請問我是妳的野種嗎？」

「啊——我掐死妳，我讓妳胡說八道。」何氏黃臉泛紅，伸手就去推李青桐，李青桐靈巧地躲開，眾人一邊笑一邊勸阻。何氏雖然憤怒難當，但也不敢當著眾人的面真動手，否則她有理也說不清。

打不得，她還罵不得嗎？何氏嘴裡一直罵個不停。「喪門星、小雜種，小小年紀整天陰沈沈，誰知道從哪個地方弄來的，不知道是哪個大姑娘偷漢子落的孽胎。」

李青桐全身忽地一僵，雙眼放出一道冷冽的光芒。這個女人真是欠教訓，她將手中的竹竿高高舉起來揚到半空中，隨即又頹然放下了。

她想起了三歲那年，母親王氏下地幹活，鄰家的小麥姊姊陪著她玩，不想那劉桂花的兒子三胖見大人不在便想欺負她們。小麥人小力弱，自然不是三胖的對手；李青桐上前幫忙，她只是上前輕輕地踢了他一腳，又補了幾拳，結果三胖被揍得鬼哭狼嚎，鼻血直流。

劉桂花知道後跑到她家堵著門罵她「沒良心的小白眼狼，小時候沒少吃她的奶現在卻來揍她兒子」。最後王氏賠了一籃子雞蛋和一隻母雞才算勉強完事。那時她家生計十分艱難，王氏心疼得一夜沒睡好，但卻沒有像旁人那樣揍孩子來出氣。李青桐是個很自覺的人，她決定在她還沒有能力為自己的行為負責之前，一般不輕易動手。

想到這裡，李青桐很大度地說道：「這一次我先饒過妳。」想整她，有的是機會。說完，李青桐在眾人憐憫的目光中，提著東西快步離開這裡，向河邊走去。

李青桐在一塊隱在草叢中的石頭上坐下，拋線放鉤，靜等魚兒上鉤。誰知道，魚還沒釣上來，花小麥就氣喘吁吁地跑過來告訴她，她娘跟大伯母打起來了。李青桐二話不說，拔腿就往回跑。

她娘的身體本就虛弱，哪裡是大伯母的對手？

李青桐臉不紅、氣不喘地跑到事發現場，發現現場鬧烘烘亂成一團，何氏和王氏不分妳我地撕打在一起，妳拽著我的頭髮、我扯著妳的衣襟，兩人臉上均掛了彩。

何氏尖聲怒罵。「不下蛋的病母雞，撿個野種還當成寶了，我就罵她怎麼了？還敢跟我動手，看我不抽死妳。」何氏說著便舉起肥厚的巴掌去搧王氏的臉。李青桐一看這情形，不再猶豫，她上前一步，抬起一腳對準何氏的臀部踢了下去，何氏齜著牙、咧著嘴，「哎喲」一聲慘叫起來。

「我的娘啊，要打死人了——」她的叫聲未落，李青桐已經拽著她的頭髮往外拖，接著她再次抬腳一踢，像村中女娃踢毽子似地將何氏踢出老遠。

「啊——」

「哇——」

何氏和圍觀的村民一起發出叫聲，只不過一個是慘叫、一個是驚叫，他們沒想到一個六歲的女娃會有如此大的力氣。

李青桐處理完何氏，急忙轉身去扶王氏，這時那些看熱鬧的婦人們已經把王氏扶了起來，七嘴八舌地說些安慰的話，有的還放馬後炮地說道：「都怪我，死活拉不住那婆娘。」其實方才誰也沒真心去拉，她們都想看熱鬧呢！

王氏披頭散髮，嘴角破了些皮，其他的沒大礙。李青桐從旁人手中接過王氏，輕聲說道：「娘，咱們回家吧，這個女人太野蠻。」中間何氏也試圖爬起來再戰一場，但那幫閒婦成心讓她不痛快，以勸架的名義拽得她起不了身。李青桐母女倆走後，勸架的人才笑嘻嘻地放開了何氏，何氏面子上過不去，一屁股坐在地上抱著腳放聲哭罵，罵夠了回家還在婆婆面前狠狠告了王氏一狀才暫時甘休。

李青桐把王氏攙回家，扶她到炕上坐下，又順手倒了碗水遞上前。王氏不接碗，眼淚撲簌撲簌地往下掉，李青桐想半日也不知怎麼安慰，最後起身道：「我再去揍她一頓。」

王氏嚇得眼淚也不流了，一把抱住她，哽咽道：「傻孩子，妳力氣再大也終歸是個孩子，娘這是想起了以前受的委屈。妳不知道當初沒分家時，她仗著自己生下了李家的長孫，百般拿捏娘，還愛告狀，妳奶奶她……不想這都分家了，她還來挑事，妳一個小孩子家的，她也罵得出口。」王氏一想起何氏罵青桐是大姑娘偷漢子生的，就氣不打一處來。青桐可是個女孩子，這麼敗壞她的名聲，叫她長大怎麼嫁人？

李青桐來這裡前已經成年，囿於原有的思維，她受這裡的文化習俗影響不深，對於地球人的語言攻擊力一般都不放在心上，對她而言並不會像王氏那般義憤填膺；但何氏太可惡，她那嘴是該懲罰一下。李青桐張了張嘴，最終還是嚥下了，她還是秘密行動吧！

到了晚上，李二成打漁回來了，他給李青桐帶回了一包鹹蝦米和一塊肥肉。李家的小漁船當初為了給王氏看病賣掉了，李二成現下在別人的船上打雜幫忙，收成好的時候，主家會多給些東西。

李二成今日瞧上去似乎挺高興，進了門一直樂呵呵地。王氏看了看丈夫的神色，把訴苦的話嚥了回去，她站起身笑著迎接，接著去端水端飯。

李二成打了個飽嗝說道：「孩子娘別忙活了，我今兒在船上吃過了，妳們兩個快把這肉吃了吧。」說起這肉，李二成多少有些不好意思，今日船上的夥計幫一個過路的客商打撈了一些東西，那客商也挺大方，送了不少東西上來，李二成也跟著有了口福。

他吃香喝辣時，心裡還惦記著自家的媳婦和閨女，趁人不注意悄悄塞了幾塊肉在袖子裡。他沒幹過這種事，心中一直惴惴不安，生怕被人發現，好在偷肉的不光他一個，有的互相發現了，私下裡對視一笑，誰也沒揭穿誰。

王氏看著那肥美的肉，只咬了一口嚐嚐味道便給了青桐。青桐知道若她直接挾回去，娘不會吃，便吃了些蝦米，把兩塊肉各咬一口就推說太膩放在了那兒。王氏一邊嗔怪著這孩子口味怪，一邊挾過來吃了。吃罷東西，王氏一邊納鞋底，一邊跟李二成話家常。

李青桐說太睏要回屋睡覺，帶上門離開了。她回到自己的小屋只象徵性地待了一會兒，便悄悄推門出去。她高抬腿、輕落足跳過不大高的土院牆，藉著夜色的掩護輕而易舉地翻到了大伯母家，躡手躡腳地把配好的藥粉撒進了水缸中，然後捏著鼻子將何氏屋外茅房裡的木板做了些手腳，最後神不知、鬼不覺地返家。

李二成夫妻一點也沒察覺李青桐的行蹤，仍坐在炕沿上東拉西扯。李青桐路過他們房門口時就聽到王氏說道：「二成，你說怪不怪，這幾年來，村裡總有人有意無意地說起青桐的身世，她竟一點也不好奇，啥也沒問我，要換了別的孩子，早就纏著問她親生爹娘的事了。」

李二成沈吟道：「這是孩子懂事，怕咱多心。」

王氏道：「可是她懂事得過分了些，我有時覺得她根本不像個孩子。」李青桐悚然一驚，難道她裝得還不像嗎？

就在這時，李二成又接著說道：「妳怎麼不想想這孩子的來頭，她能跟咱鄉下孩子一個樣嗎？」

李二成這麼一說，王氏也覺得有理，她吶吶地說道：「要是有人找孩子可怎麼辦？」

王氏此話一出，兩人一起沈默了。

好半天，才聽到李二成含糊不清地嘟囔一句。「到那時再說吧！」王氏嘆息一聲沒再接話。李青桐在門前佇立片刻，輕手輕腳地折回自己的房間。

第二天一大早，李青桐又提著木桶、拿著魚竿去釣魚。

暮春的清晨，空氣格外清冽，濕潤的晨風中夾雜著若有還無的花香。朝陽未出，薄霧如紗，整個山村將醒未醒，村中偶爾傳出幾聲響亮的雞鳴聲，李青桐靜靜地坐在河邊的草叢中，調息打坐，吐故納新。

俗話說，早起的鳥兒有蟲吃，這早起的魚兒卻被人吃。半個時辰後，李青桐釣到了一條半斤重的魚，當河邊陸陸續續地有婦人前來挑水時，李青桐提著木桶準備收工回家。

王氏看到桶裡的魚，不由得一陣驚詫，她以為閨女只是鬧著玩，哪裡想到真能釣上魚，她笑呵呵地接過魚，狠狠地誇讚了一番。

吃過早飯，青桐挎著籃子又出門了。中午她回家後，聽隔壁的花二嬸說，她大伯母今早掉進茅坑裡時，她很難得地笑了，不過，她還在等著另一場好戲上場。果然到了晚飯時分，王氏幸災樂禍地說何氏上吐下瀉，連罵人的力氣都快沒了，見了她只會翻白眼。

何氏一家人拉了三天肚子，整個人像黃病鬼一般越發難看。雖然沒有足夠的證據，但何氏仍一口咬定此事跟老二一家有關，只是她目前戰鬥力不強，不敢親自出手，最後用激將法請婆婆出山，為她除害。

王氏樂極生悲，她還沒高興夠呢，那邊婆婆高氏便趾高氣昂地過來了。高氏約五十歲，個頭不高，身子圓潤，一雙眼睛不大，但眼神卻十分尖利，打量人時讓人覺得如芒刺在背。當年，王氏沒少被拿捏，現在見了她還有些發怵。

高氏像女王在巡視自己的王國一樣，瞇著小眼四處打量屋內的擺設，若是有什麼入眼的，她會毫不猶豫地收入囊中；慶幸的是李家確實沒什麼值得入眼的，高氏十分失望，對於二兒媳婦越發不客氣了。

王氏誠惶誠恐地上前問候。「娘，妳老怎麼來了？」

高氏狠狠地瞪了王氏一眼，嘴一撇，發出一聲冷哼。「我怎麼就不能來了？妳不去看我這個婆婆，我來瞧妳還不行嗎？」

王氏忙說道：「娘，妳怎麼能這麼說，我這不是忙嗎？」

高氏的聲音猛地拔高幾分。「妳忙？妳忙啥呀？是忙著下蛋還是抱窩啊？」說罷，她拍著大腿叫號起來。「哎喲，我的命好苦唉！生個兒子不跟我親，娶個病包兒回來，連個崽都不會下，整日把別人的野種當親生的養；整天吃香喝辣的，我這個當娘的連口湯都喝不著……」

「娘……」王氏連聲喚著婆婆，高氏理也不理，只顧自彈自唱。

李青桐倚著門框欣賞了一會兒高氏的精彩表演，突然單刀直入地問道：「奶奶是吧？別再喊了，直接告訴我，妳想要什麼？」

高氏正唱得投入，被她一打斷，不得不停了一下，一看是李青桐，遂又接著剛才的詞罵起來。「哎喲，聽聽這話，果然是沒爹娘教的野東西……」

李青桐側頭想了一會兒，把高氏方才所罵的內容自動查找替換一番，又自行組織一遍，然後突然踮著腳衝著高氏的耳膜，發出了幾乎能震破屋瓦的聲音。「哎喲，我的命好苦哎！有個奶奶不跟我親，雖然會下崽，可就沒有一個好的；整日想著占便宜、耍威風，吃得全身圓滾滾，還說沒湯喝。」李青桐的嗓音又響又亮，這一喊把左鄰右舍的人都吸引來了。

王氏先是驚詫，接著下意識地摀上了耳朵，她竟不知道這個素來安靜的孩子叫起來聲音這麼大。

高氏被吼得腦袋嗡嗡直響，噔噔後退幾步。可她是誰？做為一個縱橫家裡幾十年的老罵手，她可不會輕易認輸，她退得離李青桐遠些，繼續扶牆大罵。

李青桐被惹怒了，她運氣丹田，聲音再次拔高些。「野奶奶——」

這些人所不知道的是，李青桐無論在力量還是聲音都高於他們數倍，一般情況下，無論是打架還是說話，李青桐為避免不必要的麻煩，總是小心翼翼地收斂著。這次，高氏是把她惹怒了，泥人還有三分性子，更何況是邏輯接近於機器人的李青桐。

在她的母星，女人已經屏棄了許多在地球時代的劣根性，比如說嫉妒、多嘴、說人是非、小心眼等等。女孩子幼年時有機器人保姆撫養，稍大些便根據各自的資質接受教育，然後自行選擇職業，許多日常雜事也由機器人代勞，她們除了發出各種指令、開會發表意見外，說話的機會很少。對於李青桐這樣長期離群索居的人來說，一生中開口說話的次數更是屈指可數。

來到這裡後，她就發現自己學說話的速度比不上這裡的土著，還發現這裡的人們說話時總是意有所指、話裡有話，同樣的話因為語氣表情的不同，代表的意思大相逕庭。不過，李青桐並未為難太久，她很快便摸索出一條適合自己的路子，她避開自己的弱項，儘量避免與人爭吵，實在躲不過，她就抓住對方話中的漏洞進行反駁。這些人的話雖多，但邏輯思維極弱，吵架的內容與原因經常風馬牛不相及，還有就是模仿對方的話。

比如有不懷好意的人問她。「青桐，妳知道妳親爹是誰嗎？」

李青桐就會學著她的口吻反問。「妳知道妳的親爹是誰嗎？」

對方一聽這話立即怒了。「妳啥意思，我爹是誰妳還不知道嗎？」

李青桐淡然答道：「妳知道我知道妳爹是誰，妳也該知道我爹是誰，既然妳知道，為什麼還要問呢？妳問我我沒生氣，我一問妳就憤怒，可見妳是一個意志極為薄弱、不會控制自己情緒的人。」

對方驚詫地瞪大眼睛看著她，斷然下結論。「李青桐，他們說得沒錯，妳的腦袋有毛病。」

李青桐一臉漠然，說話的語氣中夾帶了一絲鄙夷。「妳不但問這種沒營養的傻問題，還輕信別人的話，連自己的判斷力都沒有，可見妳沒腦子，由此可以推斷妳的基因不好。妳娘的腦子正常，但妳爹有問題，如果妳娘獨自生妳的話情況會好很多……」

問話的人崩潰逃走，回到家跟她娘學舌時，內容已經改變了。「娘，李青桐罵我是大姑娘生的……」

她娘面紅耳赤，跳腳大罵。

言歸正傳，鏡頭轉回到高氏和李青桐的對峙現場。高氏是個很要強的婦人，她一向在兒媳婦面前威風慣了，面子和尊嚴不容許她就此罷手，因此高氏的嗓門更高、更尖了，罵的話語也更流暢，一套套地跟唱戲似的。

李青桐的腦子調整運轉，在母星時她看過書，還跟著影片學過古中國話，但從沒像現在這麼流利過，學外語果然需要環境的薰陶。

王氏在一旁膽顫心驚地看著，一方面怕李青桐吃虧，另一方面還怕毀了她的名聲。這世道講究孝道，高氏再不對，做晚輩的也不能這麼跟她對著幹。王氏擠上前唯唯諾諾地向高氏道歉。「娘啊，這孩子小，妳別跟她一般見識，等她爹回來，一定會好好教訓她，快進屋喝口水。」

高氏哪裡肯依，一看兒媳婦服軟，她心中好不得意，鬧騰得更歡了。她一屁股坐在院裡的地上，盤著腿抱著小腳，大聲叫號起來。「老天爺喲，我十月懷胎生了二成這個不孝子，一把屎、一把尿地把他拉扯大，我過生辰他不但一個子兒都不孝敬我，還指使孩子打罵我出門。老天爺啊，祢打雷把這黑心爛肺的給收了吧……」

高氏這一頓唱罵，真可謂聲情並茂。王氏這時也明白了，婆婆這次是有備而來，為了平息婆婆的怒氣，也為了他們二房岌岌可危的名聲，她一咬牙，上前說道：「娘，我和二成一直記著妳老的生辰呢，我們商量著，等他發了工錢就去老宅，誰知娘今日就來了，青桐這孩子從小呆呆傻傻的，娘就原諒了她吧！」

高氏一聽到兒子快發工錢了，叫號聲暫停片刻，又接著響起來。「哎喲，妳別在我跟前叫窮，說什麼發了工錢去瞧我，我也不稀罕妳那些破爛東西，好在我也不是只生二成一個，不然我喝西北風去啊！」高氏絮絮叨叨地說著女兒拿了幾斤白麵、大兒媳婦拿了多少尺頭，言外之意，自然是旁敲側擊王氏不能少於這個數。

鬧騰了一個半多時辰，一直到李二成到家才算消停些。李二成無奈地上前陪小心，高氏又是一番劈頭蓋臉地痛罵，出盡了胸中的那口惡氣。她臨走時又陰沈沈地看了李青桐一眼，嘴一撇涼涼地說道：「二成啊，你若是想養孩子，直接跟娘說，娘會不幫你想辦法嗎？怎麼就不聲不響地弄回一個來路不明的野種呢？這沒用的種，該扔的扔、該送的送，趕明兒娘作主給你過繼一個，還是個帶把的。」說完，揚長而去。

李青桐不大明白這個「帶把的」是什麼意思，她本想向爹娘問個明白，一看他們的臉色不大好，便自覺閉嘴。

第二章

當天晚上，李二成夫妻倆悄悄商量著給高氏準備壽禮的事。按理說，莊戶人家除了整壽，一般都不過壽辰，偏偏高氏自以為跟旁人不同，每隔兩年都要辦一場宴席。每到這時，二房這邊哪怕是借錢也要送些體面的禮物過去。

王氏輕輕拿開炕頭上的一塊磚頭，將裝錢的匣子掏了出來，一臉不捨地往外拿錢。

「本來想給你和桐娃做身新棉衣的，唉，這錢又沒了。」

李二成緊蹙著眉頭說道：「大姊、大哥真的像娘說的拿了那麼多東西？」身為一母同胞的兄妹，李二成自認為對他們還是比較瞭解，怎麼看那兩人也不是大方的人。

王氏比丈夫的疑心還重，但她做人兒媳婦的，有的話不好說出口，因此便接道：「也許是大姊、大哥變大方也說不定，我抽空去問問別人，總歸有知道的。」

李二成無奈地點點頭隨即又搖搖頭。「算了，咱不管他們拿多少，咱家就按這個數辦吧！」王氏聽到丈夫這麼說，縱然心疼錢也不好再說什麼了。

三天後便是高氏的生辰，李二成一家三口穿得整整齊齊地，提著兩條魚、兩隻雞還有十多斤白麵和三斤肉去給高氏祝壽。今天是個大好日子，王氏怕青桐再惹婆婆不高興，一路上不斷地耳提面命。「青桐啊，到妳奶奶家一定要規規矩矩地，別跟妳奶奶頂嘴。」

李青桐嗯了一聲，李二成在旁邊補充了一句。「桐娃，妳一會兒就跟妳堂哥、堂姊們一樣就行了，他們幹麼妳就幹麼，到點了就上桌吃飯。」

李青桐重複了一句。「他們幹麼我就幹麼？」

「對對。」

李二成沒想到自己這一句多餘的囑咐，反而惹來了一場風波。二房攜帶重禮而來，高氏看到東西的那一刻臉上露出了一丁點笑容；可一看到李青桐，臉色便唰地一下陰沈下來，隨口指使了王氏去幹活，再瞪了李青桐一眼，便一陣風似地走開了。

李青桐在院子裡轉悠，李青榆和李青梅一看到她，兩人各懷心思地對視一笑，李青榆熱情地上前說道：「青桐，咱們一起玩吧！」

李青桐安靜地應了，不聲不響地跟在她們後面。

李青榆因為旁人議論說她的容貌不如李青桐好看，心裡早就存著一股嫉恨和不甘。一個呆呆傻傻的野孩子怎麼能和自己比？從小到大，親戚鄰居們誰不誇她好看？而李青梅則是由於她娘的關係，對李青桐早就恨得咬牙切齒。

兩人一左一右十分親熱地拉著李青桐出了院門，往東邊的草灘上走去，草灘上有不少半大孩子在那兒玩耍，大多數是男孩。

這些男娃年紀雖小，可有的已經有了男女之別的意識，一見到她們三個女孩子走過來，皺起小眉頭粗聲嚷道：「這是咱們的地盤，妳們三個一邊玩去。」

走。

李青桐將這幫孩子掃了一眼，發現她的小仇人三胖也在其中，為了避免惹事，她扭頭便走。

李青梅一見她要跑掉，不由得急了，忙大聲喊道：「哎，青桐，妳跑啥？妳是不是怕誰啊？」

這一聲高喊，一下子把那幫正玩耍的男孩子們的注意力吸引過來了，特別是三胖，那是仇人相見分外眼紅。

三胖，人如其名，整個人胖乎乎、圓滾滾的，一雙小三角眼嵌在白麵饅頭一樣的臉上，兩條鼻涕時不時越過界，然後又飛快地吸溜回去。李青桐見一次嫌惡一次，心裡暗忖：怪不得男人後來滅絕了，這種又髒、又暴力，還自以為是的生物能長存才怪呢！

其他男孩子也知道李青桐和三胖的恩怨，巴不得有熱鬧看，於是全部唯恐天下不亂似地大聲嘲笑。「三胖你打得過她不？聽說你當初被這個傻子騎在頭上打，我要是你，我就沒臉活了。」

「哈哈……」眾人笑得越發肆意。

三胖的臉上由紅變白，紅白交加，小三角眼中流露出憤怒的光芒。

李青桐鎮定地說道：「我不會跟他打架，畢竟我們早已不是三歲的孩子了。」

「哈哈，妳不敢了吧！」有的孩子捶著地大叫大嚷，他們已經迫不及待地想看熱鬧了。

三胖吭哧吭哧地喘著氣，一個箭步竄到她面前，舉起拳頭威脅道：「李青桐，只要妳給我賠個不是，再從我胯下鑽過去，我就饒了妳。」

「嗷嗷，鑽吧鑽吧！」有孩子開始叫囂。

李青榆和李青梅心滿意足地偷偷一笑，然後臉上迅速換上假意的擔憂。「青桐，咱們快跑吧，妳一個人打不過他們的。」

李青桐看都沒看她們，徑直走到三胖面前，站定，深呼吸，她用平靜的聲音問道：「你確定要挑起這場打鬥？」

三胖霸氣沖天地哼了一聲，腦袋揚得高高的，似乎很不屑回答這個白癡問題。

李青桐繼續問道：「你確定你能承擔起後果，並且被打敗了也不向家人告狀？」

三胖再次嗤了一聲。「小爺我不是那種人，只要妳別哭就行。」他就不信了，他這麼高、這麼胖會打不過她。

「好。」李青桐背著小手，目光在人群中掃視一圈，最後莊嚴宣布。「你們都看到了，不是我要打，是他主動挑起的，你們是和他一起挨打，還是在旁邊看熱鬧，做個決定吧！」

其他孩子一起鼓譟著三胖。「你先打、你先打。」

聽大家在一旁鼓譟，李青桐淡淡對三胖說道：「你想怎麼打？」

三胖罵罵咧咧地伸出短粗的手指頭戳了李青桐一下，表示開戰。李青桐啞然一笑，這裡小孩子之間的打架流程，一般先是對罵。小孩子的行為模式學自大人，他們罵人時，不論男女都會先表示想和對方的女性親屬過性生活，對方會視之為奇恥大辱，然後用類似的話回敬對方。

罵人的形式因人而異，但基本內容幾乎無差別，罵戰過後，便是打架。打架開始前有一個預備動作，小孩子都是你戳我一下、我撓你一下，然後在眾人的起鬨下，逐漸升級，最後扭打成一團。

但李青桐只讓他戳了一下，雙手突然掐住三胖的腰，猛地朝頭頂一舉，像玩耍似地將他在半空中旋轉幾圈。

「啊——啊——」三胖像被宰的豬一樣扯著嗓子叫號起來，其他人則目瞪口呆地看著這一幕，暫時忘了叫好、忘了起鬨。

李青桐舉著三胖在空中轉了好幾圈後，再一使勁，將手中的三胖朝前一甩，三胖華麗麗地落在草灘前面的大泥水坑裡，「砰」一聲巨響，驚得幾隻青蛙也跟著跳水逃生。

「啊噗——」三胖在水中掙扎著，連喝了幾口濃泥水。

孩子們如夢初醒一般，潮水般地湧到坑前，對著水中的三胖指指點點。有幾個大點的則張羅著去救人，水坑畢竟不深，水位只到六、七歲孩子的胸部，三胖並沒有生命危險。

三胖在大夥兒的拉扯下，手腳並用地爬上了岸。李青桐居高臨下地看著濕淋淋的手下敗將，再次確認一遍。「你說過的，不向家人告狀。」

三胖抹了一把泥臉，用羞憤交加的眼神瞪著李青桐。李青桐點點頭，然後大踏步離開了，李青榆和李青梅則在後面緊追不捨。

李青桐進了院門便開心地去找王氏，但王氏正被婆婆支使得團團轉，根本沒心思理會她。李青榆眼珠一轉，似乎又想到了什麼好點子，再次親熱地挽起李青桐，把她引到了庫房裡。

庫房在廚房的後面，是專門放糧食和吃食的地方。由於天氣有些熱了，高氏將兒女、親戚們拿來的肉炸過後放到籃子裡，再吊到房梁上，這一招既能防老鼠又能防孩子。

不過，上有政策，下有對策。孩子們搆不著沒關係，他們可以踩著凳子搆，孩子們做這事早已是駕輕就熟。此時，李家的男孩子們李金寶、李銀寶、李元寶正密切地合作，踩著凳子偷肉和糕點吃，他們倒是挺大方，見者都有份，在場的李青榆和李青梅都分到了一塊肉和點心。

李青梅眼饞地看著手中香噴噴的酥肉，想吃又不敢吃。李青榆腦子轉得快，她咬著李青梅的耳朵輕聲說道：「吃吧，到時就說是她吃的，反正她飯量大。」

「嗯、嗯。」有了替死鬼，李青梅放心多了。李青桐也分到了幾塊肉，想起爹說的，別的孩子幹麼她也要幹麼。可能偷肉吃也是一種習俗吧？想到這裡，她放心大膽地享用起來。

這裡的肉食真好吃，不像她那時的東西都沒味道，哪怕調料再高級也無法替代這種原汁原味。

「青桐好吃嗎？」

「好吃。」

「再來一塊吧？」

「好。」

李青榆和李青梅難得大方一回，反正吃的又不是他們家的，一旁三個男孩子爭先恐後地往嘴裡塞東西，有的噎得直翻白眼。

俗話說，半大小子，吃窮老子，更何況是一窩半大小子，沒一會兒，那一籃子酥肉便見底了。李青榆和李青梅這才意識到事情要鬧大了，以奶奶那種吝嗇性子要是發現這事，還不把屋頂給掀了。於是，她們讓李家三兄弟悄悄地溜開去洗臉和手，然後惡人先告狀，準備把責任全推到李青桐身上。

六個孩子剛離開庫房，就聽見有人說要開席了。

宴席共擺了三桌，男人一桌、女人和孩子一桌，兩桌隔得不遠，菜式也差不多。李青桐吃得很香，她在母星時，吃的都是高熱量的壓縮食品，這裡的食物雖然好吃，但能量和熱量太低，因此她的食量比正常孩子大上許多。之前家境困難，她每次都吃個七分飽就完事，反正她暫時不用做什麼體力勞動，能量夠用就行，今天在別人家，她自然是放開肚子大吃。

一上桌，何氏和胡氏就開始拚命往自家孩子碗裡挾肉和好菜；李青桐更絕，她根本不挾，看上哪盤菜就直接端起盤子吃，也順手給她娘端了一盤子。

高氏看著這一幕，臉陰沈得幾乎能擰出水來。她冷冷地看著三個兒媳婦，何氏和胡氏厚臉皮裝作沒看到，王氏臉皮薄，訕訕一笑，將青桐給她的那盤菜推到婆婆面前，說道：「娘，妳看妳孫女多孝順，她這是給妳老端的呢！」

「呔，妳別往她臉上貼金了，妳瞧她那餓死鬼的模樣，幾百年沒吃過東西似的。」一直埋頭吃飯的李青榆尋了個好時機，突然故作驚訝地大聲說道：「呀，青桐妹妹，妳方才不是吃了半籃子酥肉，怎麼還這麼餓呀？二伯母，你們家多久沒吃過肉了？」

「啥？青榆妳說啥？」胡氏一聽到李青桐偷肉，興致立即高昂了起來。

李青榆假意恐慌地摀住了嘴，一副想說又不敢說的可憐模樣，她以目光示意那幾個同謀者，李青梅和李金寶等人果然一起狂點頭聲援。「對對，都是青桐偷吃的，攔都攔不住。」

高氏氣得雙眼冒火，她霍地站起身，一溜煙似地跑去庫房察看。

趁著這個機會，王氏焦急地把女兒拉到一旁悄聲詢問。「怎麼回事孩子？給娘說實話，妳是真吃了還是他們誣賴妳的。」

李青桐實話實說。「一起吃的。」

「哎哎，妳呀！」王氏不知說什麼好了。她偷偷瞧了一眼另一桌的丈夫，有心想說什麼，又懼怕公公的威嚴，但願婆婆別鬧得太難看，孩子畢竟是孩子，再說又不是青桐一個人吃的。

王氏正自我安慰著，何氏和胡氏不懷好意地衝她咧嘴直樂，那幸災樂禍的樣子看了讓人想抽她們。

王氏心一橫重新坐下吃飯，反正這事三家都有責任，要挨罵一起罵唄。

高氏風風火火地折回了飯桌，她提著籃子，一臉猙獰，看那樣子像是要和人拚命似的，一邊走一邊高聲大罵。「這個天殺的驢崽子，是幾輩子的餓死鬼投胎的？滿滿一籃子酥肉都給吃光了。」

王氏心虛，低頭看著碗不說話。李青榆和李青梅幸災樂禍地看著李青桐笑，李青桐則沒事人似地低頭猛吃。

高氏繼續高聲痛罵。「我就知道我這個老不死的礙著你們的眼了，給我點東西跟要了命似的，想方設法地再吃回去。」她起初是朝三個兒媳婦無差別地開火，最後集中火力朝二兒媳婦開火。

李青桐吃完最後一口飯，輕咳一聲，正準備說話，另一桌的男人已經被這邊的動靜驚動了。

先是李老爺子開口平息道：「娃兒們正趕上調皮時候，吃了就吃了，下回別再幹這事就成，今兒個可是妳的好日子，就別再罵了。」

高氏哪肯善罷甘休，她的嗓門越發響亮。「知道是我的好日子，還專門讓孩子給我添堵？這安的是哪門子心喲！殺千刀的，就不怕遭報應。」

李二成逮著高氏罵人的空檔趕緊表態道：「娘，青桐這孩子我清楚得很，若是沒人領頭，她絕對想不到偷吃的。」

李二成話音一落，何氏和胡氏這邊就炸了鍋，兩人質問道：「你這話啥意思，不是你孩子領頭，難不成是我家孩子領頭？其他五個孩子都說是她一個人吃的，難不成他們都說謊？」

李青桐沈思片刻，很快就自認為抓住了事情的關鍵，她抬起頭來，掃了眾人一眼，慢慢說道：「我跟他們一起吃的。爹說別人幹麼我就跟著幹麼，他們偷吃，我不想太特殊就跟著做了。」

高氏用目光凌遲著李青桐，胸脯一起一伏，在醞釀著更大的怒火。這當兒，何氏、胡氏及一幫孩子們一起朝李青桐開火，五個孩子異口同聲地說李青桐誣陷他們，王氏和李二成想辯白也插不進話。

李青桐見此情形也不想多說，她站起身走到李青榆和李青梅背後，兩手一起用力猛拍，「啪啪」兩聲，兩人猝不及防被嚇了一跳，接著「哇」地一聲吐在了桌子上，眾人看了直皺眉頭。

李青桐很大方地邀請眾人參觀。「你們看，肉還沒來得消化，可以證明她們也吃了。」

「還有他們，別著急，我一一證明給你們看。」

說完，她兩手再用力一拍，只聽得「哇嘔」兩聲，李金寶和李銀寶也將肉吐了出來。

「我的老天啊！」何氏尖著嗓子，拍著大腿叫嚷，胡氏則動手去拉李青桐。幾個孩子被李青桐拍得眼冒金星，站立不穩，桌子上一片狼籍，屋裡亂烘烘鬧成一團。

高氏氣得四肢亂顫、七竅生煙，歇斯底里地大聲叫著。「夠了夠了，都給我滾——」
李老爺子也擰著眉頭，瞪著李二成夫妻倆揮著大手像趕蒼蠅似地罵道：「愣著幹啥？還不快走。」
李二成動了動嘴唇，想解釋些什麼，又覺得說啥都是徒勞，只得乖乖地帶著老婆、孩子回家。
他伸手去扯李青桐，好聲勸道：「青桐別鬧了，咱們回家。」
李青桐一動不動，眼睛緊盯著高氏，語氣平淡地說道：「野奶奶，明天就是我的生辰，妳也拿肉和白麵過來吧！」
高氏此時氣得不知罵什麼好了，她活了幾十年還是頭一次遇到這樣奇怪又厚臉皮的孩子，她怒極反笑。「哎喲，我呸，妳還想過生辰呢？也不吐口唾沫照照妳那模樣。」
李青桐淡淡地接道：「我用清水當鏡子，不會像妳那麼髒用口水；還有我告訴妳，女人憤怒的時候是最醜的，不信妳照照妳現在的樣子，五官扭曲，醜陋猙獰。」
王氏和李二成急忙去摀李青桐的嘴，制止她說這些大逆不道的話。
「滾，給我滾！」高氏被氣得喪失了理智，踮著小腳，飛一般地抄起一把掃帚把他們一家三口往外轟趕。
「娘、娘，妳別跟她一個小孩子計較啊！」王氏被嚇得慌不擇言。「娘哎，青桐這孩子就是愛說實話，妳別生氣了。」

「我呸——」高氏的一切憤怒盡在這兩字中。

李二成一家三口被毫不留情地趕了出來。夫妻倆站在門口，面面相覷一會兒，朝院外探頭探腦看熱鬧的人們訕訕一笑，灰溜溜地離開了，李青桐則毫不介意地跟著爹娘離開李家老宅。

從這以後，李二成家反倒過了一段太平日子。高氏不知怎地，一連兩月都沒登門找事；同時，李青桐本來就不大好的名聲更差了，除了鄰居花小麥，根本沒人搭理她。不過，她一點也不在意，她以前就是個技術宅和學術宅，沒有特殊事情極少出門。雖然古代沒有電子產品，但只要用心尋找，還是有很多有趣的事情可供消遣的。

經過一個多月的練習，李青桐的釣魚技術越來越好，她平均每天都能釣上兩、三條魚，大些的被王氏拿到鎮上去賣，小的則留下來打牙祭。

春去夏至，天氣漸漸炎熱起來。李青桐此時已經不安於在岸上釣魚了，但王氏怕有危險極力反對她下水，她只好偷偷地下水，然後再到隱蔽的地方將衣裳晾乾，或是臨走時帶一身衣服替換。

整個夏天，李青桐的捉魚量甚至能超過李二成。她的膽子越來越大，開始往桃花江邊跑。桃花江水面遼闊，魚蝦肥美又多，但同時風急浪高，就是船家行船時也會小心翼翼地避開危險區。

李青桐偷偷去了幾回，每次收穫都不小。她有時還會上山打豬草，採摘野菜、木耳、蘑菇之類的植物，運氣好時，還能順手打隻兔子、山雞之類的。王氏心疼她小小年紀就這麼顧家，再加上摸清了青桐的飯量，每天都變著法子給她做好吃的。

李青桐吃得好、睡得香，力氣越來越大，力氣一大，她打的獵物也就更多了，李家的生活水準再次提升了幾個檔次。

人的日子一好，精氣神也就不一樣了。王氏以前有些自卑怯懦，說話行事也有點畏畏縮縮，看著不大氣；現在，家裡有了孩子，日子也好過了，她的腰桿慢慢地挺直了，說話既大方又和氣，把家裡收拾得乾淨俐落。李青桐被她養得白白胖胖的，就連李二成那張以前皺得像乾絲瓜似的臉現在也舒展開了。

他們過得舒服了，有的人心裡卻不舒坦了，這人就是何氏和胡氏。她們兩人跟村中許多婦人一樣小心眼、愛比較、愛嫉妒，尤其是愛跟親戚、鄰居比較。

以前，王氏因為家窮又不能生孩子總受氣，她們看到她就有一種說不上來的幸福感；現在，王氏整天笑呵呵地，婆婆找她碴的次數也少了，她們心裡像扎了根刺似的，十分不舒坦。憑啥呀？她一個嫁了瘸子、不能生的病包兒憑啥過得比她們還好？這老天爺就是不公平。

何氏心裡存著氣，又思及以前的恩恩怨怨，於是便悄悄卯著勁，準備找機會好好刺一刺王氏，省得她忘了自個兒是誰。

這日中午，天氣炎熱，地裡的活計都做得差不多了，農人難得清閒幾日，村婦們紛紛帶著針線笸聚集在村中的大柳樹下乘涼，一邊做針線活，一邊閒話家常。王氏也在其中，她正和一位婦人討論做鞋子的事。

那婦人隨口問道：「又是給妳家青桐做的鞋？這針腳又細又密，妳瞧我納得零零落落的，真沒法比。」

王氏笑道：「妳以前也是個細緻人，可妳家孩子多，要做得像我這麼細，哪做得過來？」

那婦人也笑了。「那倒是，不是我自誇，我在娘家時常被人誇做活細緻；但自從有了那三個討債鬼後，我這活越做越糙，這些孩子，容易穿壞鞋又淘氣，真不知拿他們怎麼辦好。」婦人雖然嘴裡埋怨著，語氣卻是驕傲得意的。這年頭，錢是男人的膽，兒子則是婦人的膽。

何氏終於逮著了機會，她趁空隙高聲插話道：「喲，大柱嫂子妳家有三個帶把的還埋怨，妳讓那些十幾年不下蛋的人怎麼活？」何氏話裡有話，別人又不傻，誰都能聽得懂她是針對誰；果然，王氏臉上的笑意漸漸淡了下去，她也不理何氏，只管低頭繼續做活。

何氏以為王氏嘴拙接不上自己的話，越發得意囂張起來。「唉，我說有的人吶，就是拎不清，啥事都高興得太早，撿旁人的孩子倒也罷，倒是挑個健全的啊，又呆又傻，打起架來不要命，要是將來這孩子長大後連個提親的都沒有，可怎麼辦喲！我都替她愁得慌。」

王氏見何氏越說越過分，當下臉一沈，把鞋底重重往筐裡一丟，大聲說道：「大嫂，妳這又是發哪門子瘋，我招妳惹妳了？我跟大柱嫂子在這兒好好地說著話，妳一頭撞進來指桑罵槐的啥意思啊？看著我好欺負是吧？」

何氏拔高嗓門，一手扠腰，另一手指著王氏胡攪蠻纏。「我提妳名、掛妳姓了，妳怎麼知我說的是妳？我是說那不會下蛋的母雞，說那撿野孩子的人家，關妳啥事啊！」

「妳說沒說我，妳心裡清楚。」

妯娌倆妳一言、我一語的吵起來，王氏雖然占著理，但她根本無法和咄咄逼人又慣會胡攪蠻纏的何氏相比，不一會兒便落於下風，一旁大柱嫂等人趕緊幫著勸和。

王氏被何氏氣紅了眼，她啞聲爭辯道：「我們家到底哪兒對不住你們了，以前沒分家時妳整天告狀、擠兌我，髒活累活都是我幹；如今分開了，妳還不讓我好過，妳摸摸妳的良心，妳對得起誰？妳還比不上一個鄉鄰呢！」

何氏一臉自豪地回擊道：「大夥都聽聽，她分家前幹的那點活到今兒還記著呢！妳不幹，難道讓大著肚子的我和三弟妹去幹？還說我沒良心，要不是我勸著婆婆，憑妳不會生孩子這條早把妳休了。哼……」

兩人正吵得激烈，就見河邊跑來了一群孩子，李青桐也提著木桶夾在其中，她一看到何氏就不自覺地皺了皺眉頭，每次一遇到這個女人就沒好事。由於不瞭解事情經過，她先是不聲不響地站在一旁聽了一部分吵架內容，然後再用邏輯思維分析一會兒。

想出了對策，李青桐徑直走到何氏面前，睜著清亮的大眼睛定定地看著她，一本正經地問道：「妳覺得我娘不如妳，是因為妳比她會生孩子是嗎？」

眾人鬨然大笑，一齊瞪著眼睛好奇地看著這一大一小，靜等下文。

何氏撇了撇嘴，送給李青桐一個白眼，她才懶得跟一個小娃計較，她主要的打擊對象還是王氏。

王氏扯扯李青桐。「青桐乖，這是大人的事，別理她，一邊玩去。」

李青桐輕甩開王氏的拉扯，用憐憫鄙視的目光看向何氏，義正詞嚴、一氣呵成地教訓道：「會生孩子很了不起嗎？妳就沒有別的東西可以驕傲了嗎？就生孩子這事，論數量，妳比不上我家的母豬，牠一窩能生十個；論質量，妳比不上村中任何一家。妳不覺得妳的兒女繼承了妳身上全部的缺點嗎？他們不但相貌難看，性格也討人嫌，妳不覺得妳是失敗的母親嗎？」

「噗……母豬，嗯嗯，她確實比不了。」

「哈哈……」圍觀的人不厚道地笑了起來。

何氏聽到旁人拿她和母豬比，一張臉氣成豬肝色，不過，她很快就找到了漏洞反駁。「喲，妳一個六歲的女娃子張口生孩子，閉口母豬，一點也不知道羞恥。我們尋常人家的女孩子家家的誰知道這個，妳娘就是怎麼教妳的？」

王氏紅著臉怒斥。「何春花，妳說誰不知羞恥？妳才不要臉。」何氏一臉得意地笑著，想跟她鬥，還嫩著呢！

李青桐用一副看著白癡的神情看著何氏。「妳一會兒為會生孩子驕傲，一會兒又覺得它羞恥，妳說話自相矛盾，真不知腦子是怎麼長的，生妳的那個雄性動物智商一定很低。」

何氏雖沒全聽懂李青桐的話，但她稍一尋思便明白了，這是拐著彎在罵她爹呢！她氣得跳腳大罵，手幾乎要戳著李青桐的腦門。「妳這個該死的野雜種、不要臉的賤妮子——」

李青桐眯了眯眼睛，手戳上來，這是表示要開打了嗎？她不敢用手，怕掌握不住力道，於是抄起旁邊的魚桶，跳起來，漫不經心地往何氏頭上一個倒扣。桶裡的水嘩啦一下全傾瀉在何氏的身上，裡面的幾條小魚也哧溜一下順著脖子滑到了她的衣裳中，裡面還有一條是鱔魚呢！

何氏頭腦一蒙，只覺得全身一涼，魚兒在她的衣裳中不停地掙扎跳躍著，最可怕的是還有一條細長而冰涼的東西，在她的身上胡亂扭動，她嚇得全身汗毛倒豎，「啊」地一聲尖叫起來。「蛇、蛇……」

「在哪裡？在哪裡？」

李青桐趁亂拉起王氏便走，臨去時，她還好心地對在場的人說道：「那幾條魚誰搶到就歸誰。」

李青桐這一句話使得場面越發混亂，那些圍觀村民也不客氣了，有的婦人甚至直接伸到何氏衣服裡去抓魚，眾人互相推擠著，踩踏著，做為中心人物的何氏肯定好不到哪兒去，她帶著哭腔尖聲罵道：「這個天殺的，我絕饒不了妳……」

王氏被李青桐這一連串的動作弄懵了，她還有些擔憂地說道：「青桐啊，咱們這麼做是不是太過了？這種吵架的事多了去，很少有這麼幹的。」

李青桐仰臉看了母親一眼，嘆氣道：「天天吵架多傷神，給她一些教訓，就會好些。」

晚上，李二成回到家，他自然也聽說了白天的事情，看著李青桐直嘆氣。這孩子大多數時候是很乖的，就是有的時候挺讓人頭痛，比如下手沒個輕重，不肯吃虧服軟。

這幾天接二連三發生的事，讓李二成心中也有了計較。他家就青桐一個女孩，如果再跟大房、三房交惡，將來他們連個依靠都沒有。雖說，他們兄弟也不大和睦，但他想著，兄弟之間血濃於水，打斷骨頭連著筋，再怎麼樣也比外人強。

李二成斟酌了一會兒，將這些大道理深入淺出地講解了一番。「青桐啊，妳奶奶、伯母、嬸嬸她們都是妳的長輩，即便被說上幾句也沒啥關係，還能少塊肉嗎？以後可別這麼衝動了，別動不動就出手，女孩家的名聲壞了，以後可就難辦了。」

李青桐一睜眼看到的就是李二成，記得他當初為了讓自己喝口奶，拉下臉四處求人，因此李青桐對他的感情比王氏還要深，聽到他訓話，她也沒反駁，只靜靜地看著他，認真地聽著。

李二成將這些道理掰開了、揉碎了反覆地講，李青桐聽得似懂非懂，但有的東西，她即便理解了，也是以自己的方式理解。

末了，李二成用商量的口吻說道：「青桐，就聽爹這一回，好不好？」

李青桐默默點了點頭，算是答應了。

李二成鬆了口氣，旋即又道：「我估算著大嫂肯定不會善罷甘休，明兒我去老宅瞧瞧，跟大哥說說。」

王氏一向都聽丈夫的，只是嗯嗯應下了。

第二天一大早，李青桐吃過早飯又拎著籃子出去了。中午時，她提著一大籃子青草回來，卻見自家院子裡一片狼籍。花小麥悄悄告訴她，她剛出門不久大伯母就來鬧了。李青桐進屋去看母親王氏，王氏頭髮散亂、眼圈發紅，看見女兒回來，只是無奈地說上一句。「以後咱別惹她了，咱躲著她走。」

李青桐只好答應了她。

從這以後，李青桐果真躲著李家那幫人。她本來性子就孤僻，現在除了自家爹娘和花小麥一家外，幾乎不和村中人來往。她每天日出而起，日落而息，從早忙到晚，安靜得像個小啞巴似的。中間她也曾和李青榆、李青梅等人狹路相逢，那幾人想著法子整她，李青桐暫時都忍下了。

七月時，高氏犯了痢疾，上吐下瀉，挨了幾日仍不見好，李老爺子只得讓大兒子去請郎中。不想這次高氏的病有些邪門，吃了半個月的藥，郎中換了三個仍是無效，那原本圓滾滾、肉乎乎的身子漸漸縮水，一張胖臉垮得只剩下皮和骨頭。她這一病，便像老太君似地把三個兒媳婦都召過去伺候，診金也由三個兒子公攤。按理，李青桐也應該去，但王氏知道她和婆婆不對眼，怕去了橫生枝節，便留她在家裡。

這個七月是個多事之秋，大雨從月初開始一直不停歇地下到月中，村中靠河的田地都淹水了，其中就有李家老宅的地。高氏那個心疼勁兒就別提了，這也導致她的病情越發嚴重。人一病就愛胡思亂想，高氏見郎中看不好自己的病，就聽信了旁人的話，請來了一個整日裝神弄鬼的馬仙姑。

馬仙姑年近五十，一把年紀了仍然穿紅著綠的，一張溝壑縱橫的臉上塗滿白粉，活像薄雪落在山溝裡，無論下得多均勻也有蓋不到的地方；她的身子長得也怪，中間粗，兩頭尖，彷彿棗核一樣。馬仙姑一進村就受到了大人、孩子們的圍觀，她一搖三擺，一路扭搭著進了李家老宅。她一隻腳邁進院門，忙「呀」地一聲縮了回來，然後盯著門楣看了一會兒，嘴裡嘀嘀咕咕說了一陣，眾人驚詫地看著她，私下裡猜測著原因。

高氏見馬仙姑進來，忙掙扎著要起來迎接，又趕緊吩咐兒媳婦去倒茶。馬仙姑後退兩步盯著高氏看了一會兒，嘴裡嘖嘖有聲。「哎呀，老嫂子，妳這是沾上了妖邪呀！瞧這眼窩都陷下去了，沒少遭罪吧？妳早請了我不就沒事了。」

高氏一臉緊張，忙問道：「馬仙姑，我到底要不要緊？我沾上的是哪方的妖孽？妳能不能幫我驅走？」

馬仙姑兩手一拍。「幸虧妳來找了我，再晚兩天，那可不得了啦！」

高氏十分急切地想知道下文，馬婆子努嘴示意她將閒雜人等都趕出去，只留下兩人說話。等到李家三個媳婦一離開，馬仙姑就湊上前去，壓低聲音，神秘莫測地說道：「方才那人在跟前我不方便說，這邪氣不在別處，就在妳二兒媳婦身上。」

高氏驚訝得坐了起來，疑惑地問道：「竟在她身上？這是怎麼回事？」

馬仙姑賣了個關子，煞有介事地說道：「她以前本是個乾乾淨淨的人兒，邪氣是近幾年才沾染上的，今年開始變大了，所以才害了旁人。」

高氏目光一沈，沈吟片刻，像是突然想起了什麼，她啞著嗓子追問道：「妳跟我說實話，是不是跟老二家那個野孩子有關？」

馬仙姑詭異地笑了笑，拖長聲調道：「老嫂子，妳自個兒想啊，妳見過誰家的孩子像她那模樣？我聽說妳二兒子是在江中撿到她的，風急浪高的，就沒淹了她？這本就是個怪事。妳再觀她說話行事，完全不似尋常人，力氣還大……哎喲，你們的心真夠大的，換了人早就來請我了，你們倒好，竟把這妖邪之物養得這麼大……」

高氏越聽越覺得馬仙姑說得對，她仔細想想李青桐平日的舉止，越想越害怕，怕得後背出了一層冷汗；怪不得自己一病不起、怪不得自家的田地淹了、怪不得老大、老三的日子沒以前順了，都是那個野種害的。

高氏支起身子，揪著馬婆子的袖子急急問道：「依仙姑看，該如何驅除這個妖邪？」

馬仙姑故意停頓了一下，才如此這般地將自己的打算說了出來。

馬仙姑在李家待了一個多時辰才走，她一走，高氏就趕緊將何氏和胡氏叫進來商量此事。

胡氏多少有些驚詫，何氏卻是一副見怪不怪的樣子。

高氏喝了口水，喘口氣，慢吞吞說道：「這可是件大事，只是那馬婆子說要二兩銀子，你們三家湊些。」

高氏的話還沒說完，何氏立即拔高嗓門嚷道：「娘，這錢憑啥讓咱們出？這都是老二一家惹的禍害，要不是他撿了那孩子，咱家哪會有這些禍事？要我說，這錢就該她一家出。」

胡氏一聽到錢的事，腦子也不含糊，立即附和道：「大嫂說得對，老二一家為啥越過越好，怕是奪了我們的好運，這錢確實該他們出。」

一家人商量不果，晚上李老爺子回來，高氏又將事情經過說了。李老爺子跟這個時代的農村老人差不多，也挺迷信這些的，他沒贊同，但也沒反對。

這一晚上，高氏是摩拳擦掌、忐忑不安，何氏則是嘴角上揚，高興得哼起不成調的歌，而李二成一家三口仍被蒙在鼓裡。

吃過晚飯，王氏坐在燈下做針線、李二成補魚網、李青桐削著木箭。不多時，就聽見屋外傳來一聲奇怪的貓叫聲，王氏隨口說了句。「這誰家的貓？叫得那麼難聽。」

李青桐瞇起眼，頓了頓說道：「像是人叫的，我去看看。」說罷，她扔下東西跑出去看個究竟。

李青桐推開院門，就見月光下藏著一道黑影，正捏著鼻子學貓叫。

「三胖？」

「嗯。」那黑影果然是王三胖。話說這王三胖也算是個奇葩，當初他跟李青桐是冤家，兩人每次見面，不動手即動口，三胖是屢戰屢敗；但不知從哪天起，三胖突然對李青桐客氣起來，有時還會幫她一些小忙，李青桐懷疑他是歷史學家所說的被虐待狂。

「什麼事？」李青桐問道。

王三胖尷尬地輕咳一聲，很彆扭地說道：「我是來告訴妳，妳這兩天小心些，有人說妳是妖怪，要請仙姑來驅妳。」這些都是王三胖從他爹娘那兒偶然聽來的，他當時嚇了一跳，趕緊偷溜出來向李青桐報信。

「說我是妖怪？」李青桐一臉困惑。她表現得一向很正常，別的孩子幹麼她幹麼，這是從哪兒得出的結論呢？

「好了，我要回去了，總之妳小心些就是。他們來了，妳就跑，往山裡跑。」王三胖說完，頗有些依依不捨地離開了。夜風中，又傳來了一句語氣很猶豫的話。「我、我明天要去學堂了，我學名叫王飛達，以後別叫我三胖了。」

李青桐回去就把三胖說的事告訴了爹娘，王氏嚇得騰地一下站起來，心慌意亂地說道：「這可怎麼辦？娘怎麼這麼……」她話說到一半又覺得不該如此議論婆婆，只好打住話頭，在屋裡團團轉。

「孩子爹，你倒是拿個主意啊！」

李二成的眉頭擰得像股麻繩似的，他想來想去，也想不出什麼好辦法，最後只好說道：「我去找咱娘，她這是病糊塗了，才聽那幫人的胡話，青桐是我養大的，她是不是妖邪我還不清楚？」

李青桐方才聽三胖解釋就有些糊裡糊塗的，她在母星時雖然瞭解一部分中華文化，但畢竟只是窺見一斑，而且年代久遠，資料殘缺不全，像這類民俗小事，她只聽過一點。

李二成也不管天晚不晚，當下就去了李家老宅打算好好說道說道。

李青桐見王氏這麼緊張，略有些不解地問道：「娘親何必如此害怕，我又不是妖邪，到時她驅逐不了不就罷了？」

王氏聽她將事情想得這麼簡單，真有些哭笑不得，一把摟過青桐，無奈地解釋道：「我的兒，妳哪知道這裡面的名堂，那些神婆、仙姑啥的沒幾個是好東西。妳姥姥家先前有一個婆姨，她家閨女就是這麼死的，娘當時也見過，都快嚇死了。」

王氏一提起娘家，眼睛忽地一亮，突然一拍腦門，喃喃自語道：「對呀，我該讓妳到妳姥姥家躲幾天才好。」王氏思及此，不禁有些後悔讓李二成去老宅說情了。婆婆那個人極為固執，何況青桐又不是她親孫女，做起事來更是沒有顧忌，誰去說怕都不行，如此一來，反倒提前驚動了他們。

王氏是坐臥不安，心神不寧。李青桐倒不怎麼害怕，她又纏著王氏問了些裡面的細節，心裡有了計較，準備明天隨機應變。

李青桐想了想，忽然又問道：「娘，如果讓他們為所欲為，我會不會被弄沒命？」

王氏臉色發白，身子微微打了個寒顫，不禁又把青桐抱進懷中，顫聲道：「別擔心孩兒，明早天不亮就讓妳爹把妳送走。唉，要不是天黑看不清路，此刻就送妳走才安全。」

青桐又問：「這個馬仙姑是不是害過很多人？」

「那還用說。」

李青桐微微點頭，淡聲道：「那就好。」

華猶美拉星球上的人情味和倫理觀念雖然淡薄，但是人們對公平和正義卻是十分看重，她們講究以恩報恩、以怨報怨，每個人都該為自己的所做所為負責。星球上所說的自由，必須是在不危害公平正義的大前提下進行，而她們所倡導的善良不僅是與人為善，還包括面對罪惡時不沈默、不容忍，因為對惡行的沈默也是作惡。

彷彿過了一個月那麼久，李二成終於回來了。李二成疲憊沈重的腳步聲在萬籟俱寂的夜裡十分地清晰，王氏忐忑不安地跑去開門，她心裡隱隱有一種不祥的預感。

果然，李二成進門的第一句話就是「孩子娘，咱娘怎麼說都說不通」。不出所料，王氏心中暗嘆一聲，接著她將自己的打算說了出來。

李二成略一遲疑，點頭道：「也好，我明兒天一亮就起，把孩子送走。病人都是想一齣是一齣，也許過幾天，咱娘又想明白了。」

夫妻倆又商量了一些細節，王氏給青桐收拾了一些衣物，給娘家嫂子、姪子裝了些鹹魚、蝦皮之類的吃食，收拾妥當，一家三口才各懷心事地睡下了。

李二成夫妻倆心裡裝著事，哪裡睡得著，他們幾乎睜著眼熬到了天亮。

天一亮，王氏趕緊把青桐叫起來，連臉也顧不上洗了。李二成一手提著包袱、一手拉著青桐，一瘸一拐地準備上路，原本是可以借驢車的，可這大清早的別人都還在睡覺，他去也不合適。

李二成決定先走到鎮上，然後花幾個錢坐車去，只是他萬萬沒想到，高氏竟比他們還起得早。高氏披著一件暗紅的衣裳，頭上包著塊紅布，拄著根枴杖，在兩個兒媳婦的攙扶下，顫巍巍卻又飛快地向李二成家走來。

高氏雖然瘦得皮包骨，但嗓門仍是一如既往的高，她遠遠地便開始叫號。「哎喲！你這個沒良心的白眼狼，果然被你大嫂說中了，你不顧你老娘的死活，竟要把那個妖孽帶走。」

高氏的叫號驚醒了還在睡眠的公雞，牠們大概不能容忍異類搶了牠們的工作，於是便一聲接一聲地叫起來，接著是狗吠，豬哼，寂靜的鄉村開始喧鬧起來。有那愛看熱鬧的人，臉不洗、頭也不梳，揉著長滿眼屎的睡眼就跑過來看熱鬧。

「哎呀，這是怎麼回事呢？」

「老嫂子，妳今兒精神頭不錯，那一嗓子吼得挺帶勁。」

李二成家門口的人越聚越多，人們七嘴八舌地議論著，猜測著。

高氏一見人多，便表演起她以往的把戲，撲通一聲往地上一坐，揚起灰塵一片，抱著小腳，拍著腿，有節拍地開始唱唸起來。「老天爺哎，祢睜眼瞧瞧這個黑心爛肺的不孝子，鄉親們也看看這個腳底流膿、頂上長瘡的白眼狼，老娘我病得吃不下、睡不香，進得少、出得多，一隻腳踏進了棺材裡，眼看就要去見閻王，這可都是他家那個小妖孽害得……」

接著高氏又加油添醋地將馬仙姑的話說了一番，村民聽得毛骨悚然，看向李青桐的目光都變了味。馬仙姑可是遠近有名的仙姑娘娘，她這麼說，自有她的道理。

李二成和王氏一看這情形不由得急了，李二成正要說話，就見不遠處又來了一大群人，那幫人簇擁著一個穿紅掛綠的老婆子，浩浩蕩蕩地往他家門口走來，應該就是那個大名鼎鼎的馬仙姑。

王氏緊張得心都要跳出來了，緊緊地攥著李青桐的手，生怕有人把她奪走。

馬仙姑自個兒來還不算，還帶了一幫幫手和徒弟，有男有女，一個個長得奇形怪狀，打扮得不倫不類。這幫人的傢伙十分齊全，有的端著白瓷盆，有的提著木桶，有的抱著黃紙，有的拎著包袱，最有趣的是還有人提著四隻大公雞。

馬仙姑手拿拂塵，向天空一指，大聲喊道：「妖孽在此，開始做法。」

馬仙姑一聲令下，眾徒弟開始七手八腳地忙碌準備。

李二成一看要開始了，只覺得腦子裡嗡地一聲響，他什麼也顧不得了，往正在叫號的高氏面前撲通一跪，哀聲懇求道：「娘，兒子我當初為了替大哥去打仗，斷了一條腿，咱家窮，沒姑娘肯嫁我，如今兒子好不容易有了一家人，娘妳就可憐可憐我，別折騰了行嗎？我閨女是不是妖孽我清楚得很，她要真是也該先害咱們夫妻倆，怎麼會害你們啊?!娘，妳這會兒就讓那馬仙姑離開我家，兒子就當啥也沒發生過，我們一家三口照樣孝敬妳和我爹。」

高氏繼續哼哼著，閉著眼不看李二成。

那廂，馬仙姑的徒弟們已經準備完畢。他們先把馬仙姑圍在中間，又唱又跳，有一個用素手蘸了狗血，在地上畫了一個大圓圈，將四隻大公雞分別按著守在東西南北四個方向。

馬仙姑手持拂塵，嘴裡唸唸有詞。「天靈靈、地靈靈，天官在上、地公在下，請祢們作主，降拿妖魔。」一唸畢，她一聲令下，命人去抓李青桐，王氏死命拽著李青桐不放。

李青桐手裡不知什麼時候握了把鐮刀，誰來就給誰一下子，凡靠近她的，衣裳、頭髮被割得碎屑紛飛。

李二成心急火燎，拉著高氏的胳膊懇求。「娘，妳以後看病的錢我全包了，妳就發話放我閨女一條生路吧！」

高氏是鐵了心了，仍是不為所動。

李二成見自己如此低聲下氣，自己的娘仍是一副無動於衷的模樣，他整個人像掉進了冰窟窿一樣，寒心之極。

他雙眼含淚，語氣中帶著一絲質問和控訴。「娘，青桐不是妳的親孫女，可我是妳的親兒子呀！兒子命中無子，跟前只養了這麼一個女兒，還指望她養老，妳就忍心看著兒子下半輩子無依無靠嗎？」

高氏施捨似地給了一句話，她挑著眼皮道：「誰說你無依無靠，你不是還有姪兒嗎？娘作主，從你大哥或你三弟那兒過繼一個，這可是嫡親的，遠比養別人的妖孽禍胎強。」

李二成嘴角掛著一絲苦澀的冷笑，他已經徹底死心了，他不會再求她。他艱難地站起身，揉著又酸又麻的跛腿，一瘸一拐地走到妻女跟前，二話不說，揮起一拳朝搶人的男人揮過去，一邊打一邊厲聲警告。「識相的都給我滾，這是我閨女，誰敢動她，休怪我不客氣。」李二成以前從過軍，雖然瘸了，但力氣還是有的，他發起狠來還真能對付兩個人。

馬仙姑一看徒弟被打，不由得大聲叫道：「哎喲老天，這人竟敢對天官不敬，阻撓本仙做法，給我先捆起來。」

她說著又朝高氏和圍觀的李大成、李三成望了望，意味深長地說：「這可是你們的事，不是我的事，錯過了這個時機，讓妖孽跑了，害得可是你們。」

高氏兩眼一瞪，呼喝兒子。「你們兩個還不去幫忙！」

「哎哎！」李大成和李三成聽話地去幫著馬仙姑的徒弟對付李二成。

李二成此時雙拳難敵四手，更何況，他還腿腳不便。不一會兒，他就被人團團圍住，馬仙姑的一個徒弟用麻繩將李二成捆了個結結實實，王氏也被兩個胖壯婦人架住了，兩人用力掙扎卻徒勞無功。

旁邊的村民們看熱鬧的居多，誰也不敢上前幫忙。一來，馬仙姑名聲在外，鄉下人重迷信；二來，動手的人是李二成的兄弟，旁人覺得這是家事，也不好插手。

李青桐手中的鐮刀已被人奪下，她被人推拉著拖到馬仙姑面前。馬仙姑瞇著一雙豬眼，暗暗打量著李青桐，奇怪的是，她不像其他孩子那樣嚇得不知所措、哭個不停，她不哭不鬧，一雙如河水一樣清亮的眸子靜靜地盯著馬仙姑看，並說道：「妳現在收手還來得及。」

馬仙姑先是一怔，她對上李青桐的眼睛時，心裡竟莫名一慌。很快地，她在心裡呸了一聲，越發斷定這孩子是個妖孽，否則正常人哪有這樣的定力？

馬仙姑用拂塵在李青桐四周掃了一圈，嘴裡開始唸詞，有時高聲清唱，有時喃喃細語，一會兒又扭著水桶腰且舞且走。

馬仙姑兩眼望天。「四方神佛保佑，天官在上，小仙這就要替天行道。」突然，她轉過身，朝李青桐大喝一聲。「青天白日，朗朗乾坤，大膽妖孽，還不現形。」她這廂說著話，那邊已有徒弟點然了黃紙和樹枝。四周揚起一陣煙塵，恰好風起，煙隨塵飛，嗆得人幾乎流淚，那四隻任重道遠的大公雞極度不安地撲騰著翅膀，要不是有人按著，早就跑掉了。

馬仙姑又唱了一會兒，開始命徒弟潑狗血。她發完號令，正要離開圓圈處，李青桐卻一把扯住她，半盆狗血嘩啦一聲，全部潑在了兩人的身上，又黏又稠的血潑在身上黏黏糊糊的極為難受，還有那濃重的血腥味幾乎讓人作嘔。

圍觀的村民發出一陣驚呼聲，不由得往後退了幾步。

馬仙姑被連累著潑了狗血，氣惱不已，她用手想掙脫李青桐，哪知這女娃的力氣奇大，她用盡力氣也掙脫不了。馬仙姑急了，抬腿去踢李青桐，李青桐順手一抓，只聽見布撕裂的聲音，她的綠綢褲子被撕開了道大口子。此時正值夏天，人人衣裳穿得又薄又少，這一撕，馬仙姑自然露點了。

周圍的人，尤其是男人，全都瞪大眼睛一齊盯著馬仙姑瞧，她再老、再醜也是個女人啊，不看白不看。

馬仙姑老臉難得一紅，用陰冷的目光掃了李青桐一眼，原本心裡打算這個女娃要是配合，就好心饒她一命，既然她不給臉，她便甭想好過。

「你們都愣著幹啥，還不快過來，給我灌她符水、給我燒妖孽。」她的徒弟像潮水一樣一起圍湧上來，李青桐力氣雖然很大，但她畢竟是個孩子，而且她還要牽制著馬仙姑，所以這幫人費了一番力氣後才制住了她。

李青桐被人架著，有的人給她灌下一種極難聞的水，有的人還把燃著的黃紙往她身上扔。李青桐這才意識到事情的危險性，也明白了爹娘緊張的原因，要是一般的孩子這麼又驚又嚇，很可能小命就沒了。

不過，現在不是她感慨害怕的時候，她得想著法子對付這幾個人。

那邊正亂成一團，一旁李二成夫妻倆看著自家的女兒被人如此對待，心如刀絞。王氏哭喊得嗓子都啞了，李二成則赤紅著眼睛，毛髮倒豎，他不知哪來的蠻力竟一下子衝破了四人的箝制，搖搖擺擺地朝馬仙姑幾人橫衝直撞過來。馬仙姑和兩個徒弟一時不察，被李二成撞倒在地，連帶著李青桐也壓在了馬仙姑身上，四個人還剛好倒在正燃著的紙堆上。

「我的娘啊——」馬仙姑發出一聲驚天動地的慘叫聲，李青桐乘機摁住她，以便讓她和火堆多親密接觸一會兒。

「啊啊——」馬仙姑狂亂地揮舞著手，連拂塵也丟了。圍觀的人愣了一會兒，才想起去拉她，而這會兒，李二成又重新被人摁住了，他發了瘋地拚命掙扎，大聲咒罵著。李青桐很清楚憑自己一己之力，根本對付不了馬仙姑這幫人，她得找個好地方，單挑這個該死的女人。

什麼地方呢？李青桐看到不遠處在朝陽映照下的粼粼河面。

戰場就設在那裡吧！李青桐滿是狗血和灰塵的臉上露出一個古怪的笑容，讓看見的人不禁有些心驚。李青桐手裡緊抓著馬仙姑，用力一撕，「嘶」的一聲，馬仙姑的大紅袍子被撕開了，她飛快地用衣裳裹著頭臉，然後就地一滾，當然她在滾動的時候還不忘帶著馬仙姑。

於是，這一天李家村的村民圍觀了這一幕奇景——一個渾身包裹得嚴嚴實實的女娃抱著馬仙姑在地上滾啊滾，撲通一聲滾進了河裡。

一剎那，眾人全部移往河邊觀看。李青桐的水性很好，她曾經偷偷練習過在水中閉氣，最長時間能達半小時，此刻這個功夫派上了用場，她抓著馬仙姑的雙腳死命往水中拖，像水鬼一樣緊纏著不放。

馬仙姑不習水性，她從驚駭中醒悟過來後便開始大聲呼救。她的徒弟們也有會泅水的，有幾個人已經像下餃子似地跳下河裡去營救馬仙姑。李青桐在水中變換著位置，儘量拖延時間。

「噗哧、噗哧。」馬仙姑在水中載沈載浮，時不時地灌入一口河水。

「青桐，我的桐兒——」

突發狀況讓人放鬆了對李二成的箝制，他再次掙脫出來，似乎忘了自己還被捆著，一得了自由，便撲通一聲，奮不顧身地跳入河裡。

第三章

李青桐每隔一會兒便會浮出水面換氣，然後又沈下去繼續往下拽馬仙姑，她正玩得不亦樂乎，打算給這個巫婆來個水葬，沒想到關鍵時刻，她爹撲通一聲像粒餃子似地跳下了河，而且手腳還是被捆著的。

這下，李青桐就不得不暫時拋下了馬仙姑，轉頭去救李二成。

李青桐在水中摸索著解開了李二成身上的繩索，李二成本就會泅水，解了繩索自然無事；可惜的是，馬仙姑的徒弟們也得著這個空兒將她救上岸。馬仙姑像隻擱淺的鯨魚一樣，四仰八叉地躺在河岸上吐水，臉上紅一道、綠一道的，五顏六色的像開了顏料鋪子似的，身上的體面衣裳也被撕得七零八碎，露出一片白花花的大腿。

圍觀的人眼睛亮晶晶地盯著馬仙姑看，交頭接耳，議論紛紛。馬仙姑活了幾十年，從來沒有這麼狼狽過，饒是她臉皮極厚，這會兒也羞惱得恨不得找個地洞鑽進去。

馬仙姑上岸不久，李二成也抱著濕淋淋的李青桐上岸了。人群分流了一部分到他們父女那兒，王氏也撲了過去，一家三口挨在一起正準備抱頭痛哭，就聽馬仙姑尖聲大嚷。「快抓妖孽，此妖是水怪附身即將成形，今日不除，必成大禍！」

李二成狠狠地瞪了馬仙姑一眼，剛要開口反駁，就聽到一個聲音接道：「馬仙姑，妳說她是妖孽，為何妳剛才的做法奈何不了她？妳是法力太淺，還是錯把人當妖？」說這話的正是李青桐家的鄰居花二嬸，李青桐在村中唯一的好夥伴花小麥已經迫不及待地跑到她面前問長問短。

花小麥小臉通紅，怯怯地看著眾人，鼓起勇氣附和奶奶說道：「我奶奶說得對，青桐妹妹才不是妖怪，我從小就跟她一起玩，那個老太婆是瞎說的。」

馬仙姑不知從哪個徒弟身上搶了一件衣裳披著，一骨碌爬起來，凶神惡煞地看了花小麥一眼，然後「呸」地一聲啐了一口痰，以斬釘截鐵的口吻斷定李青桐就是妖孽。為了使自己的話顯得有說服力，她還特意去拉早已被一連串變故嚇傻了的高氏助陣。

高氏的態度不像方才那麼堅決了，但馬仙姑是她請來的，她也不好直接拆臺，只是模稜兩可地說道：「哎喲，我今日被嚇著了，不舒服先回了，這事改日再說吧！」

馬仙姑一看她想跑掉，頓時一反往日的客氣，一把扯住她道：「老嫂子，妳這就走了？妳當我是誰呢？讓來就來、讓走就走。我今日為了替妳家除妖，險些把命丟了，妳說這帳怎麼算？」

高氏趕緊推託責任。「馬仙姑，咱昨日說得好好的，銀子妳找我二兒子要去。」

馬仙姑仍拉著她不放，臉上冷笑不已。開玩笑，李二成都拚命阻擋了，哪裡還會給錢，要錢也得是高氏去要。

高氏踮著小腳被馬仙姑拽到李二成面前，高氏臉上毫無愧疚之色，理直氣壯地開口道：

「二成，你回去拿二兩銀子給馬仙姑，總歸你們也沒啥大事，這事就先算了。」

李二成攙扶著妻女，一言不發地盯著自家母親。

「二成。」高氏見兒子不回應，不覺拔高了嗓門。

李二成像是木雕的一樣，呆呆地立在那兒，不聲不響。他兩眼直直地看著高氏，眼中沒有一絲溫度，甚至沒了慣常的忍讓和無奈，就像是在看一個陌生人一樣看著自己的母親。

「二成——」高氏突然沒來由地心裡發慌，她又叫了一聲。李二成理也不理，抱著女兒轉過身去，一瘸一拐地離開了。

馬仙姑忙活了半天，搭上半條命卻一文錢也沒撈到，哪肯甘休，她扯著高氏這個事主不放，而高氏也不是省油的燈，兩個老潑皮拉扯了好一陣子也沒有結果。最後是馬仙姑自覺今日丟臉太過，精神不濟，放下幾句狠話，帶著徒弟們離開了。

高氏回去後據說病情加重，一連幾日躲在家裡沒出門。不過病得最重的卻是李青桐，一回到家便昏迷不醒，她從小到大身體一向極好，這一病把李二成夫妻倆嚇得寢不能寐；但村裡的郎中和鎮上的大夫都請來了，李青桐的病情仍是毫無起色。

李二成夫妻雙眼熬得赤紅，兩人都勸對方去睡覺，但誰也不肯動。

王氏看著床上不醒人事的女兒，啞聲慨嘆道：「咱們家怎麼就這麼倒楣？平白無故地攤上這種事。」

李二成的態度比王氏要平靜許多，他要麼枯坐不語，要麼就是不聲不響地到院子裡霍霍地磨著菜刀。

王氏覺得丈夫不對勁，生怕他想不開要做傻事。李二成麻木而鎮定地說道：「妳放心好了，我冷靜得很，咱家孩子好了便罷，若是她有個三長兩短，我就趁著夜晚殺了那婆子，然後帶著妳離開這兒。」

王氏受到了巨大的驚嚇，失聲叫道：「二成，你千萬別這麼想，桐兒會好的。」

次日清晨，三胖和花小麥來看李青桐，但她仍然沒醒。當天晚上，李二成和王氏實在熬不住了趴在床沿睡了過去。

李青桐等他們都睡熟了才突然睜開雙眼，她藉著窗外皎潔的月光，躡手躡腳地越過父母下了床，然後再輕輕掩上門出去了。今晚，她正好去探路。

翌日清早，李二成夫妻醒來時，發現青桐正睜著眼看著兩人，兩人一起驚喜地喊了起來。

李青桐雖然醒了過來，但不再像以前那樣精神，她看上去病懨懨的，郎中也瞧不出個所以然，只說是嚇著了，慢慢養著就行。

李青桐表面上是在養病，實際上卻在私下裡悄悄籌劃，準備伺機而動。終於，她等來了這一天。

這晚，月黑風高。李二成和王氏因為忙碌了一天早早地歇下了，李青桐等他們熟睡後，帶好了計劃所須的東西到了馬仙姑家。

馬仙姑是個寡婦，她原本有一個兒子，據說是不滿母親的所作所為，到外鄉做生意去了。她是個耐不住寂寞的人，不少男人跟她都有一腿，這月黑風高夜不但是殺人夜，也是偷情之夜。

馬仙姑和她的姦夫經過激烈的運動後，正在說悄悄話，李青桐潛在窗戶下，偷聽兩人的談話。她覺得這個姦夫雖不是什麼好東西，但也罪不致死，煩惱該怎麼在不驚動這個男人的情況下殺掉馬仙姑。

馬仙姑道：「死鬼，方才我說的話你考慮得怎麼樣？」

那男人打了個呵欠，興致缺缺。「不就一個小孩子嗎？多大點事，趕明兒，我找個機會把她賣給劉婆子，那兒不正要買一批女娃嗎？」

馬仙姑卻咬牙切齒道：「不行，我要你親手宰了那個女娃子，賣了太便宜她了，老娘這條命差點交代在她手裡。」

男人又打了一個哈欠，語氣中帶些不忍。「何必把事做絕呢？非要弄死一個孩子。」

馬仙姑騰地一下坐了起來，冷笑一聲道：「我呸，你這會兒發起善心來了，老娘裝神弄鬼幫你騙姦那些大姑娘、小媳婦的時候，你怎麼沒善心咧？因你而死的人誰知道有多少個？」男人乾笑兩聲，沒再接話。

這段對話倒方便了李青桐做決定。這個男人一點都不無辜，既然如此，那就殺一送一吧！

李青桐像一隻野獸似地潛伏在那裡，耐心地等待著時機。兩人方才做了一番激烈的運動，沒多久便沈沈地睡了過去。

夜色漆黑如墨，陰涼的夜風吹得院中的樹葉沙沙作響，半空中隱隱有雷聲鳴動。

李青桐輕手輕腳地堆好茅草和乾柴，嫻熟地擦了幾下火摺子，火焰「轟」地一下燃了起來。李青桐擔心火被風吹滅特意多點了幾處，她把事情安排妥當後，便飛快地逃離了現場，她離開沒多久，馬仙姑家的院落便成了一片火海。

當李青桐深一腳、淺一腳地穿過整個村子回到家後，風勢驟然變大，天空中電閃雷鳴，到了後半夜竟下起了大雨。

如果這次燒不死，明天再想別的辦法吧！李青桐睡覺前如此想道。

她做完這件事心情十分清爽，回家後在電閃雷鳴中美美地睡了個好覺。李二成夫婦對此事毫無知覺，仍像前幾日那樣，一個燒火、一個做飯，還特意給李青桐蒸了雞蛋羹，烙了張白麵餅給她端到床前去。

「爹、娘。」李青桐脆聲喚道。

「哎。」李二成笑呵呵地應了一聲。

王氏吹了一下蛋羹笑盈盈道：「乖孩子，快起來把飯吃了。」李青桐坐起來把飯吃完就想下床活動一會兒，其實她那天根本沒事，那是為了混淆視聽，麻痺馬仙姑而故意裝昏的。

她昏迷不醒的事眾人皆知，那麼馬仙姑出了什麼事就跟自己無關了。

李青桐剛吃過早飯，王三胖就來了。由於三胖的娘劉桂花嘴比較刻薄，兩家曾發生過一些口角，再加上三胖小時跟李青桐總是打架，所以他每次上李家時，總有些彆彆扭扭的。

王氏不是個小氣的人，大人之間的事自然不會怪到孩子頭上，況且不管怎樣，青桐畢竟吃過劉桂花的奶，這點恩情是沒法抹殺的。

王三胖一進來，王氏就滿臉笑容地端來了一些炒花生和一盆鹹魚片，熱情地招呼他吃。王三胖心不在焉地捏了幾顆花生，一邊吃著，一邊時不時拿眼瞅著李青桐，看樣子像是有什麼話要說。

王氏暗自發笑，藉口有活要幹便起身離開了。

王氏剛離開，三胖便迫不及待地從腰間掏出一把用獸皮製成的彈弓，遞給青桐。「喏，這個給妳，今天我不上學了，咱們偷偷去把馬仙姑那壞女人的眼珠子給打瞎。」

李青桐抬頭打量著三胖，她沒想到這孩子倒挺仗義的。不得不說，三胖跟以前相比變了不少，首先，他比以前瘦多了，先前圓滾滾的身材開始抽高，那張臉也從球狀的變成橢圓形，還有給她留下深刻印象的總是越過楚河漢界的那條鼻涕河，也驟然消失了。

王三胖被她看得十分不好意思，他的臉不由自主地皺成了包子狀，故意凶巴巴地嚷道：「青桐，我是想為妳報仇，妳跟我說實話，妳是不是怕了？」

李青桐搖頭，臉上現出古怪的笑容。「你覺得我會怕嗎？」

三胖嘟囔一聲。「誰知道。」隨即他又補充道：「妳要是怕了，我就一個人去。」

兩人商量未果，就聽見門外傳來一個熟悉的女聲，來人正是王三胖的娘劉桂花。三胖的臉皺得越發厲害了，他走也不是、留也不是，最後只好把彈弓塞到青桐手裡，飛快地說道：「看樣子今天是逃不了學了，我晚上去她家，妳等著。」

三胖的話音剛落，就聽見劉桂花那又尖又響的嗓音響了起來。「胖兒，你這個找抽的，不上學往別人家跑做啥？你這個小沒良心的，老娘為了供你唸書砸鍋賣鐵的，你竟然偷懶蹺課。」

劉桂花說著話，伸手就去擰三胖的耳朵，三胖臊得滿臉通紅，王氏見此情形，又是勸說、又是拉扯的，才讓劉桂花消停一會兒。

劉桂花今日看上去心情不錯，把三胖轟去上學以後，順勢坐了下來跟王氏閒嘮嗑。上門即是客，王氏自是笑臉相迎，李青桐乖乖地叫了一聲伯娘，便靜靜地坐在那兒不動了。

劉桂花一邊剝花生，一邊打量著李青桐，她將凳子往王氏面前挪近些，邀功似地說道：「妹子，我今兒一早就聽到一個跟妳家有關的消息，這可是大事啊！」

王氏臉色微變，她以為是馬仙姑又要生什麼么蛾子了，趕緊追問道：「嫂子，妳快說說到底啥事？」

劉桂花得意地一笑，「噗」一下吐出一片花生皮，接著口沫橫飛、繪聲繪色地講起這起重大新聞事件。「嘖嘖，妳說怪不怪？昨晚不是打大雷下大雨嗎，一大清早的，有人路過馬仙姑家門前，妳猜怎麼著？」

王氏一臉緊張，忙問：「到底怎麼了？妳快說呀！」

「妳肯定想不到，她家啊，被雷劈了。那天火燒著了她家的院子，把兩人生生燒死在床上，哎喲，那景象要多嚇人有多嚇人，人都燒焦了。」

王氏一臉震驚，一時半刻還消化不了這個消息。馬仙姑竟然被雷劈了？這是報應嗎？

過了好半晌，王氏突然反應過來，上前摟著青桐的肩膀，十分解恨地笑道：「真是大快人心，看來連老天爺都看不過眼。」

劉桂花不禁又多看了一眼李青桐，接著道：「誰說不是呢！我可不是放馬後炮，我這人雖然愛說道，但也不是那種沒見識的人。前幾日那死婆子要燒妳家青桐時，我就覺得不對勁，憑啥那馬婆子說是妖孽就是妖孽，她真以為她是天仙啊？別人不知道，我可知道那婆娘的底細，那婆子原名叫馬春兒，她娘家跟我娘家隔著一條河……」

劉桂花嘰哩呱啦地說了一大堆，王氏心中有些不以為然。當初，馬婆子帶人綁了他們兩口子要對青桐不利時，劉桂花可是一句話都沒說，現在又說這些，無非是看著馬婆子遭報應了，來顯示自己消息靈通、有見識罷了。

王氏突然察覺到自己似乎漏了一個問題，她壓低聲音道：「咦，馬婆子的兒子不是不在家嗎？怎麼會是兩個人？」

劉桂花早就等著她問這句話了，當下神秘而曖昧地一笑。「噓，我跟妳說哦，那男人是……」兩人多少顧忌青桐在場，覺得某些話少兒不宜，因此極力壓低了聲音說話。

王氏聽罷臉色緋紅，唾罵道：「這個婆子一把年紀了，竟這麼老不正經。」

劉桂花眉毛一挑，用輕佻的口吻道：「人家可是仙姑，採陽補陰呢！哈哈……」

李青桐看著自己的娘跟這個女人說說笑笑，不得不說，這個世界的女人之間的關係真的很奇怪，明明心裡互相討厭，表面上仍能裝得親如姊妹，還喜歡湊在一起說些沒營養的話題。

華猶美拉星球上人類之間的關係十分簡單透明。歷史學家分析說，這是因為由於男性的消失，女人之間最大的、不良的競爭關係解除了，其他的諸如事業和工作上的競爭，大體上說來都是良性、有規則可尋的。那些據說是女性與生俱來的小心眼和小算計漸漸消失，變成了歷史的塵埃。難道，現在她不但要學習如何與男性相處，還得學會與同性相處？這真是雙重挑戰。

李青桐的神思正在九天雲外遊蕩，忽聽到王氏說到自己的身世。「我們青桐的來歷不一般，自然跟別的孩子不一樣。我聽江上的老艄公說，那一天路過的客人有舉人老爺，還有五品大官……」

劉桂花以前也聽過一些風聲，但具體的又不清楚，做為喜好八卦之人，她自然不肯放過這個挖猛料的好機會，她故作懷疑道：「真的假的？妳不會蒙我吧？要真是舉人大官，會養不活一個孩子？怎麼會把娃丟江裡呢？」

經過馬仙姑這事後，王氏是心有餘悸，生怕以後再有人拿青桐說事，便有心藉由劉桂花的嘴把隱瞞了幾年的真相揭露出來。她站起身一臉嚴肅地說道：「妳且等著，我拿樣東西給妳看，妳就知道我說的是真是假了。」

王氏走進裡屋窸窸窣窣地在床底下摸索了一陣子，拿出了一只木箱，劉桂花迫不及待地湊上前去看。

王氏拍打一下木箱上面的灰塵，轉頭招呼宛如老僧入定般的李青桐。「青桐，妳也過來瞅瞅，這是妳親生爹娘留給妳的東西。」李青桐走過來跟劉桂花一起看。這幾年，李青桐從沒問過一句關於自己身世的事，她之所以不問，一是怕傷了養父母的心；二是她又沒見過親生父母，對他們根本談不上什麼感情。

王氏在劉桂花激動期待的目光中打開了箱子。箱子裡有一件嬰兒穿的鮮紅色綢子小衣服，那衣裳雖然放了好些年，但顏色依舊鮮豔如新；此外還有一對金鎖，一塊晶瑩剔透的玉珮。

劉桂花看得兩眼放光，她用手摸著衣裳和玉珮，嘴裡嘖嘖稱讚。「妳說得沒錯，這東西一看就是富貴人家才有的。」說著，她重新打量了青桐一番，驀然發覺這孩子長得真好看，怎麼看怎麼順眼。

王氏順勢說道：「桂花嫂子，妳也看到了，我們家青桐的來頭不一般，自然就跟別的孩子不一樣。我以前聽那說書的講古，說啥甘羅十二為相、曹沖八歲稱豬的，這小孩子中也有奇人、能人，咱們青桐不就是力氣大點嗎？有啥好奇怪的。」

劉桂花連聲附和。「對對，那些人都是些沒見識的，動不動大驚小怪。」

劉桂花又待了一會兒才起身告辭。果不其然，不出兩天，關於李青桐身世的事情就傳得滿村皆知。

村民們議論紛紛，有的說李二成夫妻倆傻，想養孩子也該養個靠譜的；有的替李二成擔憂，說萬一孩子的親生父母找來，他們豈不是白忙一場；有的說那也不白養，可以乘機要錢啊！

此事和馬仙姑的死一起成為最近的兩大新聞。至於馬仙姑那事，李青桐本以為會有人報官，沒想到這事了結得如此乾淨俐落。馬仙姑的娘家含羞帶恥地匆匆把喪事辦了，多餘的話一個字也沒說；其他人也一致認為是雷電造成的火災，根本沒人想到會是人為的。李青桐聽到消息後，長長地鬆了一口氣，她可以繼續忙自己的事情去了，比如打獵捕魚、練武之類的。

日子靜靜地流逝，轉眼間已到了夏天的尾聲。秋天是李青桐最喜歡的季節，滿山遍野各種各樣的野果，開始貼秋膘（注）的獵物，每每都讓她覺得幸福無比。

這一天，李青桐像往常一樣，腰上掛著一把簡陋的弓箭，揹著半人多高的竹簍，手握一把鐮刀進入了李家村後面的大青山。大青山多野獸，一般人都在山的周邊活動，李青桐仗著力氣大，每次都會進入深山。

李青桐這次盯著了一隻肥拙的山雞，她正追趕得起勁，忽然聽到一陣斷斷續續的哭泣聲。李青桐一怔，不由得停下腳步凝神聆聽，這哭聲是孩子發出的，而且聽上去斷續不暢，應該是嘴被什麼東西給捂住了，遇上這種事，她自然要去看看。

李青桐循著聲音，在山間轉悠了一會兒，費了一番力氣終於找到了哭聲的源頭。那是一處十分隱蔽的山凹，四周長滿荊棘和樹叢，李青桐不用彎腰便能輕而易舉地隱藏在樹叢中，她還戴了一頂樹枝編成的帽子充當保護色。

她緩慢朝目標挪動，再近些時，便聽到兩個男人的說話聲和呵斥聲。

一個粗聲粗氣的男子罵道：「閉嘴，臭小子，再哭，爺就弄死你。」

那孩子仍在顫聲哭泣。「嗚嗚，我要奶娘。」

「啪啪」幾聲，像是揍人的巴掌聲。

「哇嗚——」小孩子極為驚恐地哭叫起來，不過聲音明顯弱了下來。

那人發了狠，極不耐煩地罵道：「再哭，我他娘的打到你哭不出來為止。」

好在另一個人及時攔住了他。「老三，別打了，咱銀子還沒到手呢！」

注：中國民間習俗，由於夏日炎熱，人們普遍胃口差，便於立秋後多食肉，將失去的膘補回。此指獵物肥美。

「娘的，老子心裡有氣。咱倆倒楣攤上了他，早知道就綁另一個小子了，他家給錢倒痛快。」

「什麼他家？他們是一家，只不過咱手裡的這貨不受寵，那個可是江家長孫。」

「原來如此。」

兩人又閒扯了一會兒，順便還交流了城裡哪家青樓的妓女盤兒亮、條兒順。青桐從對話中可以聽出，這兩人平常沒少做傷天害理之事。

該怎麼對付他們呢？目前有兩個選擇，一是靜等他們其中一個離開；二是主動調虎離山，分散他們的注意力，還是先等等吧！

李青桐一動不動地隱藏在樹叢裡，耐心地等待著時機。機會很快就出現了，大約半小時後，那個叫賀老三的男人說道：「老六，你在這兒看著這崽子，我出去一趟打探些消息，得趕緊把這貨出手。天黑之前，我若是沒回來，你就帶著他到咱們說好的地方。」

「好，你去吧！」錢老六回道。

賀老三稍稍收拾一下，轉身離開了山凹。山凹裡只剩下那個叫錢老六的男子和被綁的小男孩，李青桐起初想悄悄接近錢老六，轉念一想，自己這具身體能讓人放鬆警惕，還不如大搖大擺地出來呢！

想到這裡，她索性也不隱藏了，用鐮刀撥開樹叢，輕巧地鑽了出去。

那男人一聽到聲音，立即警惕地喝問道：「誰？」

「這位叔叔，我迷路了。」

錢老六一聽到這童稚的聲音，心頓時放了下來，扭頭一看，來人竟是個七、八歲的女娃娃；他再仔細一看，不由得暗喜起來，這女娃雖然衣著尋常，但長得十分好看，賣了又是一筆銀子。

錢老六在心裡噼哩啪啦地打著小算盤，臉上帶著親切的笑容，和顏悅色地向李青桐招招手說：「小娃娃，妳家裡人呢？」

「不知道，我迷路了。」

「來來，叔叔給妳好吃的。」

李青桐看著錢老六手中的燒雞，毫不遲疑地向他走去。那個被綁的小男孩此時正瞪著一雙驚恐的圓眼睛看著李青桐和錢老六，他一看到這個小姊姊快要上當了，心裡十分焦急，遂十分賣力地發出嗚嗚聲。

李青桐彷彿沒看到他似的，眼裡只有那隻燒雞，她在離錢老六還有幾步遠的地方停下，劈手奪過燒雞大快朵頤起來。錢老六樂呵呵地看著這隻快要入網的小肥羊，心中說不出的得意，他一邊套李青桐的話，一邊裝作找東西在包袱裡找繩子和布，準備順手把這個女娃也綁起來。

李青桐一臉懵懂無知地吃著雞肉，心思卻早轉了好幾個彎。她現在想的是，到底要怎樣處理面前的男人？送官，她沒這個能力，而且聽他們剛才的對話，不是只有兩個人，而是一夥人，身後還有大靠山，即便能送進去，說不定他們也只是到裡頭一遊，出來還是人販子。還有就是，她不知道這人的同伴什麼時候回來，在附近有沒有接應，她一旦動手就沒有回頭路，要是一擊不中，反落入對方手裡，那情形就不妙了。所以她不動手則已，一旦動手就必須讓對方無法開口和行動。

那就只能送他上西天了，反正這人作惡多端，死了也不冤。

打定主意後，李青桐便準備開始行動，時間緊迫，對手狡猾，她要趕緊抓住這難得的時機，於是李青桐一邊吃著燒雞，一邊不動聲色地朝錢老六走去。說時遲、那時快，錢老六只覺得有什麼東西在眼前一閃，下一刻就覺得脖頸處一陣劇痛，他的眼睛瞪得跟牛眼一樣大，不可思議地看著面前的小女孩。

李青桐用力將鐮刀往回一拽，錢老六脖子的血液頓時像泉水一樣，汩汩流了出來，不一會兒便將他的衣裳染得通紅。錢老六的喉嚨裡發出一聲古怪的聲響，瞪著大眼，撲通一聲倒在了地上。

那小男孩嚇得臉色慘白，兩腿打顫。李青桐抽回鐮刀，順手在草地上蹭了蹭，然後上前解開小男孩身上的繩子，並去掉他嘴裡的布條。李青桐這才看清小男孩的長相，他看上去大概四、五歲的樣子，生得十分俊秀。李青桐第一次見到這麼漂亮的活體雄性，她像在動物園裡觀賞某種好玩的動物一樣，忍不住伸手摸了他一把，還拾起剛才吃剩下的一隻雞腿準備給他餵食。

小男孩還沒能從剛才那血腥的一幕緩過來，他兩隻小腿不停地打著顫，嚇得語無倫次。

「小、小姊姊，妳是仙女還是妖、妖怪？」

男孩慘白著小臉，水汪汪的大眼睛閃爍著害怕、驚奇的光芒，小小的身體抖成了一團。

李青桐不禁笑了，他這副樣子真有點像她小時候玩的芭比弟弟。她憐憫地看著他，拉著他的小手好心地把他拽到一邊，讓他離血腥場面遠些。

「小姊姊，妳只殺壞人嗎？」

「是。」

李青桐遞給他一隻剩下的燒雞腿。「你想吃嗎？」

「我、我不吃。」

「真的不吃？」

男孩自從被綁到這裡後，只吃過一個冷饅頭，肚子早唱起了空城計，此時對食物的原始渴望蓋過了他的恐懼和好奇，終於，他顫顫地接過雞腿，又看了李青桐一眼，開始狼吞虎嚥地吃了起來。

李青桐趁著這個空隙，將地上的屍體拖到一旁，用野草和樹葉掩蓋起來，她又在死人身上翻找了一會兒，拿走了錢袋，她本來十分眼饞那柄大刀的，但又怕那刀標誌性太強，只能忍痛扔了。

「走吧！」李青桐拉起男孩的手，故意選了一條岔路走。

「小姊姊，妳叫什麼名字？」

「仙女。」

「哦……」

「仙女姊姊，我叫江希瑞。」

「快點走。」

李青桐一邊走一邊思索著怎麼處置這個江希瑞，帶回家肯定不行，太引人注目，萬一被匪徒的同夥知道會有麻煩；那就只能把人直接送回家去了，好人做到底，送佛送到西。

李青桐想從江希瑞的口中問清他家住哪裡，哪知這孩子說得顛三倒四的。「我家在京城啊，門口有兩隻張著嘴的大獅子，門口有賣小泥人的和糖葫蘆的……」

「那現在在什麼地方呢？」

「我、我也不知道啊，我跟著祖母、娘和哥哥一起去找爹，我們先是坐馬車然後再坐船；娘和香木姊姊帶哥哥出去玩，我也想去，他們不讓我去，我偷偷地跟了出來，就被人抓了，嗚嗚……」李青桐聽得腦門疼，只從中得到幾個沒啥大用的消息。

「行了，我們先進城再說吧！」

江希瑞乖乖地點點頭，扯著青桐的衣角亦步亦趨地跟在後面。

李青桐一邊走一邊警惕地打量著四周，生怕遇上那個叫賀老三的綁匪。李青桐想著越快進城越好，無奈江希瑞人小力弱，才走了一段路便不行了。

「你得快些，不然咱們到天黑也進不了城。」

「可是，仙女姊姊，我實在走不動了。」

江希瑞可憐兮兮地看著李青桐，他長這麼大還沒走過這麼遠的路，李青桐只好帶著他到旁邊的草叢裡歇一會兒再走。

兩人剛要起身，就聽見前方傳來一陣急促的馬蹄聲。李青桐不知對方是敵是友，趕緊摁住江希瑞暫時按兵不動，待這撥人走後，他們兩人才繼續趕路。

李家村離縣城有幾十里路，光憑兩條腿不知要走到什麼時候，李青桐準備坐馬進城，好在剛剛有從錢老六身上搜出銀子。其實她還可以回家找父母幫忙，但是後山離村子不遠，她這麼貿然帶著江希瑞回家肯定會引起村民的注意，萬一傳到了綁匪的耳朵裡她家就有麻煩了。最好的辦法就是她一個人解決掉此事，而且別讓熟悉的人看見。

想到這裡，李青桐把背簍往地上一放，指著它說道：「你，給我進去。」

「仙女姊姊……」江希瑞不解地看著李青桐。

「快進去，不准說話。」

李青桐怕他太小，不遵守紀律，便用布條將他的嘴摀上，然後塞進背簍，背簍裡很寬、很大，他身子縮一下勉強能裝下。李青桐飛快地割了一些青草往上面一蓋，遮得嚴嚴實實的，她彎下腰很輕鬆地將背簍揹了起來。

江希瑞在裡面乖乖地蜷縮著，經過綁匪的虐待之後，他覺得這點苦不算什麼了，這個仙女姊姊雖然力氣很大，也很凶，但他覺得她不是壞人。

李青桐揹著一個幾乎跟自己一樣高的大背簍，晃晃悠悠地踏上了塵土飛揚的官道。

這是通往縣城的唯一大路。

兩人剛上路不久，前方又傳來如雨的馬蹄聲，騎在馬上的人，身穿青布衣裳，人高馬大，長臉豬眼，眼角有一條刀疤。李青桐一看這人不禁心中一沈，方才她隔著樹叢影影綽綽地見過，這人的身影很像賀老三。

賀老三本打算飛馳而過，可經過李青桐面前時，心中又莫名地覺得奇怪，他鬼使神差地抓住韁繩，「籲」地一聲停了下來，居高臨下地看著李青桐，故作親切地問道：「小姑娘，妳背上揹的什麼東西？要不要叔叔幫幫妳？」

李青桐迅速地估量了一下雙方的實力，這個人看上去要比錢老六的武藝高上許多，以她現在的力量根本沒法抵抗，她不由得暗自慶幸自己將江希瑞藏到了背簍裡，否則後果不堪設想。

賀老三看她不回答，好奇心越發重了，他慢騎幾步，探頭朝背簍裡看去。李青桐臉上作出一副極為害怕的模樣，突然撒腿便跑，一邊跑還一邊喊。「爹、爹，有人要搶我的兔子。」

賀老三怔了片刻，搖頭一笑。他之所以攔下她，一是心血來潮；二就是想著，萬一能得手，又是一筆銀子，摟草打兔子的事，他可沒少幹。但聽那女孩子的喊聲，這四周好像有她的家人，那便算了，眼下拿贖金才是最重要的事情。賀老三想著，便「駕」地一聲，驅馬前行。

待到敵人離開後，李青桐長長地吁了一口氣，她對背上的江希瑞說道：「我為了你可沒少費力氣，今天至少損失了一隻兔子和肥雞。」

江希瑞嘴裡嗚嗚咽咽。「仙、仙呂節節，嗚賠妳禿子……」

「好了，我說你聽就是，別張嘴。」

「嗚嗚，好。」

李青桐繼續前行，背簍一顛一顛地晃動。

「你太沈了，以後少吃些。」

「嗚嗚，還有比我更胖……」

「別說話。」

江希瑞委屈地癟嘴，既然不讓他說話，就別跟他說啊！好吧，他不說了。

江希瑞經過了這些變故，此時是又累又睏，加上背簍裡空氣不流通，過了一會兒，他就昏昏沈沈地睡了過去。

李青桐邊步行邊等待車子行過。她手頭有錢，不拘是馬車、牛車，只要有車，她就坐，她一個小孩子揹著這麼大的背簍實在太引人注目，萬一那個賀老三發現什麼端倪就完了。

她越急，越等不來馬車。也怪她倒楣，今日正好沒有集市，進城的人不多，她只得硬著頭皮繼續往前走。李青桐越走越累，雖然她力氣大，但架不住江希瑞太重啊！她怎麼覺得他比半頭野豬都沈。

就在這時，身後再次傳來一陣馬蹄聲，李青桐以為有馬車路過，驚喜地回頭一看，這一看不要緊，她不由得大驚失色，原來是那個賀老三去而復返！

第四章

李青桐看到賀老三去而折返，不由得全身繃緊，右手死死地攥著鐮刀，為了防止洩漏情緒，她低著頭故作鎮定地緩慢走著。

「籲——」賀老三拉住轠繩放慢速度，一雙銳利的眼睛在李青桐身上打量。當他在山凹裡找到錢老六的屍體時，他首先想到的是江家的人找來了，但待他再稍一冷靜下來翻看屍身上的傷口時，又覺得哪裡不對勁。那傷口既不是劍傷也不是刀傷，而且死者瞪大雙眼，一副死不瞑目的樣子，神情中有驚卻無懼，由此推斷，錢老六死前一定是遇到了不可思議的奇詭之事，殺他的人也是意料之外的人。

若是江家的人找來，他不應該是這個神情，那麼究竟是誰會讓錢老六那麼驚詫和難以置信？

他在四周巡視了一會兒，並沒發現異樣，甚至沒看到打鬥的痕跡，他腦海中不由自主地浮現出路上遇到的那個奇怪的女孩；儘管他從心眼裡不相信，單憑那個小女孩的力量能殺得了錢老六，可是行走江湖多年練出的靈敏直覺告訴他——那個女孩不對勁。

「小姑娘，我想看看妳的背簍。」賀老三這話不是在徵求李青桐的意見，而是在告知她，不管她同不同意，他都要看。

李青桐睜著一雙如湖水般清澈的眸子，定定地看著賀老三，堅決地拒絕。「我不想給你看。」

賀老三越發肯定了自己的猜測，他冷笑一聲。「如果我非要看呢？」

李青桐指著他的馬說道：「那行，用你的馬交換。」

「哈哈，妳可真敢開口。」賀老三突地被她逗笑了。

賀老三緊盯著李青桐，笑容忽地斂去，那雙眼睛危險地一瞇，突然側彎下腰，伸開長臂就去撈李青桐身上的背簍。

就在他的手要抓到背簍時，李青桐靈巧地一閃，讓他撲了個空。

賀老三臉色微變，聲音越發地冷了。「妳會功夫？」不等李青桐回答，他再次問道：「妳家的大人呢？」

李青桐詭異地一笑，徐徐吐出兩個字。「你猜。」

賀老三面現凶狠之色，他不想再浪費時間了，不管怎樣，先抓住人再說。思緒一定，賀老三便迅速行動，他俐落地翻身下馬，像老鷹抓小雞似的，帶著一種十拿九穩的心態去抓李青桐。

李青桐原本還怕這人不好對付，想著盡力智取，如今看來，這人不管確不確定她是凶手都抓定她了。也是，對方本就是綁匪兼人販子，遇到落單的自然不會放過。

賀老三自以為捉她不費吹灰之力，可等他動手時，才發覺這女娃並不容易對付。她的招式很奇怪又很靈活，看似有套路但又看不出是哪家的路數。賀老三心中還惦記著別的事情，自然不想在這等小事浪費太多工夫，所以在和李青桐周旋了幾個回合後，便徹底失去了耐心。他唰地一下抽出腰間的長劍，狠狠地朝李青桐背上刺過來。

李青桐連忙舉起鐮刀向賀老三的腿部揮去，她這一鐮刀正好刺中了他的大腿。賀老三吃痛地叫了一聲，但他也不是吃素的，他的劍剛好砍在了李青桐的背簍上。李青桐背上突然受力，一個不穩趴在了地上，這劇烈的動作把昏睡中的江希瑞晃醒了，驚恐之下，他早忘了李青桐的囑咐，含糊又怯怯地呼喚道：「仙呂姊姊……」

賀老三聽到江希瑞的聲音又驚又喜，那個男娃竟然真藏在背簍裡。李青桐趁著賀老三這一愣神的工夫，迅速從腰裡抓出一只裝藥粉的舊荷包，抖開了迎面撒過去，然後在地上像巨龜翻身似的，艱難又迅速地打了個滾兒，順手將背簍甩了出去，再一腳將其踢開，同時大聲命令道：「注意，雙手抱頭，蜷成一團，快滾。」

背簍骨碌骨碌地順著草坡往下滾，先是人在簍中滾，接著人滾出了背簍。江希瑞慌亂之中竟也聽見李青桐的命令，雙手抱著頭，全身蜷縮成球狀向下滾去，這一路，他被摔得七葷八素，頭部也被石頭磕破了幾處，但他強忍著痛，不敢哭出聲來。

丟掉了江希瑞這個累贅，李青桐頓覺輕鬆許多，她順手抄起一塊石頭向賀老三砸去。賀老三閃身躲過，氣急敗壞地罵了一聲。「他娘的兔崽子，老子非宰了妳不可。」他一邊凶神惡煞地罵著，一邊舉劍亂砍，李青桐像一條掙扎的魚一樣在案板上死命蹦躂著。

賀老三連著數劍落空，這時，他心裡的火氣和戾氣已經全部被激發了起來，也不想要將李青桐賣錢了，而是手上用了十成的功力，招招斃命。「噗哧」一聲，那劍劃在了李青桐的肩頭，賀老三心中一喜，抬起一腳，下死勁地朝李青桐踢去。

這次算完了。李青桐腦中嗡地一聲巨響，一時想不出任何對策來對付賀老三，她萬分情急之下，竟脫口喊道：「爹啊——」

賀老三聽到喊聲，不由得動作一滯。他起初就認定這女娃應該有同黨，難不成她爹就在附近？就在這時，突然林中有了動靜，接著便聽到一個清越的男聲不屑地嗤笑道：「賀老三，你果是條好漢，竟連女娃也打！」

賀老三停住動作，厲聲喝道：「誰？閣下可敢現身嗎？」

李青桐這次徹底得到了翻身的機會，她飛快地拾起掉落在地上的鐮刀，嫻熟地揮動起來，像割麥子似地狠割了賀老三一刀。

賀老三正專心防著那個不速之客，沒料到李青桐會絕地反擊，這一刀正好砍中了他的小腿，鮮血汩汩流出。賀老三情不自禁地「啊」一聲，他尚來不及還擊，幾個黑衣侍衛從路旁的林中竄出來，將他團團圍住。

李青桐連爬帶滾地撤出戰圈，手裡握著滴血的鐮刀，睜大眼睛看著那位驟然現身的錦衣男子。這個男人跟李青桐以往所見的活體雄性都大為不同，他大約十四、五歲，生得俊逸挺拔，風度翩然，若以電動哥哥的標準來看，他應該是屬於奢侈品等級的。

她一直沒學會含蓄的看人方式，用直率的目光盯著面前的人。

錦衣男子也驚詫地打量著李青桐，兩人的目光在半空中對視片刻。

男子和藹地開口問道：「妳叫什麼名字？」

李青桐面不改色地答道：「仙女。」

「……」錦衣男子一時無語。

說到仙女，李青桐驀然想起了被她忽略的江希瑞。她轉身向官道南邊的坡地跑去，一路找去，只見背簍滾在一邊，青草撒了一路，地上還有幾塊帶著血跡的石頭，可就是不見人影。「江希瑞、江希瑞。」李青桐大聲喊道。

「他可能被江家的人救走了。」男子在身後對她說道。

「救走了。」李青桐喃喃自語道。這樣也挺好，反正她救人的目的也達到了。

男子繼續不動聲色地打量著李青桐，旋即又好心建議道：「妳可以跟著我一起去找江家要賞錢。」

李青桐想了想，很堅決地搖搖頭。錦衣男子笑了，正準備誇讚她一句，誰知李青桐卻說：「去縣城太遠，我要回家了，如果你不介意的話，可以先替江家墊上。」

錦衣男子微怔了一下，揶揄道：「原來是我看走眼了，我以為妳行俠仗義不慕錢財。」

李青桐自然能聽出他的言外之意，她面色平靜，淡然說道：「本來我救人時並沒想到要錢，是你提議讓我去領賞錢，我聽了你的提議提出了解決方法，你反而嘲笑我，由此可見你是一個口是心非、喜好玩弄心術之人。」

男子再次一愣，直到這時，他才意識到自己是在與一個七、八歲的小女孩鬥嘴，奇怪的是他和她對話時，竟然不自覺忽略了對方的年齡。

「那麼，妳想要多少？」

「你覺得他值多少？」

「說個數吧！」

李青桐不開口，只是舉起左手，分開五指。

男子眉頭微挑，揚聲反問道：「五百兩？」

這次輪到李青桐愣住了，她原本想要的是五兩，她正遲疑要不要告訴對方真相時，男子又開口了。「我沒帶那麼多銀子，只能先付妳五十兩。」

李青桐最終只拿了二十兩銀子。

男子不解地看著她。李青桐只得解釋道：「江家的人很小氣，拿多了，怕你要不回來。」她可不是瞎說，她親耳聽到綁匪說，江家不想付贖金。

「好了，請告訴我妳住哪裡？我回去好給江小公子一個交代。」

李青桐抬頭看了他一眼，搖搖頭。男子略有些挫敗地嘆氣，吩咐手下拿來一瓶藥膏給她，微微笑道：「小仙女，妳多珍重。」

李青桐淡然答道：「珍重，芭比哥哥。」

「妳說什麼？」

李青桐古怪地一笑，不再解釋，她接過藥膏，拾起地上被削掉一邊的背簍，頭也不回地離開了。

回家的路上，李青桐走得飛快，而且故意繞了遠道，她不想再跟這幫人有所牽扯。她到家之時，已是夕陽西下時分，倦鳥歸林，暮色將合，西邊晚霞似火，染紅了晚歸的黃牛和牧童，也染紅了荷鋤老人的鬍子。

王氏正在倚門引頸翹望，她這一整天都心神不寧。她曾在山腳邊喊了一陣子，卻沒有任何回應，她心裡想著，青桐要再不回來，等二成回來就讓他趕緊帶人進山去找，還好，李青桐終於出現在她的視線裡。

「青桐啊，妳可回來了。」王氏迎上去像往常一樣接過背簍，只是這次竟是空的，王氏愣了一下，並沒有多介意。

王氏見女兒回來，一顆心定下來，便笑著去做飯了，李青桐則跟以往一樣，坐在灶旁燒火。王氏邊忙碌，邊絮絮叨叨地說話，李青桐雖然不愛說話，但她卻是個極好的聽眾。

王氏一邊剝著蒜一邊嘆道：「今兒，妳奶奶和妳大伯母又來了……妳大伯母真是可恨，我覺得上次的事就是她挑撥的，她就是見不得咱家好。」王氏心裡對婆婆也很不滿，但孝字當頭壓著，她又不好說婆婆的不是，只好拿妯娌說事。

這讓李青桐想起了一直壓在心頭的一件事，就是她野奶奶高氏還沒有得到報應。按理來說，高氏是害她的元凶，當然不可能輕饒；但那畢竟是自己父親的親娘，她不看奶面也得看爹面，她在處理高氏時就不由得多多考量了。

青桐盯著灶裡熊熊的火苗，問王氏。「娘，如果那個老不死的死了，我爹會怎樣？」

王氏立即制止道：「噓，妳可別說那三個字，被人聽了不好。哦，妳爹嗎？唉……那畢竟是他親娘，他自然會傷心。」

「如果她腿斷了，癱了呢？」

「妳這孩子怎麼淨問這些奇怪問題啊？她癱了，肯定讓我們妯娌三人輪流伺候。依妳大伯娘和三嬸那奸猾模樣，說不定重活、髒活都得攤到我頭上。」

李青桐這才想起，古中國時期是養兒防老的，高氏要有個好歹，她家也輕鬆不了，而且這個時期的孝道是蠻不講理、不合乎人性的。在瞭解到實情以後，她才省悟到以前自己的認識太膚淺，她只看到古書上歌頌親情的美好詩章，卻忘了權利和責任從來都是一體的，特別是當遇上不講道理、不正常的父母時，親情會扭曲、變形。

好半晌，李青桐才低低地說道：「我不問了，娘。」報復高氏的事先暫緩一緩吧，只希望她能就此收手，別再來為難，否則，她的耐心是有限的。

晚飯很快便做好，紅薯稀飯、玉米餅、涼拌莧菜和炒豆角。飯剛上桌，李二成就回來了，他全身濕淋淋的，一進門就帶著股魚腥味。王氏張羅著去給他拿乾衣裳、端洗臉水。

李二成卻是小心翼翼地從懷裡掏出一樣東西，興沖沖地邀功。「妳們快來看這是啥？」
李青桐湊上去看，原來那是那一顆淡白色、比黃豆略大些的珠子。

李二成解釋道：「今日江邊有很多大河蚌張著嘴曬太陽，我費了半天工夫找出了這一顆。」王氏看得雙眼晶亮，女人大多都喜歡這類東西。

李二成建議道：「妳抽空進城問打首飾的工匠，能不能打點頭飾啥的，青桐都快七歲了，咱也得開始攢嫁妝了。」

說到頭飾，王氏忽地想起了一件事，忙說道：「我忘了跟你說了，過幾日就是我娘的六十生辰，我哥去年就說要辦一下，你看咱們……」

李二成大方地說道：「辦就辦唄，按規矩來就是。」

王氏嗯了一聲，似乎想說什麼，最後又停下來了，只道：「快換了衣裳吃飯吧！」

一家三口邊吃邊說，正確來說，是他們兩人在說，青桐在旁邊聽著。吃過飯，青桐拿出今日所得的銀子，錦衣男子給的二十兩再加上搜刮錢老六的五兩，共二十五兩，青桐自己留下了五兩，將二十兩給了爹娘。

兩人看著白花花的銀子，愣了好半晌。

王氏反應過來，急切地問道：「孩子妳說實話，這銀子怎麼來的？娘知道妳力氣大，可妳不能做傻事啊！」

李二成瞪了王氏一眼，笑著說道：「妳聽青桐說完行不？自家的孩子妳不知道她是啥人嗎？」

李青桐有選擇地把事情經過說了一遍，她只說自己無意中救了一個被拐的男孩，二十兩是那孩子的家人給的酬金。

「這……」王氏盯著銀子，一時不知說什麼好。

李二成卻看著青桐語重心長地說道：「妳的心地是好的，可妳別忘了自己也是個孩子，萬一把自個兒搭進去就不好了，妳遇著這事應該去找大人。」

「我下次不這樣了，爹。」

李青桐沒告訴爹娘自己肩膀受傷的事，吃過晚飯便回房自己搽藥包紮，還好傷不大重，她的身體素質又好，養些日子就沒事了。

再說那江希瑞蜷縮成球滾啊滾，一不小心滾到一條乾涸的溝渠裡，頭部著地，重重地一磕，雖不致命，但還是暈了過去。好在江家的侍衛及時趕來，那兩人一看江希瑞頭上血淋淋的一片，又昏迷不醒，當下嚇壞了，連招呼也來不及打便趕緊抱著人，快馬加鞭朝醫館馳去。

江希瑞再醒來時，已是次日中午了。

他一睜眼便喊道：「仙女姊姊，妳在哪裡？」

奶娘于氏忙去抱他，嘴上奇怪地問道：「什麼仙女？瑞哥兒，你是不是作夢了？」

江希瑞搖搖頭。「不，不是作夢，我要找救我的那個仙女姊姊。」

那廂，江家老夫人趙氏正和狄君端說話。

狄君端將昨日發生的事娓娓道來。「老夫人，那綁匪的同夥之一賀老三已經招了，說他們的同夥綁架兩位公子是看到江府的人衣著華美、氣度不凡，這才臨時起意，想乘機大賺一筆贖金。」

「臨時起意？」江老夫人不置可否。

「依老夫人看，這個賀老三如何處置？」

江老夫人正要答話，就聽見門外一陣喧譁，接著是噔噔的腳步聲。

江希瑞氣喘吁吁地闖了進來，由於跑得太急，他的小臉通紅，一雙黑白分明的眼眸中飽含著焦急和期待，他大聲喊道：「君端哥哥，你看見我的仙女姊姊了嗎？」

狄君端看著他這副模樣，不禁笑了，他蹲下身，和氣地問道：「你那麼想見你的仙女姊姊？跟哥哥說說，她昨天是怎麼救你的。」

其實就算他不問，江希瑞也想找人說。此刻，他更是迫不及待地說了起來。「姊姊很厲害的，她跟靜婉和靜妍姊姊都不一樣，她能用鐮刀打壞人，還能把我揹起來跑……」

狄君端靜靜地聽著，一副若有所思的神情。賀老三的招供、希瑞的話再加上那日親眼所見，可見錢老六的確確是她所殺。這個女孩的膽量和心機真的非同一般，但看她的裝扮還有手上的繭子，應該就是個農家女孩，那麼她那一身功夫和膽識是如何來的呢？這讓狄君端百思不得其解。也許，他昨天應該派人去打探清楚……

「君端，你說你昨日給了那女娃二十兩銀子？」江老夫人的一聲詢問打斷了狄君端的思緒，他立即回神，答道：「是的，本來要給五十兩，她只要了二十兩。」

「哦，倒是個不貪財的。」

狄君端笑了笑，不禁又想起她斥責自己的那番話。

江希瑞又一次被忽視了，他使勁拽狄君端的衣袖，仰著小臉懇求道：「哥哥，你帶我去找仙女姊姊好嗎？」

「等哥哥不忙了，就帶你去找她。」

「說話算話，打勾勾。」

狄君端朝江老夫人頷首笑笑，拱手告辭，拉著江希瑞走了出來。驀地，狄君端想起那個困惑他的問題。「希瑞，你知道什麼是芭比哥哥嗎？」

「八臂？這還不簡單，就是有八條胳膊的哥哥啊！」

江家和狄家的人要在清河縣逗留幾日，狄君端平時就很喜歡江希瑞，因此稟了老夫人說是要帶他出去玩一天，順便給他壓壓驚。江老夫人的心思都在長孫江希琰身上，也就隨他們去了，順便還讓下人準備了一些禮品，要賞給救江希瑞的恩人。

江希瑞得了祖母的首肯，當晚興奮得幾乎睡不著覺，他背著奶娘翻出自己的心愛之物，準備送給他心心念念的仙女姊姊。

夜晚來臨，白日裡十分喧嚷的興隆客棧此時已岑寂下來。江老夫人此時正半閉著眼睛倚靠在椅子上，一副十分疲倦的樣子，一個身著青裙梳著雙丫髻的小丫鬟立在她身後，揮著扇子輕柔地搧著風。

這時，于嬤嬤輕手輕腳地走了進來，她悄悄打量一眼江老夫人，正猶豫著要不要開口，江老夫人突然睜開眼，看著她，說道：「說吧，我讓妳辦的事如何了？」

于嬤嬤斟酌著回答。「回老夫人，興寶昨天夜裡就回來了，只是他是從疫區回來的，老奴怕他沾了疫病，就讓他先在旁邊的小客棧裡歇息。」

江老夫人讚許地頷首。「妳做得很好。」

于嬤嬤謙遜地笑了笑，說道：「這是老奴的本分。老奴接著說興寶打聽的事情，他說白氏的老家正是水災最嚴重的地方，那莊子裡的人大多都逃難去了，他尋了兩天只找到白氏當年的一個好姊妹。那個婦人說，白氏的老父在女兒、女婿進京後就日日盼望他們派人來接自己。結果整整盼了四、五年也不見女兒消息，他眼睛不好，只有白氏一個女兒，無依無靠又日漸貧困，最後只好變賣了一點家產到京城尋親去了，後來的事她就不知道了。」

江老夫人跟著唏噓一陣，一邊用拳頭輕捶著腿一邊說道：「這白氏也真夠命苦的，女兒掉落江中生死不明，如今老父也是不知所終。也罷，此事咱們也盡了力，至於能不能找到人，那要看天意。」

于嬤嬤笑道：「虧她託了老夫人這等宅心仁厚的人，要是別人，非親非故的，誰耐煩管這些閒事？」

江老夫人輕嘆一聲道：「我與她也算有舊，我不看活著的人面上，也得看我那死去的老姊妹面子上幫她一幫，也不過是舉手之勞的事情。這個白氏也是個可憐人，她性子單純，娘家無人，先前她乾娘在世時還好些，如今，唉……她在林府的日子能好到哪兒去？」

于嬤嬤半彎著腰靜靜聽著，末了問道：「老夫人，咱們這一路也沒少打聽白氏女兒的下落，至今仍無消息，以後還要打聽嗎？」

江老夫人聽到這事，不由得蹙了蹙眉頭，擺擺手道：「我看還是算了，就是因為要打聽她女兒的事，我抽調了幾個小廝出去，少了人手，才讓那些綁匪鑽了空子；幸虧君端的人及時幫忙，否則後果不堪設想。」

于嬤嬤趕緊附和道：「老夫人說得是，老奴也是這個意思，咱們江家對白氏是仁至義盡了。」

老夫人嗯了一聲。于嬤嬤知道她是睏了，示意小丫鬟伺候她梳洗歇息。

于嬤嬤待江老夫人歇下後，才輕手輕腳地返回自己的房間，臨睡前又舉燈巡視了一番。

因為是在外面，比不得府裡寬敞，所以下人大多是幾個人擠一個房間。俗話說，三個女人一臺戲，這麼多女人聚在一起，戲自然更熱鬧，那些丫鬟們憋了一整天，此時正是談興正濃之時。

有的在說江希琰的事，有的議論狄君端的事，最後不知是誰提起白氏的事，眾人無所顧忌，一個個都打開了話匣子，說得口沫橫飛。

有的說：「白氏真可憐，女兒落入江中，也不知是死是活，打聽了這麼久都沒消息，八成是淹死了。」

有人冷笑道：「嗤，落入江中？說得好聽。妳們都不知道吧，那孩子是被人推入江中的。」

有人驚訝道：「不會吧？誰這麼狠心啊！」

那人道：「還能有誰，她親爹唄。不，也有可能是誤推的，人家真正想推的是他的糟糠妻子。」

「快說快說，究竟怎麼回事？」

那人得意了好一會兒，最後在眾人的再三催促下，終於說了出來。「這事我也是聽來的，聽說那白氏的出身很不堪，她爹是個叫化子，好像叫什麼團頭，要了半輩子飯，多少積攢了些家私，他只生得白氏一個女兒，就想招個女婿。後來還真招了一個家道中落、流落本地的讀書人當女婿，可把父女倆給高興得，自以為終身有依靠。那女婿也爭氣，他努力讀書，先是考中秀才，接著中了舉人，還準備上京應試。那團頭怕女婿變心，硬是叫女兒帶著幾個月大的外孫女一起上京，說是安頓好再回來接他，若考不上再回家。結果呢——」

說到這裡，那丫鬟故意停頓了一下才道：「結果那舉人女婿在路上越想越憋屈，覺得自己就算中了狀元，一輩子都擺脫不了要飯化子女婿的名頭，在船行至桃花江時，他就一咬牙、一狠心，把媳婦給推到江裡去了。」

眾女一起聲討。「天吶，真是個忘恩負義的王八蛋。」

有人問：「那後來呢？姓林的進京以後呢？」

「進京以後，參加殿試，雖沒得狀元，但也中了進士，得了個不大不小的京官做。這姓林的生得俊美，得了一個官員千金的青眼，又娶了一個美嬌娘。」

這時，忽有人質疑道：「不對吧？上次老夫人過壽時，我曾看見過林老爺來祝賀，覺得他待人極和氣，人也長得斯文俊秀，怎麼看也不像是那種人啊！」

「哼，這叫知人知面不知心。」

「反正我是不大信。」

「哎對了，那後來白氏怎麼又回到林府了？是誰救的？」

「這些嘛，說來話長……」

那最先爆料的人正打算再好好賣弄一番，忽然聽得門外傳來于嬤嬤的一聲叱責。「都什麼時候還不去睡覺？小心吵醒了老夫人，讓妳們吃不了兜著走。」

丫鬟們互相對視一眼，一下全散開了，屋內頓時鴉雀無聲。

于嬤嬤很滿意自己的威嚴，在門外故意停了一會兒才離開。丫鬟們再不敢像方才那樣肆無忌憚了，加上她們白天忙了一天，不一會兒便進入了黑甜的夢鄉。

次日清晨。江老夫人正在用早膳，店小二彎著腰在門外傳話，有一個自稱是林白氏閨中姊妹的婦人要求見江老夫人。江老夫人眉頭微蹙，不置可否，既不說見，也不說不見。于嬤嬤忖度著她的意思，虎著臉對小二說道：「你當我們老夫人什麼人都見啊？那林白氏的好姊妹是從疫區來的，誰知道身上有病沒病，你還敢放她進來？你就不怕掌櫃的知道了讓你捲鋪蓋走人？」

小二一想也是這個理，當下就有些不知所措，只一個勁地打躬作揖。「請老夫人原諒，小的實在是抵不住那婦人再三懇求，才來稟報的，倒忘了盤問她的來歷了。」

江老夫人揮手制止他。「罷了，不知者不罪，你下去吧！」小二喏喏告退，江老夫人接著吩咐丫鬟給那婦人拿五兩銀過去。

李家村正沐浴在輝煌燦爛的朝陽中。清晨的空氣清甜而新鮮，李青桐迎著紅彤彤的日光，繞著村莊快跑。她一圈接一圈地跑著，汗水混著露水浸濕了她那黑亮柔順的頭髮，她的臉頰因為劇烈運動而變得血氣充盈，小臉白皙中透著粉紅，彷彿五月的鮮桃一般可愛，那雙明澈的眸中閃爍著一股堅毅的光芒。

李青桐經過前日那一次追殺，再加上馬仙姑的事，讓她對身邊這個世界有了別樣的認識——這是一個對女性，不，應該說是對一般人都充滿著惡意的世界。以前她以為只要自己奉公守法，就不會有事，現在她知道自己錯了。

她不惹事不代表沒事，這個認知讓她很沒有安全感，因此，她決定提高運動量，好好鍛鍊身體，在不大講理的地方，拳頭還是最管用的。

李青桐跑了八圈以後，逐漸放慢腳步走回家。

院子裡，李二成已經套好驢車，正往上搬東西呢！李青桐這才記起，今日就是外婆的生辰，他們說好要一起去給她祝壽的。

王氏說道：「她爹，我要不要去跟花二嬸說一聲，若是咱們回不來，就讓她幫咱看下門？」

李二成道：「我看不用了吧，咱們今晚還回來呢！」

王氏還是有些擔憂，不過，丈夫既然說不用，她也不好再說什麼了。

王氏催著青桐進屋去換身新衣裳，那是一套白底紫花的夏裙，王氏還在她的包包頭上繫了兩條天藍色的緞帶。她繫好，端詳一番，不由得自豪地笑了，這孩子無論穿啥都好看，李二成瞧著，也咧著嘴跟著笑了。

「好啦，趕緊坐好，趁著天涼快，咱們快些上路。」他吆喝一聲，坐上車轅，待妻女坐穩，「啪」地一甩鞭子，驢車咯吱咯喳地出了村子，向青桐的外婆家王家村駛去。

他們先去鎮上割了五斤肉、買了四包點心帶上，再加上自做的壽桃還有白麵、臘肉之類物件，這禮送得也算豐盛。王氏心情頗為不錯，以前她家窮，有時回娘家不但不拿東西，還要帶點回來。大嫂、二嫂一見了她就偷偷撇嘴，私下裡沒少編排她，這次送了這麼多東西，她覺得腰桿挺直了。

「青桐啊，一會兒到妳姥姥家就跟著妳小姨玩，別搭理妳大舅娘家那個混小子，他腦袋不靈光，妳見著他躲遠些。」

「好。」青桐乖巧地答道。

王氏接著又絮絮叨叨地說了很多閒話，像是她娘以前如何偷偷地拿白麵和小米給青桐的事。青桐隱約有些印象，她記得這個外婆還是不錯的，挺和氣厚道的一個老太太。

王氏是主講，李二成和青桐時不時地應和一聲，免得冷場，三人這麼有一搭、沒一搭地說著話，驢車很快就到了一個岔路口。寬敞的一條是官道，道路寬敞，但行人也多，而且有段路沒有林蔭；另一條是略有些偏僻的小路，不過一路綠蔭掩映，十分涼快。

李二成遲疑地問道：「孩子娘，妳說是走大路，還是小路？」

王氏笑著輕斥一聲。「你想走哪條就哪條，這點小事也來問我。」

李二成側頭看了一眼閨女，憨厚地嘿嘿一聲。「那就走陰涼的路，省得把咱們的桐兒曬黑了。」

驢車打了一個彎，拐上了林蔭小道。

他們沒走多遠，官道上塵土飛揚，隨即便傳來一陣得得的馬蹄聲。

馬車上坐著一位面如冠玉的少年，大約十四、五歲，他的旁邊坐著一個玉雪可愛的男童，正是前來尋找李青桐的狄君端和江希瑞。

走到這個岔路口，車伕緩緩停了下來，恭敬地徵詢少年的意見。「公子，左邊這條路通向金河村、趙家村，中間的通向下河村和高灣村；右邊的通向李家村、劉家村、楊家村，不知少爺要找的人是哪個村的？」

「哪個村？」狄君端也難住了，看向江希瑞希望他能想起些什麼，多少提供點線索。江希瑞的一張俊臉皺得像包子一樣，他苦苦思索著仙女姊姊說過的每句話，可她根本沒說自己究竟住在哪裡。

「車伕哥哥，你能不能問這附近有沒有仙女村？」

車伕哭笑不得，哪有什麼仙女村。

江希瑞不滿地瞪了他一眼，決定親自上陣。由於是夏天，馬車的窗戶自然是開的，他沒等多久便看見了一個挑擔進城的老農。江希瑞笑盈盈地脆聲詢問。「這位大伯，附近有沒有仙女村啊，就是仙女住的地方。」

那老農敬畏地看了一眼馬車，稍一遲疑，答道：「這位小公子，哪有啥仙女啊？不過咱們這倒有一個仙姑。」

「仙姑跟仙女不是差不多嗎？」江希瑞暗自想道，他興奮地追問道：「對對，就是她，你知道那位姊姊在哪兒嗎？」

「姊姊？」老農的臉皮不由得抽搐一下，接著答道：「那個仙姑姓馬，是馬家村的，前些日子被雷劈死了。」

「什麼？哦——」

「噗……」狄君端忍俊不禁。

江希瑞連問了幾個路人，也沒問出個所以然來，最後還是狄君端做出了決斷，反正就三條路，挨個兒去找。

李二成一家三口，在正午之前終於到達了王家村。青桐的外婆楊氏歡歡喜喜地出來迎接女兒、女婿，又拉著外孫女噓寒問暖了一番。

青桐的大舅娘張氏和二舅娘錢氏也跟著出來了，她們兩人的臉上起先帶著假笑，但一看到那兩籮筐的東西，笑容立即誠摯了許多，連帶著青桐也得到許多誇獎。

「喲，瞧這個孩子長得多周正，瞅著就跟地主家的小姐似的。」

「是啊、是啊！」

尤其是大舅娘張氏，那張臉跟用糖水洗了似的，笑容甜得讓人生膩，她拉著青桐不撒手，問長問短，問東問西。

楊氏今日看著兒孫聚集一堂，心裡十分高興，大方地端上一盤子糖和點心。家裡的孩子除了過年外，哪裡吃過這些東西？一個個像吃不飽的小狼似的，雙眼放著綠光，爭先恐後地去搶東西吃，尤其是張氏的幾個孩子搶得最凶。張氏表面上大聲制止道：「哎喲，都是饞死鬼托生的，都少拿些，讓著弟弟、妹妹。」可她光說不動，不過一會兒，桌上的東西便被他們一掃而空。

青桐的小姨玉容在旁邊不滿地撇撇嘴，扭過頭輕哼了一聲，她笑著朝站在一旁不動的青桐招招手。「小桐過來，小姨給妳拿吃的去。」

青桐還沒過去，方才那幫搶東西的小孩子們耳尖聽見了，一邊往嘴裡塞著東西一邊嚷道：「我也要、我也要。」其中叫得最響的便是張氏的傻兒子王有根。

王有根今日倒不像往日那麼邋遢骯髒，他甚至還穿上了一件乾淨的新衣裳；不過，可惜的是，那新衣裳上很快就沾了一堆性質可疑的髒物。王有根斜著白眼，用袖子蹭把鼻涕，如霹靂一般地叫道：「我要吃的、要吃的。」

張氏作勢要揍他，突然，她似乎想到了什麼，眼珠滴溜溜地轉了幾圈，然後用力扯過有根，再往青桐面前一推，意味深長地笑道：「有根，把你手裡的糖給你青桐妹妹，你看妹妹長得多好看。」

王有根咧開嘴，嘿嘿笑了幾聲，斜看了青桐一眼，然後從嘴裡摳出一塊黏糊糊的糖塊遞給她。「妳吃、妳吃。」

青桐胃裡一陣翻騰，下意識地往後退了幾步。

張氏嘎嘎地笑道：「哎喲，這孩子害羞呢！妳看看妳表哥對妳多好。」接著她看向王氏說道：「我要是有這麼個閨女，我睡著也能笑醒。這孩子我小時候就疼得緊，那時候孩子沒奶吃，娘每次給妳拿細糧和雞蛋時，我就在旁邊和娘表示『妳多給些，不用顧忌我們，大人苦些沒事，怎麼能苦了孩子』。」

對於張氏這種厚顏賣乖的行為，錢氏心裡十分看不上，她的面上浮上一層淺淺的嘲諷，應景地呵呵了兩聲。

王氏以前就對張氏存著警惕心，只是這幾年她一直沒提，防備之心也就淡了下來，今日聽她話裡有話，臉色不禁變了一變，連忙滴水不漏地答道：「大嫂的好心我怎麼能不知。我時常在孩子爹和青桐面前說『要不是妳姥、妳兩個舅娘，妳怎麼能長這麼壯？以後有了本事，一定得好好孝敬她們。』」

「都是一家人啥孝敬不孝敬的。」張氏伸手就去拉青桐，李青桐再往後退了幾步，要不是掩飾得好，心中的厭惡早表現出來了。

張氏訕訕地收回手，接著又道：「青桐這孩子生得不錯，不過，這閨女再好也比不上小子，早晚是別人家的人，將來大了往婆家一嫁，遇上明理的人家還能三五不時地回來看看爹娘，遇上那不講理的，一輩子也見不了幾回，到時妳和我妹夫可怎麼辦啊？」

「咳咳。」小姨玉容故意咳了幾聲，提醒張氏的話有些過頭了。

王氏的臉色也不大好看，她和楊氏正要張口說話，錢氏搶在前頭笑道：「好了，這都是以後的事，妳們著啥急啊？今兒個是娘的生辰，咱就說些好事吧！」

張氏想了想，也覺得此事不急於一時，她以後有得是時間慢慢地跟婆婆磨，今日先放下也行。想到這裡，她連忙改換了口氣，拉著王氏道歉。「妹子，妳別跟我一樣，我張嘴說話不過腦子。」

王氏付之一笑，抽回了手，表示沒關係，一場口角風波暫時消弭了。

李青桐此時才從眾人的話裡揀選出條理和訊息，實在沒辦法，這些人說話總不肯簡明扼要地直奔主題，總是話裡有話，讓她轉換邏輯和語言需要多一些時間。

張氏方才的話提到她將來嫁人的事，惹了王氏不高興。這個李青桐自然理解，這個朝代是父系社會，女人出嫁從夫，嫁了人就不能再照顧爹娘了，而是得轉而去照顧別人的爹娘；但她不會這樣的，她不能丟下爹娘不管。

於是，李青桐徑直走到王氏面前，平靜地看著她的眼，語氣堅決地說道：「娘，我以後不會嫁到別人家，我會一直照顧你們。」

王氏先是一怔，接著欣慰地笑了，她拍拍青桐的頭，親暱地責怪道：「傻孩子，妳才多大就說嫁不嫁的。」

青桐嚴肅地說道：「我是認真的，我不用也不必嫁人。」其實她後面還想說的是，實在有需要，在院子裡多種一架黃瓜就行了。

第五章

王氏聽了青桐的話，不管將來做不做得到，單憑這份心意，她已經很感動了。再次摸摸青桐的頭，又幫她整整衣領，笑著說道：「在家裡就嚷著要找妳小姨玩，還不快過去。」

張氏假笑一聲，再次將王有根往前推。「去去，你姑姑老長時間不來，去陪你妹妹玩，記得啊，什麼都讓著她。」李青桐一看到他心情就受影響，她快步離開去找小姨王玉容玩去了，王有根傻愣愣地在後頭跟著。

張氏轉向王氏說道：「哎呀，我們有根啊，最近越來越懂事了，有時候還知道幫著家裡幹活呢！」

錢氏在旁邊乾笑一聲，言不由衷地附和道：「是呀！」

王氏敷衍地嗯了一聲。張氏將凳子往前挪了挪，壓低聲音說道：「妹子，我怎麼聽你們村的人說，青桐這孩子是啥妖附身？還聽說，她腦子不大靈光。」

王氏的臉上登時掛了怒色，她的聲音因為激動不由自主地拔高了些。「大嫂這是從哪兒聽說的？妳聽話都只聽一半吧？妳知不知道說咱們青桐是妖孽的馬仙姑都被雷劈死了，可見老天爺也知道誰好誰歹。」

張氏沒想到一向軟弱可欺的小姑子竟會搶白，她臉上訕訕地剛想為自己辯解，就見婆婆楊氏陰著臉衝她說道：「老大媳婦，妳不會說話就少說兩句，啥妖孽不妖孽的，別人瞎傳妳也信，以後別再說這些了。」

張氏不甘地撇撇嘴，小聲嘀咕一句。「我只是隨口說說而已，再說我也不嫌棄她。」

王氏道：「只要我和她爹不嫌棄就行，旁人怎麼想，咱們管不著。我這孩子懂事又孝順，從來不惹事，比個兒子都強呢！」

楊氏怕她們再生閒氣，就擺出老人家的架式，一個個給分派活計，幾個婦人有的洗菜、有的揉麵、有的燒火，忙得不亦樂乎。

李二成自到了王家也沒閒著，先是幫著岳父和大舅子清理豬圈，清完又開始劈柴。

岳父王老漢一邊往糞池裡鏟土，一邊擔憂地說道：「聽說金明河下游又決口了，淹了幾十個村子，咱們縣裡來了不少逃荒的。」

李二成答道：「是啊，我也聽說了。有的整個村子都被淹了，有的人已經開始賣兒、賣女了，不過咱們這兒還好些。」

王老漢的眉頭皺成了川字，嘆氣不語。

李二成想了想又說道：「爹，我想跟你商量點事，這幾年我手頭攢了幾兩銀子，想著買些地，你看現在買合適嗎？」

王老漢搖搖頭。「還是再等等吧！我總覺得最近的氣候不妙。」

「哦……」李二成若有所思，他心裡本就猶豫，此刻越發躑躅了。

翁婿兩人悶頭幹活，過了一會兒，王氏出來喊吃飯，兩人淨了手一起進屋，接著其他人也陸續到齊了。

今日的飯菜十分豐盛，大盆的豬肉燉粉條、臘肉炒青椒，還有一道紅燒魚，再加上各式的時鮮菜蔬，滿滿當當地擺了一大桌子。

做為壽星的楊氏一說開飯，孩子們立即下手去搶早就看好的肉，桌子上一時群手亂揮，一雙雙筷子飛也似地搶菜。搶得最狠的莫過於王有根了，他翻著白眼，兩眼圓睜，鼓著腮幫子，拚命地往自己嘴裡劃拉肉。

張氏照例又是不停地乾嚷嚷。「你這孩子真討厭，快別搶了，給你弟弟、妹妹挾一塊。」

就在這時，屋子裡像蒙了一層黑幔似的，驟然暗了下來。眾人一怔，接著楊氏嚷道：「糟了，要下雨了，趕緊看看外面還有沒有東西。」

眾人顧不上吃飯，趕緊放下筷子去收東西。他們剛把東西拿進屋，又把李二成家的驢車拉到牲口棚子裡，才做完這些，就聽見半空中轟隆一聲炸響，震得土屋顫了一顫。

外面電光頻閃，大雨磅礴落下，又密又大的雨腳像在天地織成了一道銀白色的簾子。須臾，狂風大作，大風挾帶著雨水穿堂入室，眾人只好把門關上，在昏暗的光線裡湊合吃飯。

其他人倒還好，只有王氏愁眉不展，看來這雨一時半刻是停不下了，他們很可能回不去，早知道就跟隔壁的花二嬸說一聲了。

李二成比王氏稍好些，待吃過飯後，他得了空低聲說道：「孩子娘別擔心了，銀子我帶著呢，反正家裡也沒啥值錢的東西；還有花二嬸，咱真要回不去，她肯定會幫忙看著。」王氏的心稍稍放了下來。

這是今年夏天最大的一場雨。一個多時辰後，院子裡地上已形成了數道水溝，屋簷上落下成千條瀑布。

這一晚，李青桐一家只得住下。大雨下了半天一夜，將大地澆灌個透澈，陰溝、小河全都滿了，路上又濕又黏，每走一步都十分費勁。

第二天清早，李二成夫妻不顧岳父、岳母的挽留，執意要踏著泥濘回家，楊氏也知道他們放不下家裡，只得作罷。

道路這麼泥濘，自然是不能坐驢車了。王氏和李二成下地步行，硬把青桐放到車上開始緩慢而艱難地前進，好在有的路段是沙土路和石子路，比這黏土路好走了許多。

當李二成經過岔路口時，竟遇到了熟人，那人正是青桐的大伯李大成。

李二成停下來招呼道：「大哥，你怎麼在這天出門？家裡有啥事嗎？」

李大成一看到李二成，不知怎地，神情十分不自然，目光躲躲閃閃。「咳咳，我啊？我去賣些東西。」

李二成哦了一聲。四人結伴而行，兄弟兩人時不時地閒扯幾句。青桐察覺到，李大成明顯不在狀態裡，等他們到了村口分別時，李大成明顯鬆了一口氣。

李二成一路高高興興地和路人打著招呼，又和王氏商量著好好餵一餵驢，再把車子洗刷下還給主家，只是等他們到家時，三人不禁大吃一驚。

門上的鎖被撬了。

夫妻兩人面面相覷，王氏咒罵一句「這斷子絕孫的死賊」，然後慌裡慌張地跑進屋，察看少了什麼東西；李二成也是十分焦急，跟王氏一起翻看。值得慶幸的是李二成昨天把銀子帶在身上，還有一些碎銀子由於王氏藏得隱蔽，賊沒翻到；至於家裡的其他東西，除了翻得亂些，別的東西都沒丟。

王氏連聲咒罵著，但已不似方才那麼狠了。

李二成一臉的難以置信，都說賊不走空，賊人怎麼會空手而回呢？他正這麼想著，門外傳來了隔壁花二嬸的聲音。「二成，你們回來了？」

「二嬸。」王氏忙迎了出來。

花二嬸朝屋裡看了一眼，欲言又止，神情十分猶豫。

王氏道：「二嬸，妳是不是看到那賊人的模樣了？」

花二嬸嘆了口氣道：「也許是我看錯了，反正昨兒個下午，我看見了一個人進妳家的院子……」

「到底是誰？」李二成急切地追問道。

李青桐幽幽地接道：「我知道，是大伯。」

「啊！」

「啥？」

王氏和李二成同時驚呼出聲。李二成趕緊說道：「青桐，不准瞎猜。」

花二嬸尷尬地笑笑，硬著頭皮說道：「青桐猜得沒錯，我看到的人真有點像他；可我又怕認錯了，我既看到了，不和你們說又不好，總之你們以後小心些就是。」

花二嬸說完便回家了，留下李二成夫妻兩人大眼瞪小眼，王氏突然一躍而起。「我想起來了，還有一樣東西沒察看。」她急不可耐地鑽到床底下翻找放有李青桐的小衣裳和玉珮的地方，果真被偷走了。

王氏咬牙切齒道：「這個天殺的，連自家兄弟的東西都偷。」

「二成，走，咱們去找大哥要東西去，怪不得他剛才見了咱們是那副神態，原來是作賊心虛。」

李二成站在原地低頭想了一會兒，心中算是默認了王氏的指控。花二嬸的性子他瞭解，若沒有把握，她不會隨亂說的；況且剛才大哥的神色確實有些異常，若不是心虛，他幹麼躲躲閃閃的？

他的頭頹然垂下，有這麼個兄弟他既無奈又憤怒。

「行，我這就去找大哥要回東西。」李二成一臉怒容，抬腳便走，王氏和青桐緊跟其後。

他們三人到了李家老宅，院子裡靜悄悄的，因為下雨沒法幹活，大伯母何氏早跑到別人家串門子去了，孩子們也到別處玩了，院子裡只有三嬸胡氏在擇菜，她看到二房一家子全來，而且面色不善，立即皮笑肉不笑地招呼道：「二哥、二嫂回來了呀，怎麼不在娘家多住兩天？畢竟帶了那麼多東西，多吃幾頓也是應該的。」

王氏此時沒心情理會她話裡的擠兌，瞪圓了眼睛沒好氣地問道：「大哥在家不？」

「大哥呀……」胡氏拖長了聲調最後也沒回答在不在家，只是幸災樂禍地朝正房努努嘴。「你們自己去看唄。」

李二成拖著條瘸腿走得卻很快，他推開堂屋虛掩的大門，就看見他娘高氏正跟李大成說著話。

高氏的神情很慈祥可親，臉上帶著笑意，李大成一臉恭敬地聽著，笑容中甚至還帶有一些討好的味道。

看到高氏臉上的笑容，李二成早已麻木的心還是受了一點點刺激，他娘從來不會用那種神情跟自己說話，無論大哥多懶多饞多混，她都一如既往地寵他、疼他；再看看自己……罷了，不能再想了。

李二成站定了，深呼吸一口，大聲說道：「娘、大哥。」

高氏和李大成其實早就發現他們了，但兩人故意裝作不知情，此時更是流露出一副才看見的神情。高氏冷淡地嗯了一聲，接著用挑剔的目光將三人上下打量一眼，陰陽怪氣地說道：「回來了？你眼裡到底還有沒有我這個娘，我還以為你要入贅到老王家不回來了呢！」

李二成壓著火，儘量用平和的口吻解釋道：「平常很少去，這不是岳母過壽嗎？正好昨晚下了大雨回不來。」

高氏輕哼一聲，不鹹不淡地問道：「啥事啊？」

「娘，我們昨晚沒回來，青桐的幾樣東西不見了，有人看見大哥到我家裡了，我來問問大哥怎麼回事。」李二成的話十分委婉，他到現在還沒想著要撕破臉皮。

李大成跟他不一樣，他的嗓門比李二成還高。「二弟，你這是聽誰瞎說的？有本事你把她叫出來跟我當面對質。你哪隻眼睛看見我進你家了？空口無憑的，你上來就誣賴我，人還都說長兄如父呢，你就是這麼對待我？」

「大哥——」

李青桐聽到這裡，突然打斷李大成的話。「長兄如父這個詞用得不對，只有父親死後才能這麼說，爺爺還沒死呢！」

李大成瞪著一雙狗眼，一時接不上話來。

有婆婆在跟前，王氏只得先忍氣吞聲道：「大哥，你先把東西還給我，那是青桐帶來的，又不值錢，只是將來有大用。」

李大成是死活不承認，一臉的賴皮樣。「我沒拿，別找我要。」

李二成氣得牙齒格格響，他壓著火，轉而看向高氏。「娘，妳看大哥這事做的……連孩子的東西都拿。」

高氏一直在裝聾作啞，此時見躲不過去了，只好避重就輕地表態。「多大點事，瞎嚷嚷。你也說了那些東西不值錢，況且還是一個來路不明的野種身上的，不乾不淨地看著晦氣，丟了也好。」

「娘——」王氏和李二成異口同聲地叫道，李大成則是一臉的得意。

高氏不耐煩地擺擺手。「行了，我腦門疼，你們沒事就回家去吧！」

「大哥，你要真是我兄弟，就把東西還給我，我就當今日的事沒發生；不然——」

李大成有恃無恐，十分輕佻地嘲弄道：「我就是沒拿，你能怎麼地我？」

「我——」李二成怒目圓睜，雙拳緊握。

高氏一看氣氛不對，立即拿出了她的殺手鐧。「哎喲，我怎麼生了你這個不知好歹的白眼狼，你們成心想氣死我是不是？」

李二成握緊的拳頭漸漸鬆開，他痛苦而無奈地看了一眼妻子和女兒。

王氏一臉的失望和忿怒，她咬著嘴唇，正要開口說話，一直靜靜旁觀的李青桐快步走過來，拉起李二成就走。「爹，你先出去吧！娘，妳也跟著爹，屋裡太小了。」

「我不……」王氏話沒說完，就被李青桐拉扯走了。

「哼，這孩子傻歸傻，還算懂事。」李大成在後面怪裡怪氣地稱讚了一句。

李青桐猛然回頭，冷冷地看著他嚴肅地糾正道：「你的判斷是錯的。」

「砰」地一聲，李青桐關上了堂屋的門，只不過，她把自己關在了屋裡，一臉淡定地插上門閂。

這時屋子裡的母子兩人才察覺到有些不對勁，高氏厲聲問道：「青桐，妳想幹啥？」

李青桐平淡地答道：「不幹啥，這屋裡晦氣的東西太多。」說罷，她隨手抄起一個香爐劈頭蓋臉地朝李大成砸去。

「哎呀！」李大成驚叫一聲，急忙閃開。那香爐擦著他的額角飛過，砸出一片紅腫。

「我的老天爺，這是要反了，快來人啊！」高氏扯開嗓門大嚷大叫。

李二成夫妻不知發生了什麼事，在外面不停地拍門。

李青桐一個箭步衝上去，趁李大成不注意，跳起來一把拽住他的頭髮，同時右腳往他的腿彎處一踢，李大成撲通一聲跪了下來。

他這時已經反應過來，這個膽大包天的野孩子竟敢對他對手。

李大成齜牙大罵。「妳這個小野種，竟敢打老子，我抽死妳。」

「還是我抽你吧！」李青桐將李大成摁趴下，一腳踩著他的背、一手拽住他的頭往地上磕。「東西在哪兒？說。」

「賤種——」

「砰砰砰！」

「哎喲！」

高氏踮著小腳溜下炕，想找東西幫助大兒子，李青桐早就看這老太婆不順眼，一直隱而不發，此時她揍順了手，當高氏舉著掃帚飛奔上來時，她想也沒想，用閒著的一隻腳當胸踢過去。

「哎喲！」高氏搗著胸口，癱倒在地上，沒了命地大聲哭嚷。「大夥都來瞧來，這野孩子要殺奶奶和大伯了。」

「啪啪，咚咚。」一陣動作過後，高氏暫時沒了聲響。

李大成趁著這個機會已經爬了起來，他的眼裡閃著噬人的怒火，舉起肥厚的巴掌狠狠地朝李青桐搧去。李青桐怕的是賀老三那樣的高手，李大成這樣的普通人根本不在話下，她一彎腰，靈活閃過李大成的巴掌，又飛身閃過他橫踢過來的一腳，接著，她開始反擊了。

「撲通」一聲，李大成龐大的身軀再次摔倒在地，李青桐依舊用老招逼供。「說，東西在哪兒？」

「砰砰！」李大成被磕得頭暈眼花，眼冒金星。

「不說是吧？我接著磕，反正你人品這麼爛，也不值錢，況且還是來路不明的野奶奶生的，基因也不好，不乾不淨地看著晦氣，死了也好。」李青桐認為學習古地球的文化必須要會模仿，因此，她按部就班、一絲不苟地模仿著他們的語言和思維習慣。

李大成在被磕得昏迷前終於吐了實話。「我、我拿去當鋪，被一個去當鋪的婦人買走了……」

「接著說。」

「我不、不認得她，她像是逃荒的……」

又是砰砰兩聲。「當的錢拿出來。」

李大成的腦袋被撞得嗡嗡直響，眼睛瞪得跟牛眼似的，像是想把李青桐生吞活剝，他試圖起身反抗，但每次都被李青桐輕輕鬆鬆地鎮壓下去。

李青桐也不再跟他廢話，自己動手翻找，李大成剛到家不久，銀子還在懷裡揣著呢，李青桐很容易就搜到了，她學著高氏的口吻罵道：「沒出息的賤種，幾百年沒見過錢似的。」說著她將腳挪動到李大成的頸部，旋轉著往下踩踏幾下，再用力一踩，李大成掙扎了幾下，然後兩眼一翻，臉朝下昏了過去。

李青桐緩緩呼了口氣，走過去把門打開，門外站著的是一臉擔憂的李二成夫婦還有面急心不急的三嬸胡氏。

「娘、大哥……」

李二成一瘸一拐地跑過去，察看大哥和娘的傷勢。

李青桐在旁邊幽幽說道：「沒事，我看在你的面子上，沒用全力。」

李二成用極為複雜的目光盯著青桐，一時不知說什麼好。

王氏看著一直作威作福的婆婆和大伯這樣狼狽地倒在地上，心裡多少有些快意，但這股痛快感只持續了一瞬間，就被濃濃的擔憂替代了。婆婆和大伯醒來必不會善罷甘休，無論他們做了什麼不講理的事，可畢竟是長輩，人們還是會站在他們那一邊，到時該怎麼辦啊？

「爹、娘，那個野大伯說把我的東西賣給鎮上的一個婦人了。」

李二成看一眼地上仍昏迷不醒的大哥和娘親，伸手去探探他們的氣息，果然很平穩綿長，不像是受了重傷的樣子，大概休息一會兒就會醒過來了。

王氏焦急地說道：「孩子爹，桐兒那東西很重要，我還是去鎮上一趟吧！」

「我跟娘一起去。」

李大成頹然地嘆了一口氣，沒再說什麼，無力地擺擺手讓她們娘倆去了。

王氏急匆匆地回家拿了點碎銀子，轉身帶著青桐，深一腳、淺一腳地朝鎮上走過去。

她們到了鎮上唯一的一家當鋪——順發當鋪。王氏十分詳細地向掌櫃的敘述了那塊玉珮的顏色、模樣，關於李大成說的被婦人買走的事，王氏只信了一半，她還是要先問問掌櫃的再說。

掌櫃的一聽完王氏的形容，便很肯定地搖頭。「真沒有收到，今日下雨客人稀少，我記得很清楚。」

王氏不甘心地說道：「你再想想。」

李青桐踮起腳尖將袋子裡的銀錢晃得作響。「好好想想，想出來有錢賞你。」

掌櫃的呵呵一笑，許是錢刺激了他的記憶力，他一拍大腿。「哦，想起來了、想起來了。」

王氏的眼睛不覺一亮，重新點燃了希望的火苗。

那掌櫃歪著腦袋，一點點回憶道：「今天上午，有一個四十來歲的男人，個兒不高，瘦瘦的。」

「對對，就是他。」

「他急急忙忙地拿來一包東西要當，小二見他神情有異，就多盤問了幾句。」那掌櫃的沒說，其實是想乘機壓價。

「說來也巧，正好有個逃荒的婦人來當首飾，她不知怎麼地一眼看上了那東西，然後出了五兩銀子買走了。」

「那婦人什麼樣貌，家住哪裡？」

「長得……哦，年紀跟妳差不多，長得、反正長得不錯。」

「……你再想想。」

「真想不出來了。」

王氏這下傻眼了。不知住哪兒，她們到哪兒去找人？她在心裡把李大成詛咒了好幾回。

李青桐只得拉著王氏在鎮上漫無目的地轉悠。

清河縣，興隆客棧。

江府的下人正行色匆匆地打點行裝。他們接到江家老宅的急信，說太夫人病情加重，務必請他們快點回去，這樣一來，行程是無論如何也拖不得了。江老夫人當下命令僕人收拾行裝，盡快上路。

恰在這時，那個先前負責打聽白氏女兒下落的小廝興旺，面帶喜色地跑上來對江老夫人身邊的于嬤嬤說道：「于嬤嬤，煩勞您稟告一下老夫人，就說小的打聽到白氏女兒的一點消息。我聽一個行腳商說，他弟媳婦的表妹的小姑子的好姊妹，村裡有一對夫妻，七年前曾在桃花江裡撈了一個女嬰，時間剛好能對上，小的只須親自走一趟就好。」

于嬤嬤瞥了他一眼，笑著說道：「你上次不也說有消息，還把興福也拉上，結果讓歹人鑽了空子，若不是老夫人仁義，你怕是也跟興福一樣去了半條命。」

「嬤嬤教訓得是。」興旺低著頭，乖乖挨訓。

「好了，還不過去幫忙。」

「……是。」

興旺垂頭喪氣地往回走著，時不時地踢一下路上的石頭，他想著回去如何向那林白氏交代。原來白氏託江老夫人打聽父親和女兒的行蹤時，掏出了多年的體己，不但給老夫人備了份厚禮，就連老夫人身邊的丫鬟、小廝們也打點了，為的就是讓他們多跑跑腿、多說幾句好話。

果然，興旺和另一個小廝興寶辦事很是盡心，大船駛進桃花江時，只要船靠岸，他們就盡心向路人打聽消息。他們打聽到的消息著實不少，但等到查清真相時，無一例外都不符合條件，就連現在這個，興旺也不敢太過篤定。

興旺正低著頭走著，忽然聽得前方有丫頭連聲喚道：「小少爺，你這是做什麼？你病還沒好呢！」

面前那個搖搖晃晃著向他跑來的正是江希瑞。江希瑞蒼白著一張小臉，噘著紅彤彤的小嘴，清脆好聽的童音中帶著一點嘶啞。「明明說好了要住幾天，為什麼現在就走？我還要找我的仙女姊姊呢！嗚嗚，說話都不算話。」

那天他和狄君端坐著馬車去尋找仙女姊姊，原定的三條路線，他們只找了最左邊那一條路線，結果倒楣地趕上了天降大雨，雖有馬車擋著，他多少還是淋了點雨，而且這些日子他連受驚嚇還磕破了頭，身體本來就差，一回來就發起了高燒。

江老夫人雖沒責怪狄君端，但對方心裡十分愧疚，也不敢再帶他出去了。江希瑞本來還想著等天晴了，再纏著狄家哥哥帶他去找人，可祖母突然下令要離開這兒，他心裡那個沮喪就別提了。

就在這時候，服侍江希瑞的丫鬟麥冬氣喘吁吁地趕到了，她柔聲哄勸，江希瑞就是不依，興旺也跟著勸了幾句，江希瑞理都不理他，事情正僵持著，還好于嬤嬤過來了。

于嬤嬤是江老夫人最得用的人，她在江府的時間長又頗有威信，相當於半個主子了，府上的小姐、少爺們都不得不敬她幾分。江希瑞對這個嚴厲的祖母多少是有些害怕的，連帶著對于嬤嬤也有一點忌憚。

「瑞哥兒，來，老夫人等著您呢！」

「我……」

于嬤嬤牽著他的小手往老夫人處走去。

江希瑞委屈地癟著嘴，晶瑩的淚珠在眼窩裡打著轉，于嬤嬤只是例行公事地哄了幾句，便一副由他去了的模樣。江希瑞也沒再敢撒潑，他年紀雖小，可也會察言觀色，心裡再不樂意也不敢再反抗，他好羨慕那個仙女姊姊，她一定沒人管著，還那麼厲害，連可怕的大人都打不過她。

江希瑞到老夫人住處時，行裝大體已收拾妥當。他的堂兄江希琰正一本正經地坐在祖母身邊陪她說話。江希琰今年十歲，他少年老成，舉止穩重，與活潑亂動、舉止跳脫的江希瑞形成鮮明的對比。

「希瑞過來。」江老夫人看見江希瑞笑著招手，接著，她吩咐下人們將人點齊後，即刻出發。

江希瑞知道再不把握住機會就再也見不到仙女姊姊，因此他鼓起勇氣，囁嚅著說道：「祖母，我想再見一見救我的……姊姊。」

江老夫人臉色微微一沈，厲聲說道：「昨日就是因為尋她你才淋了雨，她就那麼好，讓你一直心心念念著？」

「我、我……」江希瑞垂著小腦袋，小手不停地絞著衣角。

江老夫人稍稍放柔了語氣。「你再見一面又如何？最後還不是要分開？再說，你君端哥哥已經給了她謝禮了。」

江希琰這時也拿出兄長的架式，繃著小臉，一字一板地教訓道：「弟弟，這就是你的不是了。祖母日理萬機，為一大家子人操心，你還拿這點小事煩她。」

江希瑞心裡十分不服氣，默默想道：「這怎麼能算小事呢？」

「行了，若是有緣，說不定你們以後會再相見的。」這句話歪打正著，頓時撥開了江希瑞心中的雲霧。是啊，她是仙女呢，那麼厲害，說不定會飛到京城找他。

江希瑞雖然仍是依依不捨，但心裡已經不再那麼糾結了。

江府的一眾人浩浩蕩蕩地出發了。

他們沒走多遠，忽聽下人來報說，有一個聲稱是林夫人白氏閨中密友的婦人，說她打聽到了白氏女兒的下落，並有玉珮為證，請求跟隨江府船隊同行。

「什麼？」

江府眾人一臉驚詫，面面相覷。這事未免也太巧合了吧？儘管如此，他們還是將此事稟報給了老夫人。

馬車緩緩停下，于嬤嬤掀開門簾，吩咐道：「帶她過來吧！」

不一會兒，興寶就領著那婦人走了過來。

婦人大約三十歲左右，中等身材，穿著一件洗得發白的藍白裙，袖口和肩頭上還有幾塊打得像花朵似的精緻補丁。她五官還算端莊，可惜的是蠟黃的臉色折損了她的顏色。婦人一直低著頭，左手牽著一個面黃肌瘦、大約四、五歲的男孩；右手拽著一個大約七、八歲的女孩子。

婦人來到江老夫人車前，不顧地上的泥濘，拉著孩子納頭便拜。「民婦劉氏，見過老夫人，謝老夫人前些日子的賞賜。」

「嗯！快起來吧，站著說話便是。」江老夫人聲調平平，辨不出喜怒。

「謝老夫人。」說著，她一把拽過一直往她身後躲閃的女孩往前一推。「老夫人，這位就是白氏落入江中的女兒，名叫招弟。民婦自從聽到府上的人說孩子落入附近的江中，日夜掛念，得了空就去打探孩子下落，不想還真給找著了。這孩子七年前被一個打漁的撿了去，誰知她家今年也受了災，養父母下落不明。前幾日我逃荒到此，看著孩子可憐就給了她一塊窩窩頭，又因看著面善，就多問了幾句，結果竟問出來了，剛好東西她也帶著……」

江老夫人問道：「那妳如何一眼就認出那是白氏女兒的信物呢？」

劉氏像背書一樣，說得極為流利。「這是因為當年民婦與白氏比鄰而居，她孩子滿月時我也在場。」

「哦……」江老夫人仍是不置可否，她又問了旁的幾個問題，劉氏皆是對答如流。

江老夫人又看了看那個女孩，她髮黃而稀，細瘦伶仃，神態畏怯。

「來來，孩子別怕，讓我瞧瞧。」接著江老夫人又吩咐人端來兩盤點心，給兩個孩子吃，至於劉氏則被晾在一旁。

狄君端因為有事耽擱，所以比他們晚到了一會兒，一聽說白氏的女兒找著了，便也過來瞧個熱鬧。招弟正貪婪而謹慎地吃著點心，無意間一抬頭，便看到一個清秀異常的少年翩然而來，她低下頭，飛快地擦去嘴邊的點心渣，直挺挺地立在那兒。

狄君端微笑著盯著招弟看了片刻，轉頭對江老夫人道：「老夫人，這孩子好像長得跟林四爺夫妻倆都不像。」

劉氏臉色微變，旋即低下頭，須臾，她又抬起頭來說道：「這孩子小時候就被人說像她死去的外婆。」

「哦，原來如此。」

狄君端又盯著招弟旁邊的小男孩看了一眼，然後朝車廂裡招手讓江希瑞下來。「希瑞你不是吵著悶嗎？喏，這下來了一個孩子，你跟他玩去吧！」

劉氏面色猶豫，但不好出口拒絕，只得彎腰小聲囑咐孩子不要亂說話之類，才放他去了。

江希瑞看了那髒兮兮的小男孩一眼，有些不喜，但是君端哥哥對他很好，他又不好不答應。狄君端不知怎麼想的，讓小廝把希瑞抱下馬車，找了一塊較為乾爽的地方，讓兩個孩子說話。

雖說江希瑞跟那孩子是同齡人，但兩人初次見面，並沒有立即玩到一處去，狄君端放下架子，陪著這兩個小屁孩玩。

「小弟弟，跟哥哥說，姊姊對你好嗎？」

「……好。」

「她來你家多久了？」

小男孩不由得停頓了，他怯生生地看著不遠處的娘親，不知該不該說。

「姊姊是前天來的嗎？」

小男孩點點頭，接著又飛快地搖搖頭。

狄君端又笑著問：「你今年幾歲了？」

「五歲。」

「那姊姊是比你大兩歲對嗎？」

小男孩子一臉疑惑，低頭掰著手指頭數。「是、是五歲。」狄君端眼中閃過一絲了然的笑意，他略帶些愧疚地拍拍小男孩的頭。「小弟弟真聰明。冬青，你去拿些肉乾給他。」

「哎。」

這邊，江老夫人的問話已經告一段落，她捧著劉氏遞上來的信物，來來回回地察看著、撫摸著，感慨萬分地說道：「唉，這事今日可算有個眉目了，我對白氏也有個交代。天可憐見，這一對苦命的母女。」

劉氏聽到這話，心頭的一塊巨石終於放下，她的面上不禁露出喜色。

江老夫人像是突然想起了什麼似的，驟然開口問道：「對了，那白氏臨走時對我說起她女兒身上有一塊明顯的胎記來著。」

劉氏臉上的笑容還沒來得完全綻放便又收了回去，她的身子不由得微微一顫，接著極快地低下頭。她腦中飛快地回憶著當日初見那孩子的情景，卻怎麼也想不起胎記的事。到底在哪兒呢？劉氏的額上滲出了層層細密的汗珠。

江老夫居高臨下，將劉氏的神情盡收眼底。

片刻之後，劉氏已從方才的慌亂中鎮定下來，她忙說道：「也有許多小孩子出生時有胎記，但長大後就慢慢消失的；況且招弟這孩子長在鄉下人家，難免磕磕撞撞的……」

江老夫人只是高深莫測地嗯了一聲，劉氏的心不由得提到了嗓子眼；再看那招弟早嚇得臉色蒼白，但此時她不知哪來的勇氣，居然開口道：「老、老夫人，我身上確實有胎記，後來受傷磕沒了。」

「哦，那是長在何處？」

「長在……」

招弟頓時傻眼了，她不知所措地偷眼瞅著劉氏，劉氏也是腦袋懵懂。

恰在這時，狄君端牽著小男孩慢慢悠悠地晃過來。

他一臉篤定地說道：「老夫人，姪兒可確定，這孩子是假冒的。」

江老夫人心裡雖然有了底，但聽他這麼一說，還是來了興致。

狄君端看向劉氏和招弟，用清亮而平靜的聲音緩緩說道：「第一，年齡不對，這個女孩子根本不是七歲，而是十歲。」

「哦？」

劉氏臉色由白變灰，腳下一個趔趄，她慌忙辯解道：「不是的、不是的，你們看她長得多瘦小，哪是十歲的樣子？」

狄君端微微一笑不理會劉氏，接著說道：「第二，她根本沒有所謂的養父母，她的生母就是這個劉氏，她的生父是劉氏的前夫。」

劉氏哆嗦著唇，緊張得說不出話來，招弟嚇得傻愣在那裡一動不敢動。

劉氏很快就明白過來事情敗露在誰的手裡，這人就是她的小兒子寶豐，原來這個少年帶走他是有目的的。

這時，于嬤嬤忽然大喝一聲。「大膽刁婦劉氏，還不跪下！」

劉氏還想垂死掙扎。江老夫人慢悠悠地說道：「劉氏，白氏根本不曾說過她女兒身上有胎記，我那是試探妳。妳真夠大膽的，真以為老身那麼好騙？光憑著信物就能信妳？」

劉氏像洩了氣的皮球似的，身子一軟，撲通一聲跪到泥水裡，摁著兩個孩子一起小群雞咻米似地不停磕頭。「老夫人饒命，民婦真是鬼迷心竅啊！民婦實在是走投無路了，民婦的家鄉發大水，田地房子都被沖垮了，就連當家的也被洪水沖走，民婦帶著兩個孩子討飯都不安生……」

劉氏說著說著，悲從中來，由原來的假哭變成了真哭，兩個孩子也跟著大放悲聲。

江老夫人微微蹙著眉頭，半晌，她擺手打斷劉氏的哭訴。「妳先說說妳是如何找到白氏女兒的信物的？若是能幫著找到人，也算是折了妳的罪孽，否則，我就將妳交給官府法辦。」

劉氏一聽說送官，頓時嚇得面無血色，事到如今她也只好實話實說了。

「民婦帶著兩個孩子逃荒，沒幾日錢就花光了，老夫人賞賜的幾兩銀子給孩子看病花了一些，剩下的被賊人偷了，民婦無法，只得去當鋪當首飾。城裡的那家店大欺客，民婦就想去鎮上碰碰運氣，不想正好在鋪子裡碰到一個來當東西的男人，民婦瞧著這男人神色慌亂，急於把東西出手，就覺得這東西來路不當；民婦又想起當日銀子被偷的事，心想說不定他們是一夥的，於是民婦假裝跟夥計搭話，悄悄在一旁觀察。

「等到那個男子將包袱打開時，民婦覺得有些眼熟。方才說過，民婦先前跟白氏是鄰居，那白氏的丈夫還曾跟我父親學過認字，她孩子滿月時，民婦也在場，雖然時隔數年，但還是有些印象。民婦留了心就跟那男人攀談，那男人沒甚心機，民婦拐彎抹角地打聽出這東西是從他弟弟那裡拿來的，他弟弟有個女兒就是從江邊的木盆裡撿來的。民婦想著今後生活無著，就決定昧著良心冒回險，老夫人，民婦這都是為孩子，實在是迫不得已啊！」

狄君端聽罷她這長篇大論，含怒道：「妳為了自己的孩子，就可以阻止她們母女相認嗎？虧妳還自稱是白氏的閨中好友。」

劉氏哭著辯解道：「民婦打聽到了，那孩子在養父母家過得很好。」

狄君端搖搖頭，不想再跟她爭辯。

江老夫人半合雙目，似在思索著什麼，半晌，她問道：「賢姪，依你看，該如何處置這劉氏？」

劉氏知道決定自己命運的關鍵時刻到了，她在泥水中膝行數步，爬到狄君端面前，以頭磕地。「這位公子，民婦實在是走投無路啊，請你看在兩個孩子的面上饒過我這一回吧！」

狄君端嫌惡地看了劉氏一眼，對著江老夫人略一施禮。「若依姪兒來看，該將這婦人送官。」

「啊——」劉氏險些要暈過去，兩人孩子也哭成一團。

「不過，」狄君端話鋒一轉。「若真將她送官，這兩個孩子就沒人管了。我知道老夫人心善，肯定不忍心如此辦，因此就罰她將功折罪，找回白氏女兒，再讓婆子打她一頓完事。」

「也好。」江老夫人滿意地點點頭。突然，她轉向劉氏，厲聲道：「于嬤嬤，妳狠狠地給我教訓這個婦人，這天底下的窮人、苦人多得是，也沒見人家起這等奸猾心思，若非看在孩子的分上，老身定饒妳不得！」

于嬤嬤領命下去，讓人把劉氏拖到別處，結結實實地把劉氏掌摑一頓。

狄君端乘機說道：「老夫人，你們可先到船上候著，我派人去縣裡和鎮上的當鋪看看，說不定原主會來尋找信物。」

江老夫人頷首微笑，讚嘆一句。「很好，還是你想得周到。」

狄君端報之謙遜一笑，一老一小說了幾句閒話，江老夫人便命人將包袱拿給狄君端，託他去辦這事。

江希瑞這兩天悶壞了，他生性好動，不肯放過外出的機會，因此就纏著狄君端不放。「君端哥哥，剛才我也立功了，你就帶著我去嘛！」

江老夫人面色微沈，斥道：「希瑞，你的病還未癒就想亂跑？你君端哥哥是去辦事不是去玩。」

江希瑞噘嘴不語，只用那一雙水汪汪的大眼睛可憐兮兮地看著狄君端。狄君端失笑，只得出面向老夫人求情帶了他去。

第六章

狄君端主僕三人，牽了馬，帶著江希瑞一道往清河縣東邊的金水鎮馳去。

一離開江老夫人，江希瑞立即像飛出籠子的鳥兒一般，人活潑了，話也多了。他與狄家的小廝熟稔，一路上不停地問東問西。

「雪松哥哥，我們是要找林家的小姊姊嗎？」

雪松笑道：「是呀，江少爺真聰明。」

江希瑞揚著腦袋哼了一聲，似乎很不屑於這種誇獎。「我當然聰明了。」他頓了頓又道：「對了，上回我去林府看到了源弟弟，這次找到了親姊姊他肯定高興壞了。」

冬青接道：「你說的可是那個病病歪歪的林安源？他不是病得見不得風嗎？小少爺怎地見著他了？」

江希瑞傲然挺起胸脯。「我自己找的，還有人欺負他，被我趕跑了。」至於他是因為捉蛐蛐兒而在林府迷路的事，他此時是忘得一乾二淨。

狄君端嘴角掛著若有還無的笑意，靜靜地聽著三人閒敘。他不由得想起了京城林家的一些閒事，心頭不禁為這個即將謀面的女孩子擔憂，她生母的處境本就不妙，外家又無勢，到了府裡怕還不如在鄉下自在。

這時那名喚冬青的小廝嘆道：「這林家小姐以後有好日子過了，將來不曉得該怎樣感激江老夫人和少爺。」

狄君端淡然道：「感激也許會有，但能否算得上好日子得另說。」

雪松一臉不解地看著自爺少爺。「怎地不算好日子了？在小的看來，吃得飽、穿得暖、沒人打就是好日子，林府再怎麼地，將來也不會虧了她。公子您是從小生在錦繡堆裡，不知道平頭百姓的苦，這鄉下人家的孩子從小就得幹活，特別是女孩子家，像瑞少爺這麼大的，有的就得做飯、餵雞、照看弟妹，趕上風調雨順的還能吃上飽飯，要是碰上災年，說不得就得被賣掉。更有那狠心的爹娘，把女孩子做牛做馬地使喚到十幾歲，說親時再要一大筆彩禮給兄弟娶媳婦、蓋房子，管妳到婆家怎麼過呢！」

雪松這番話，登時讓幾人陷入沈默中，一時誰也沒說話，只餘略顯沈重的馬蹄聲。

又行了一段路，道路兩邊多了些衣衫襤褸、面黃肌瘦的流民，他們慢騰騰地走著，一看到有人經過，便不停地作揖。「好心的公子少爺，行行好吧，給點錢吧！」

狄君端輕輕嘆了口氣，吩咐冬青撒些碎銀和銅錢。那些流民們一見到有人撒錢，立即像瘋了一樣圍了上來，一雙雙沾滿污泥的手向上伸著，大聲叫喊。「給我、給我。」

四個人三匹馬硬生生被困在中間，行進不得，還是雪松急中生智，奪過冬青手中的錢袋，抓了一把銅錢用力撒向遠處，那幫人才一哄而散去搶錢了。

三人用力策馬，速速脫離了這個混亂之地。待走遠些，雪松好聲勸道：「我的少爺，小的知道您是好心，可您也不能這樣啊！虧得咱們人多，這些流民又不成氣候，假如是您獨自一人，流民又多，那些人難保不見財起意，哄搶還是小事，說不定還傷人呢！」

狄君端倒是從善如流。「你說的有理。」

一路無話。四個人很快到了鎮西頭那家唯一的當鋪——張家當鋪。冬青率先跳下馬前去打聽，問有沒有人來問玉珮的事。那掌櫃今日才見的人，正好記得。「小哥你來得不巧，剛剛正好有一對母女問小老兒這事。」

冬青一喜忙問那母女兩人在何處。

掌櫃道：「她們在此等了一會兒，說要去找一個逃荒的婦人。」

鎮東頭，青桐一邊低著頭刮掉鞋上的泥，一邊安慰焦急不安的王氏。「娘，咱們不找算了，這麼多人上哪兒找去？那東西丟就丟了。」

王氏道：「傻孩子，那可是能證明妳身世的信物，不是尋常東西。」

青桐一臉淡然。「娘，我在你們身邊過得很好，不用找親生爹娘也行。」可能是母星上那種淡薄的血緣關係的觀念已深入她心，她覺得親生也好、收養也好，區別不大；況且，她曾在資料中看到，地球上，尤其是亞洲地區喜男厭女，有丟棄女嬰的惡習，說不定她就是被親生父母丟棄的，如果真是那樣，還找他們幹麼？

王氏聽到青桐的這番話，既感慨又欣慰。做為養母，她的心思十分矛盾，既想永遠將青桐留在身邊，又想著這樣做不地道。她不止一次地想過，也跟李二成偷偷商量過，如果將來有天，孩子的親生父母找上門來，他們該怎麼辦？

李二成也跟她一樣為難。送回去捨不得；不還，也不適合。孩子畢竟是人家親生的，最後兩人也沒想出個所以然來，只雙雙嘆息道：「到時再說吧！」

這東西丟了也好。王氏的心中陡然升起這個念頭，同時又不禁為自己的自私羞愧。

「咱們再找找，找不著就回家去，否則妳奶奶他們，不知道會將妳爹怎麼樣呢！」

青桐想起留守在家的養父，心中頓時有了不祥的預感，她沈聲問道：「他們會不會害爹？」

王氏看了青桐一眼，將心中的擔憂壓下，出言安撫道：「應該……不會。來，咱們再好好問一遍，這些逃荒的人可沒個準頭。」

母女兩人從東頭又走到了西頭，她們在張家當鋪前和狄君端一行人相遇，雙方都不可置信地微怔片刻。

其中最高興的當是江希瑞，他甚至特意揉揉眼睛，看自己是不是看錯了，待到一確認，他便迫不及待地驚叫道：「仙女姊姊——」

李青桐仰頭看著江希瑞和狄君端。「真巧，我正在找賊，剛好就遇到你們了。」

雪松和冬青不滿地對視一眼，心中暗道：這位姑娘，妳就不能把兩句話分開說嗎？

狄君端不以為意地笑笑。「我們也是在找人，不想卻碰上妳們兩位。」說罷，他朝王氏略一點頭，溫和詢問道：「這位可是妳的母親？」

王氏一輩子都沒見過這麼貴氣的人，誠惶誠恐地說不出話來。

李青桐平靜地答道：「是的。」

江希瑞在雪松懷裡亂撲騰。「我要下去、我要下去。」雪松徵詢了狄君端的同意，便把他抱了下來。

「姊姊。」江希瑞一路蹦蹦跳跳地朝李青桐跑過去，中間一不小心踏在鬆動的石板上，那石板瞬間噴出一股髒水，噴了他一身一臉，江希瑞哭喪著臉，不住地用袖子擦著。

「小弟弟，你還好吧？」李青桐順手牽起這個又白又軟的雄性幼體。

此時，狄君端主僕三人已經下了馬，雪松正在問王氏一些事情。王氏的緊張勁已減輕不少，也能答上雪松的問話。

雪松越問越喜，這真是踏破鐵鞋無覓處，得來全不費工夫。狄君端的神色一如往常，他趁著江希瑞跟李青桐聊天的工夫，狀似不經意地問了王氏幾個關鍵問題，王氏知無不言。

他再問丟的東西是什麼樣子的，王氏想也沒想便脫口而出道：「是一塊玉珮，上面還有小字，不過我不認得字；還有一件紅綢子的小衣裳、一個銀項圈。」狄君端點點頭道，他再定睛細看李青桐的模樣，這個女孩子苗條而康健，雙眸明澈，膚白唇紅，說話行事疏離淡然，不亢不卑，全然不像是從窮鄉僻壤之地出來的。

雖然看上去約有九歲，不過她習武，這樣的身量也不足為奇。年齡相符，遺落地點大體一致，最重要的是看她的長相，跟林四爺夫妻倆各有一些相像之處，狄君端心裡已經大致確認了李青桐的身分。

他看著王氏嚴肅地宣布道：「李夫人，妳的養女正是我們江老夫人要找的人，她是京城林學士遺落在江邊的女兒，請跟我們去見老夫人吧！」

王氏聽罷，大吃一驚，囁嚅著問道：「這位公、公子，你說啥？」

狄君端面帶微笑，一條一條地給她解釋清楚。「李夫人，江老夫人是妳養女生母白氏的親戚，她老人家出京時受白氏所託，查訪她女兒的下落。我們一路沿著桃花江打聽未果，正要回京，不想今日有個婦人拿著信物領著一個女孩子來冒充認親，被老夫人當面識破。我等特地守在當鋪門前等待玉珮的失主，妳們丟的東西就在我們手上……」狄君端說著又讓雪松拿出那只包袱，裡面赫然躺著王氏所說的那幾樣東西。

「這……」王氏一時之間說不出話來，她垂著頭，不停地用手摸著那塊溫潤光滑的玉珮，心頭思緒萬千。

狄君端說的話條理分明，環環相扣。終於有人來領走青桐了！她和李二成不止一次地想過這個問題，但是當真有人來認領時，她又萬分不捨；可不捨又如何？那畢竟是青桐的親生父母，從這些人的衣著便可以看出，她的親生父母非富即貴，而他們家僅夠溫飽罷了，孩子在家還得幹活。也許，回去了也好……

「娘……」青桐走過來右手搭在王氏的肩上輕輕喚了一聲。她沈默片刻，抬起頭，直直地看著狄君端，單刀直入地問道：「你能告訴我，我當時到底是怎麼落到江中的嗎？」

「這個，在下不大清楚。」

狄君端不禁有些尷尬，這個女孩的目光太直率了，還好她現在年紀尚小，不然真容易讓人誤會。

江希瑞的目光在狄君端、王氏等人身上跳來跳去，又將他們的對話來來回回地想了一遍，似乎終於明白了點什麼。

他歡呼著跳躍起來。「我知道了，仙女姊姊就是我們要找的小姊姊，對不對？」

他怕人不回答，拚命地拽著雪松的袖子不住地搖晃，雪松只得低聲答道：「對對。」

江希瑞蹦蹦跳跳地跑到李青桐面前，熟門熟路地牽起她的手，歪著腦袋想了一會兒，仰著臉清脆地說道：「仙女姊姊，我都知道呢！我有一回午睡時，聽見朱嬤嬤跟人說，小姊姊小時候是被爹爹推到江裡的，然後有人看見了，就抓了個木盆，把妳放進去了……」

江希瑞說得顛三倒四的，但大致意思基本能聽明白。

王氏聽得臉色發白，這、這是真的嗎？真的是青桐的親爹推到江裡的？她真有些不明白，他們鄉下人家有養不起孩子的人會扔掉女娃，可那些大富人家不是養不起啊！

李青桐看著狄君端。「是真的？」

狄君端的神色鮮見得不自然。「也許是道聽塗說。」他頓了頓又說到白氏。「但是妳娘日夜盼著妳。她的日子過得似乎很不好，她和妳弟弟的身體都不好，不能常出府，可一聽到江老夫人出行可能路過桃花江沿岸，便拿出數年的積蓄送禮，打點江府的小廝，為此甚至把首飾都賣了。我幫她，也是看她實在可憐，可憐天下父母心。」

王氏聽得心有戚戚，心軟得一塌糊塗。青桐不是她親生的，她都難過成這樣，更何況是白氏。

李青桐點點頭，忽又問道：「我爹換新了的嗎？」

狄君端兀自沈浸在自己營造的悲傷情境中，突然被這一句話弄得哭笑不得。

王氏連忙接道：「妳這孩子怎麼這樣問，爹是能隨意換的嗎？妳沒聽人說，女人家要嫁雞隨雞、嫁狗隨狗嗎？」

狄君端的神色也已恢復正常。「李姑娘，妳且不要先入為主地聽信那些傳聞，等妳見了妳父母就能知道了；況且，不管妳爹當年做過什麼，如今已有悔悟之心，妳歸家後，他肯定會好好補償妳的。」

李青桐古怪地笑了一聲，沒再接話。

她抬頭看看天色道：「你說的話我記心上了，你留下地址，我改天去找你們，只是今日有急事，要回家一趟。」

狄君端道：「姑娘有什麼急事可託我的小廝去辦，江老夫人正在船上翹首盼望，還請兩位隨行一趟。」

李青桐看了看王氏，思索片刻，痛快道：「好，你讓你的小廝去李家村，找我爹李二成。」

狄君端也答應得痛快，當下囑咐雪松和冬青兩人去李家村。

臨走時，李青桐又囑咐一句。「若有人對我爹不利，你們儘管給我回擊過去。放心，我那些野奶奶、野大伯不值錢的。」

狄君端再次驚詫地看了李青桐一眼，他心中再次為她和林家擔憂；但不管怎樣，那些已不屬他管了，他現在要做的，就是把人平平安安地送到江老夫人面前。

狄君端雇了一輛馬車，讓江希瑞和她們坐上，自己騎著馬跟在車後，一行人來到江邊。江老夫人正帶著江希琰站在甲板上賞江景，聽下人說狄君端護送了一輛馬車回來，心裡明白是尋到正主了。

小廝們趕緊放好跳板，那些丫鬟、婆子們也都覷了空伸長脖子來圍觀這個幾經曲折才找到的主兒。

眾人一邊蹺腳等待，一邊嘻嘻哈哈小聲議論。「不知道這位林姑娘跟那個冒認的相比如何？」

「要是都長在鄉下，估計也差不了多少。」

「是啊是啊，肯定是髒兮兮的，穿得寒磣、畏畏縮縮上不了檯面。」

「那回到林家還不得被人瞧不起？」

「那還用說。」

「噓……」

「妳那麼小心做什麼？她又不是咱們府裡的主子。」

過了一炷香的工夫，有人假咳一聲提醒道：「來了來了，快看。」

這一行人，狄君端在前，李青桐牽著江希瑞走在中間，王氏神情畏怯地拽著青桐的衣裳。到了江邊，王氏一看到船上站滿了密密麻麻、衣著光鮮的男女，全身越發不自在，走路都不知先下哪隻腳。

李青桐倒還好，她面無表情地跟在狄君端身後走著，看著這麼多人夾道歡迎，不以為然地說道：「我不習慣被人這樣夾道迎接，讓他們都散了吧！」

狄君端無言以對。

四人走上跳板，進了船艙，江老夫人已在艙內坐定，正襟危坐等著客人，江希琰亦是規規矩矩地坐在一邊。

「讓老夫人久等了。」狄君端進門率先開口。江老夫人朝他溫和一笑，道聲辛苦了。

狄君端接著便示意王氏和李青桐上前來，簡單明瞭地說了事情的大致經過。

江老夫人一雙含笑的利目在母女兩人身上打轉。王氏雖然容貌平平，衣著寒素，但看上去尚可入眼，相較那劉氏的精明外露，江老夫人對憨厚老實的王氏有點好感；略過王氏，她再細細打量李青桐，不由暗暗點頭，這才不愧是白氏的女兒，不論容貌或氣度都不差。

「妳們兩位也辛苦了，快坐。妳叫青桐是吧？來，來我身邊坐。」江老夫人笑得十分親切和氣，王氏見狀，緊張的心情稍稍緩解了些，但依舊手足無措。

這時有丫鬟走過來，拿了兩個繡墩，一個放到王氏前面、一個放在老夫人的右邊。青桐大大方方地走過去，大剌剌地一坐，睜著一雙清亮的眸子看著江老夫人。王氏挨著邊坐下了，嘴裡惶恐不安地說道：「老夫人，這孩子是個好孩子，從會走路時就幫著家裡幹活，還跟著村裡的學童認得字，就是、就是不怎麼懂規矩。」

「嗯，妳已經做得很好了。」江老夫人面上仍是一團和氣，誇了王氏一句，這比她原先想得已好上許多。

江老夫人先跟李青桐閒敘幾句，接著問了王氏一些當年撿到李青桐時的情景，順便不著痕跡地將她的家境瞭解個大概。

當她得知王氏夫妻倆竟沒有子嗣，家中只李青桐一個養女時，不禁微微嘆息了一聲。她想了想斟酌著說道：「那白氏臨走時與我說，假若找著了女兒，可視情形給些銀子以報養育之恩。老身瞧妳面相忠厚，妳又沒有孩子，且把青桐養得這麼好，妳可以提些要求，只要不是太離譜，老身便會答應妳。」

「我、我沒啥要求，只要孩子過得好，我和她爹也就放心了。」王氏說著眼圈也紅了。

李青桐一會兒看著江老夫人、一會兒看著王氏，她突然插話道：「我人你們也找著了，回去可以向我親娘交差了，我養父母只有我一個，我走了，他們就沒人管了；我只是來和妳說聲，我先留在這兒，以後有空再去看她。」

江老夫人耐心解釋道：「俗話說，生恩不如養恩重，妳能有這份孝心是極好的，可妳也得想想妳的生母，她整日掛念妳，原先不知道妳的消息還好，如今已知妳在何處卻不能相見，豈不是更讓她牽腸掛肚？」

李青桐默然不語。江老夫人又道：「事發突然，妳還沒來得及考慮周全，妳且回去跟妳養父母再聚三日，三日後，妳再決定來與不來。」

「好。」李青桐惜字如金地答了一句。江老夫人又客套幾句，王氏拉著青桐起身告辭。江希瑞依依不捨地跟青桐告了別，于嬤嬤早命人裝了一大匣子點心吃食和一套衣裳給李青桐帶上，那輛載她們來的馬車還在岸上等著。

兩人剛走下跳板，就聽見身後傳來一陣呼喝聲和叱罵聲。兩人轉頭望去，就見幾個小廝推著一個婦人和一男、一女兩個孩子，那婦人的臉腫得老高，嘴角尚有血跡，女孩子低頭抽噎個不停，男孩似乎被嚇傻了一樣，一路只乾嚎道：「都怪我、都怪我。」

這時，于嬤嬤三言兩語地將事情的經過講述了一遍，末了又得意地說道：「幸虧老夫人明察秋毫，不然，妳就被人冒認了；她還說先留著這對母女，若是找不著妳，說不定還有些用，現在小姐既已找著，這劉氏也沒甚用了，讓他們滾吧！」

于嬤嬤突然想起了什麼忙補充道：「對了，老夫人說，她們要占用的是妳的身分，人也理當交於妳處置。」

劉氏被推下跳板時，一眼便看到了李青桐和王氏，且剛才丫頭們嘲笑她們時也提到她是偷雞不成蝕把米，不但沒能頂替成功，反而助人家一臂之力，提前認了親，她猜測這女孩便是白氏的女兒。

她一上岸，便撲通往李青桐面前一跪，哽哽咽咽地啜泣起來。「貓兒啊，我是妳娘的閨中密友啊，我小時還抱過妳咧，都怪我一時糊塗，豬油蒙了心，可我也是沒辦法，但凡有條活路，我也不會幹這種被人戳脊梁骨的事……」

這個「貓兒」正是李青桐的親外祖父給取的乳名，據說名字越賤越好養活。劉氏越哭越傷心，她女兒招弟也跟著哭，她們一邊哭一邊用嫉恨的目光瞅著李青桐，不知內情的還以為她們才是受害者。

李青桐雖不精通這裡的人情世道，可是她對敵意和惡意特別敏感，這兩人讓她感覺十分不舒服，就像腳面上趴了兩隻癩蛤蟆似的。

她冷冷地盯著兩人，朗聲說道：「妳做冒名頂替之事時怎麼就忘了是我娘的密友呢？妳說後悔？如果妳不被人拆穿，妳不但不會後悔，還會暗自得意吧？至於妳說妳沒辦法，麻煩妳想做壞事便做，何必為自己扯這個好藉口？有的事只看結果不問原因，比如傷害別人這事，以後就當吸取這個教訓吧！」

圍觀的眾人一時面面相覷，對視偷笑。

李青桐看了看那個嚇傻了的小男孩，又贈送他一句。「你娘罵你了？你在怨自己？別傻了，你這白癡的母親和姊姊在以身做則地把你引到白癡的歪路上去，該被罵的是她們不是你，記住我的話吧！」

李青桐的話無情地挑開了劉氏那薄得似紗的遮羞布，像鈍刀子一樣割在劉氏那本就傷痕累累的心上，她面如死灰，身子搖搖欲墜。

「娘、娘……」招弟哭著喊著娘親，再次用那陰溝裡的小耗子一樣的目光瞥著李青桐。

李青桐說完這番話，扶著王氏上了馬車，說道：「咱們快些回去，爹該等急了。」

李青桐所說的話很快就在丫鬟、小廝中傳了個遍，引起了一陣陣竊竊的笑聲。她的話雖然跟這裡的話略有些差別，但大家稍稍一想也就明白了。

李青桐順便也自省了一下，自己是該多學一些這裡的文字和語言了，否則罵人和辯論對方都聽不懂，這無疑是一件讓人抓狂的事。在母星時，相較於身旁的人們來說，她覺得自己是業餘的古文化通；但當她來到這裡後，才發現自己以前所瞭解到的是多麼片面，同時她那被壓抑許久的好奇心也重新湧了上來，她想多多見識一下這個新奇的世界，看一看這錦繡河山、訪一訪風土人情。

她原本想等再大些，多攢些銀子再出行，未料現在眼前就有一個機會，這樣看來，其實進京也不錯。可是，養父母怎麼辦？

車輪咯吱咯喳地響著，青桐靠在車壁上，半閉雙目，內心在不斷地思量權衡。以前的她極少做這種複雜的心理鬥爭，幾千年後的人們隨著科技的高度發達，各項制度的完善透明，人與人之間無理性的糾葛越來越少了。

李青桐來到這裡後，情緒波動才逐漸變多，儘管如此，相較於正常人來說，她還是一個冷漠冷淡的人。

王氏用溫柔慈祥的目光看著青桐，她心裡本有許多話要說、要囑咐，可話到嘴邊又不知先說哪句好，等到她終於想清楚說哪句時，李青桐已經在馬車晃得睡著了。今天起得早，又有許多事湊在一起，她著實有些累了。

王氏微微嘆了口氣，輕手輕腳地將江老夫人送的包袱打開，拿出衣裳蓋在青桐身上。

李青桐的呼吸綿長而清淺，她的身子微微動了一下，此時正在作夢。

炎夏的正午，驕陽高高掛在半空，地上翻騰著一層層蒸氣。她正躺在大柳樹下的搖籃中，聒噪的知了在她耳邊高一聲、低一聲地叫著，偶爾有一陣混合著動物糞便和人體汗液的熱風拂過她的頭頂，幾個或尖利、或婉轉的聲音在搖籃四周說話。沒多久，她爹李二成回來了。他汗如雨下，衣衫濕透，直奔到搖籃前抱起她，然後用小心翼翼的語調懇求有奶的婦人餵她幾口奶吃。

就在這時，車伕猛地一甩鞭子，拚命打著馬兒，同時叫苦道：「我的娘哎，怎麼也不與我說清楚，這路這麼泥濘可怎麼走。」

李青桐猛地從夢中驚醒過來，可能是因為那是她來到古地球第一眼所看到的情景，所以記憶特別深刻，此刻竟又在夢中重溫一遍。記憶也是有連鎖性的，李青桐接著又想起了一些溫馨的瑣事：她娘逗弄她的情景；她爹為她換尿布時，她因無法接受用雙腳踢他臉的事情……一幕幕往事，宛如電影一般在腦中清晰播放。

李青桐回過神來，無語地擦了一下口角的流涎，向外看了一眼，很痛快地說道：「行了，就到這吧，我們下去步行。」

車伕心中歡喜，嘴上卻說道：「那怎麼好意思，剛才那個貴人可是付了雙倍的錢。」

李青桐看了一眼，沒再接話，王氏也沒反對，兩人拿了東西，下車走了。

車伕客套了幾句，喜孜孜地離開。

王氏這會兒有空跟青桐說話了，她試探道：「青桐，妳要是回京城，就不用走這泥路了，天天有好衣裳穿、有肉吃。」

青桐隨口接道：「哦！」

王氏繼續道：「等妳長大了，還能擇一門好親，嫁個好夫婿。」

夫婿？青桐想了想，淡然說道：「其實男人……都一樣。」應該是功能都差不多。

王氏立即反駁道：「傻孩子妳這就不懂了，男人的區別大了，俗話說，男怕入錯行，女怕嫁錯郎……」

「嗯嗯。」李青桐聽著這些古董理論，隨口應著。

母女兩人一身泥水地趕到村口時，一眼就望見狄君端的兩個小廝正焦急地徘徊張望，一見他們回來不禁如釋重負地鬆了口氣，上前說道：「李姑娘，妳爹剛剛被人拖到祠堂去了，他們人多，我倆又是外人，進不得，若是妳再不來我們就只能折回去接妳們了。」

祠堂？李青桐蹙眉思索著關於祠堂的種種，王氏一聽，嚇得渾身直抖，帶著哭腔道：「老天吶——」

青桐本來還不清楚祠堂的用處，一看她娘這樣子，就知道大事不妙，她也不詢問，拖著手腳發軟的王氏直奔祠堂而去。

結果，他們一家三口被族人趕了出來，理由是忤逆父母。族長揚言不但要沒收他們的家產、田地，還要讓李二成夫妻倆吃牢飯。

三人慢慢地走著。

「爹、娘，還有一個辦法。」李青桐想到一個方案。「不如你們跟我一起進京吧！」

兩人一齊愣住了，特別是王氏，她活了小半輩子，從沒出過清河縣；李二成當年打過仗，但也只到過荒寒的邊關，從沒想到要進京。

王氏說道：「妳這孩子想一齣是一齣，那天子腳下豈是一般人都能去的？柴米油鹽樣樣貴得要命，我和妳爹這樣的想都別想。」李二成比王氏見識多些，他的心思稍稍動了動，很快又搖頭否定了。

一是故土難離；二是除了打魚和種地，他們夫妻兩個又不會別的營生，到了京城靠什麼維生？再說了，青桐帶著他們上京，她親生爹娘見了說不定會不喜歡，雖然萬分不捨，但也沒別的辦法。

青桐認真說道：「爹，你不用擔心日子過不下去，我再大些就能掙錢了。」在母星時，她可是很搶手的人才，是業餘小說家、業餘歷史學者、人類學研究者，還出版過一本專著——《論男人與充氣哥哥的異同》。她還會畫畫，在病發前甚至還當過兼職拳擊手、高級科學研究室助理，並協同研究電動娃娃的開關位置。在李家村她的機會太少，等到了大城市，也許她的本領就有用武之地了。

李二成夫妻兩人只是相對苦笑，哪裡肯信她的話，青桐見狀也不好再苦勸。

次日，狄君端來李家村找他們了。

青桐站在一旁聽狄君端跟爹娘說話，時不時用探究的目光看看他，狄君端跟她見過的男人都不大一樣，說話文謅謅的，她有時還得費點勁才能理解。

青桐的目光不像別人是偷瞄或是輕瞥，她就這麼光明正大地看著、直直地看著，而且臉上是一副若有所思的神情。一向自持冷靜坦然的狄君端被看得心裡毛毛的，若不是她年齡太小，他說不定會自作多情地認為自己風采奪人，引得對方目眩神迷。

李二成也覺察出了異樣，他輕咳一聲提醒青桐。「青桐，妳去外面玩會兒吧！」

青桐興致缺缺。「外面沒好玩的。」還沒屋裡好玩呢！

狄君端笑了一下，說道：「無事，就讓她在這兒吧！」

這時只見高氏踮著腳飛快地奔進屋裡，緊接著是何氏和頭上纏白布的李大成，後面還跟著一大幫孩子，一幫人擠擠蹭蹭地堵在青桐家門前，個個好奇又膽怯地往裡頭張望。

青桐皺了皺眉，李二成夫妻倆很尷尬地偷瞟狄君端一眼。李二成生怕高氏和何氏胡說八道，對青桐的名聲不好，他連忙起身招呼。「娘、大嫂，妳們都來了，只是……今日家裡來客了，有啥事一會兒再說吧！」

何氏等人別看平時挺橫，但那是耗子扛槍窩裡橫，一到了外人面前就慫得說不出囫圇話來；倒是高氏年紀大些，倒還有些膽量，因此，那一干人只在外邊乾看著，只有高氏一人近前來搭話。

高氏起初也有些害怕狄君端，略略踟躕一會兒，但她一看到二兒子的神態突然又不怕了。她一個老婆子有啥好怕的！再說過了這個村就沒這個店了，此時不把話說開更待何時。

高氏轉念間，決心已下，膽氣越壯，她格格笑著，一張老臉像一朵盛放的菊花似的，以無比親暱的姿態去扯青桐。「我的桐娃，妳昨兒個嚇著了吧？哎呀，都怪奶奶老糊塗了，聽信了旁人的讒言。我這個人呀，人人都說我是刀子嘴豆腐心，族長那兒奶奶已去說了，妳可別生奶奶的氣……」

李青桐一點也不給她情面，俐落地甩開她的拉扯，面無表情地糾正道：「妳說錯了，妳是刀子嘴、刀子心、豆腐腦子。」

「……」高氏被噎得暫時失語。

狄君端忍著笑，雪松和冬青很識趣地別開臉偷著笑。

高氏使勁壓下火氣，臉上繼續堆著笑，接著扮慈祥模樣，不過，她很聰明地轉移了目標，厚著臉皮與狄君端主僕三人攀談。「這位哥兒，你是咱家青桐的什麼親戚？瞧你這周身的氣派，一看就是貴公子。哎呀，我老婆子活這麼大都沒見過這麼俊的哥兒——」

這次輪到狄君端無言以對了。

李青桐聽這馬屁聽得心煩，從中攔截了高氏的話道：「妳這馬屁拍得太直白，已引起受拍人的不適。」

眾人無語，王氏也覺得婆婆這樣太丟人，便委婉勸道：「娘，要不妳先回去，二成要跟他們商量要事呢！」說著，她站起身，把婆婆拖到外邊壓低聲音道：「差一點說到緊要處了，這一攪亂，怎麼讓咱們再開口提呢？」

高氏心裡也沒底，又想著只要他們兩口子能把錢要到手就行，反正最後還不是她的？想到這裡她的口風也鬆了，悄聲囑咐道：「那好，你們倆臉皮要厚些、心要硬些，人不為己，天誅地滅。畢竟孩子是咱老李家養大的，咱也不多要，就按一年二十兩銀子算吧！」

王氏含糊答應幾聲敷衍，心裡只盼著婆婆一干人趕緊離開。

高氏不甘心就這麼走了，又轉回身提高嗓門，無中生有地宣揚自己的豐功偉績。「桐娃啊，奶奶小時候可最疼妳，比對親孫女都好。妳小時候沒奶吃，奶奶把雞蛋攢起來給妳做雞蛋羹吃，還有白麵也是緊著妳吃，妳以後可別忘了奶奶，奶奶有時罵妳訓妳，還不是為了妳好。」

高氏不知道李青桐從幾個月大就有記憶，竟厚著臉皮往自己臉上貼金。李青桐一向是個喜歡較真的性子，她是逢謊必戳、逢謬必糾。

「嗯，妳是把雞蛋攢起來了，但都攢到妳孫子肚裡了。我娘去找妳借白麵，妳還提著瓢把她打出來。」

高氏氣得面皮發青，滿肚子的火不敢發出來。

「娘……」王氏見兩人越說越不像話，再三向婆婆使眼色。高氏情知在這兒磨下去也沒啥用，只好心不甘、情不願地走了。王氏生怕他們再折回來，趕忙把門關上。

李二成陪著小心對狄君端道：「狄、狄公子，你看，我家青桐長在鄉下，說話粗魯，你們到了京裡……」

雪松趕緊打消李二成的顧慮。「李二爺莫擔心，她這是童言無忌，我們又不是長舌婦，這裡的事絕不會經由我們的嘴傳到京裡。」李二成聽到雪松的保證，不禁咧嘴一笑，表示感激，他局促地撓撓頭，還是十分不習慣老爺、二爺這類稱呼。

青桐也走了過來勸李二成。「對的，爹，你不用擔心這裡的事會傳到京裡。」李二成以為閨女多少長進了，正要欣慰一下，不想青桐接下來的一句話讓他哭笑不得。「因為我到了京城之後，自會有新事出來。」

狄君端笑盈盈地看著李青桐，他以前覺得女孩子秀外慧中是最好的，如今看來，這呆也有呆的妙處。他的目光從李青桐身上飛快地掠過，接著又在屋中不著痕跡地巡視一圈。

這家人並不富裕，不過是幾間草屋和幾樣粗笨家具而已。聽李二成的意思，他家的田地也不多；而且從方才的事情來看，他們一家與李家本家關係也不大和睦，既如此，勸說他們離開也不是什麼難事。

昨晚江老夫人與他說，她說讓李青桐考慮三天不過是個託辭，她既是費心把人找到，斷不能空手而回，即便李青桐最後不同意回去，也要想辦法帶她走。現在看來，最好的辦法是帶著李青桐的養父母一起進京。

「李叔、李嬸，依我看，你們還是跟著青桐一起進京吧！」

狄君端話音一落，李二成連連搖頭。「不行不行。」接著他將自己的擔憂全部說了。

狄君端微微一笑，胸有成竹地說道：「我已替你們想過這個問題，京城人煙稠密，人口百萬，有許多都是外鄉謀食者，你們只要勤勞肯幹，生計無須擔憂；況且，在鄉下風調雨順還好，萬一遇上洪旱災害，日子也不好過。至於你擔心青桐的生身父母不喜，也是多慮了，你們兩位是青桐的救命恩人，他們只有感激何來不喜？最重要的是，青桐離不開你們，她性子本就孤僻不合群，到京城人生地不熟，就怕到時思親過甚，抑鬱成疾也有可能。」

「啊——」最後一條可把李二成給嚇著了。他擔憂地看了李青桐一眼，孩子是他養的，合不合群他最清楚。

雪松看自家公子說到這個分上，又添了一把火。「李二爺，京城名醫雲集，你們兩位又正當壯年，萬一瞧好病了，說不定還能添一子嗣呢！這豈不是一舉兩得、皆大歡喜？」

李二成苦笑兩聲，不好接話。他何嘗不想有子嗣？他們夫妻兩個年輕時又不是沒求過醫。但是雪松這句話卻讓王氏動了心思，她已經三十多歲，沒幾年盼頭了，可只要有一點希望，她也不想放棄，說不定真有人能醫好她的病呢！去京城也好，俗話說，樹挪死，人挪活，難道他們兩個大人還養活不了自個兒？

狄君端把話說到，就起身告辭，又說兩日後，他們會派馬車來接，請他們務必好好考慮他方才的話。李二成夫妻唯唯應了，恭敬地將他們送出去。狄君端主僕三人在李家人如饑似渴的目光中緩緩騎上馬走了，他們剛一離開，高氏就趕緊進來打聽到底要了多少錢，對方應沒應。

李二成道：「誰家的錢也不是大風颳來的，總不能咱要多少人家就給多少啊，得容人家商量一下吧？再說，人家有權有勢，真把人得罪了，對方一文不給，咱又能如何？」

高氏破天荒地沒再對兒子吼，只訕訕地笑了一下，東拉西扯、叫苦叫窮了好一陣子才回去。

當晚，夫妻兩人又重新開始商議，究竟去還是不去。青桐在隔壁像隻壁虎似地貼著牆壁偷聽爹娘說話，聽那語氣，八成是要跟著去了。她的心頭不禁湧上一股愉悅的情緒，接著開始坐下來更改自己的計劃。

她爹娘要走了，她對付高氏等人的手段也要改一改。青桐原先還有些踟躕，怕自己報復得狠了，爹娘得收拾爛攤子，現在既然他們要一起走，她的顧忌就小多了。

直到現在為止，李青桐還是不習慣這種不以個人為本位的思維方式。華猶美拉星球上的公民做事只須對自己負責就行了，雖然她們有母系一族的親戚，但彼此牽絆甚少，長輩對她們只有建議權，聽不聽在個人，絕沒有用「孝」壓服晚輩的行為。如果公民對某個人物不喜可申請近身令，即使是親戚也不例外，公眾和媒體也不會說三道四；當然如果從政、從商，需要家族的支援，那就是合作關係。

如果有人要傷害她，她可以持無聲自動手槍當場還擊，也可以命機器人保鏢進行自衛。對方一旦做出侵害她生命財產安全的行為，不管動機如何、是否得逞，被害人都有槍能將罪犯擊斃；至於過程可以用隨身監控器拍攝下來當作證據，被害人無須負任何法律責任。

可到了這裡，她的生命財產受到了不法侵害卻沒人為她伸張正義。告狀？為這點小事，妳瘋了吧？妳以為妳爹是大官嗎？妳被人罵了，覺得委屈，算了吧，大家都這麼過的，別那麼嬌氣了，妳以為妳是誰啊？

李青桐無奈地嘆息一聲，收回無比蕪雜的思緒。既來之則安之吧！她就當來地球考古了。她又聽了一會兒，隔壁似乎沒有聲音，她也該睡了。

李青桐一家要進京了。他們一家三口一離開，高氏和李大成就連忙去接收他家的房子和家具。

眾人圍著院牆轉了一圈，發現後面菜園子有個缺口，剛好能鑽進一個人。李大成迫不及待地鑽進去，接著是何氏，然後是高氏，孩子們在後頭也躍躍欲試。

三人走了十來步，李大成就覺得腳下的地直往下陷。

「娘呀！」李大成叫了一聲，何氏和高氏也跟著尖叫，只聽得撲通三聲，三人全身沒了進去。

「天殺的，這陷阱是哪個缺德玩意兒挖的。」李大成怒罵，還用想嗎？肯定是他那二弟挖的，幸虧不大深，他們只是扭傷了腳而已。

三人再接再厲，爬出來後繼續向裡進，好不容易到了堂屋，讓人喜不自禁的是，李二成一家竟忘了鎖門。李大成瘸著腿，樂呵呵地去推門。

就在這時，咯噹一聲巨響，一只大盆兜頭落下，裡面的臭水、餿飯估計還有便溺，全都灑了出來，潑了李大成一頭一身。

李大成此刻連罵人都不敢罵，因為髒水會流進嘴裡。不光李大成倒楣，其他人也不大幸運，小孩子爬上床，床塌了；何氏去摸菜罈子，結果摸出了條蛇，還被咬了一口，也不知有毒沒毒；高氏去王氏房裡摳牆磚，被一個鐵夾子夾了手，痛得嗷嗷直叫。

雖然損兵折將，但仍沒擋住這夥人的積極性。李二成家幾乎被羅掘一空，廚房裡的半袋子麵沒了，半壺油也沒了，還有些零零碎碎的都被拿走了。

當晚，附近的李七成過來察看，一見屋子被人洗劫一空，頓時大驚失色；再一問，原來是他們自家人幹的，不禁又鬆了一口氣。他立即請來鄉鄰和里正作證，以免將來沒法向李二成夫妻交代，此事也就不了了之。但李家的壞名聲也隨之不脛而走，好在李家幾個兄妹都已婚嫁完畢，暫時看不出什麼不好的結果，直到後來，李大成、李三成的兒女長大後，這個惡名聲才顯出威力。

轉回正題。李家的霉運其實只是剛開始而已，先是高氏得了痢疾，上吐下瀉，弄個半死不活，在夜晚起夜，茅廁裡頭的木板好端端地斷了，她一頭栽進深不見底的糞池，險些沒被憋死。

又過了幾天，高氏睡了幾十年從娘家陪嫁過來的大床床腿斷了，再幾日，她去地窖拿東西，腳下一滑摔倒在地。老人本就骨頭脆，她這一跌竟跌斷了腿，她起初不捨得花錢，只請了郎中來包紮，結果耽誤了時機，那條腿算是廢了。

高氏臉色蠟黃，哼哼唧唧地躺在床上，罵著兒子、兒媳婦，想著連日來的一樁樁倒楣事，此時猛然明白，這一切都是人為的。這手段二成和王氏做不出來，肯定就是李青桐那個野賤種做的。高氏恨得咬牙切齒，氣得心口發堵，嘴裡不停咒罵李青桐，但也只是罵罵罷了，她還能怎樣，只能將這股氣鬱結在心，時不時地罵身邊的兒媳婦、孫女出氣。

那個把李家弄得人仰馬翻的李青桐，此時正啃著肥雞腿，悠哉悠哉地坐在甲板上釣魚，而江希瑞則成了她甩不掉的尾巴。

第七章

清晨，薄霧籠罩著煙波浩淼的大江，兩岸山巒如萬馬奔騰，明暗相間的樹木連成一片綠雲，岸上的原野、村落在緩緩地後退。李青桐入神地欣賞這一派如水墨古畫的景致，頓覺一陣神清氣爽，母星上再逼真的畫面也比不上眼前的實景，她早該出來見見世面才是。

王氏和李二成的心情可不像青桐這樣好。特別是王氏，驟然離開生長了三十多年的家鄉，那種不安和惶恐無法細表；而且她還惦記著自己的娘家，由於時間緊迫，她都沒來得及回去與爹娘和哥嫂告別，只是託了鄉鄰給娘家送去一些東西，這一去不知哪年才能相見。

當然，思念娘家並不是王氏最大的心病，她的心事是上船後逐步加重的。當日跟著狄君端上船時，她就覺得江家十分富貴，江老夫人威嚴尊貴、氣度不凡，連那些丫鬟、婆子也顯得高人一等。這幾日，她聽著那些下人的議論，或多或少地受著他們的鄙夷擠兌，心中越發不安了。她聽說過，林府的盛況比江府差不了多少，而且林府中還有一位當家夫人。

這個發現讓王氏悚然心驚，她原本以為青桐的娘白氏是林老爺的原配，縱然府中有別的女人也是一些上不了檯面的小妾、通房，哪裡會想到林府的當家人林世榮竟然娶了一房娘家頗有勢力的平妻黃氏？想到青桐以後的處境，王氏也顧不得許多，尋了個機會，將自己有意無意中聽到的事情，揉合在一起，全部講給她聽，也好讓她有個心理準備。

青桐也明白自己想適應一個新環境，最好能知彼知己，因此聽得十分認真，她將王氏的話在腦中過了一遍，重新理順思路。

原來，當日林世榮將妻女推入江中後，自以為無妻一身輕，一路順風順水地去了京城。因他長相不錯，又善於偽裝，還頗有文采，立即得了一個黃姓官員的賞識。他去拜訪時，也見到了黃大人的女兒，兩個人私下裡暗自眉目傳情，郎有情、妾有意。林世榮大概是怕夜長夢多，對這門親事十分積極，再加上黃氏年齡不小了，於是兩人火速訂親。

白氏落水被人救起、大病一場，之後再尋人又費了不少工夫，等她到林府時，事情已成定局。白氏性格怯懦又容易心軟，看到林世榮痛哭流涕，跪地請罪，竟以為對方真心悔悟，輕輕發作一番竟然就原諒了林世榮。

青桐聽罷王氏的話，「啪」地一聲提起釣竿，甩上來一條五斤來重的紅尾鯉魚。

「姊姊好厲害。」江希瑞大呼小叫地跑過來，一旁小廝拾了魚送到後艙。

青桐很有氣勢地揮手讓江希瑞回去，江希瑞嘟著嘴，不大情願地走開了。

「她為什麼仍要和那個殺人犯綁在一起，換一個不行嗎？」

王氏耐心勸說，又將那套「嫁雞隨雞、嫁狗隨狗」的話說了一遍，青桐眼望著碧澄澄的江面沈吟不語。

過了一會兒，她又問道：「依娘看，那黃氏和野奶奶誰更討厭？」

王氏無言以對。

這也不怪青桐拿高氏作參照物，實在是她以前根本沒機會同這類人糾纏。

王氏道：「妳奶奶是個大字不識的鄉下婦人，跟人家沒法比……」

青桐點點頭，恍然大悟道：「我明白了。」原來她是經過理論武裝的潑婦，知識是人類進步的階梯，自然也是惡人進階的階梯。

「青桐，妳聽娘的，等回了林府，切莫像在村裡時那樣任性了。」

青桐再次點點頭，入鄉隨俗她還是懂的。

兩人說了會兒話，王氏見管理廚房的王嬤嬤指揮著丫鬟來江邊洗菜，便自覺地前去幫忙打雜了。他們一家跟著江家的船走，食宿費江家全包，但夫妻倆是實在人，自從上船後便搶著幹活，只有這樣，他們才覺得自在些。起初，江老夫人還會勸阻幾句，說他們是客不必如此云云，後來見兩人堅持便也不管了。

到吃午飯時，李二成和王氏硬是不肯上主桌，只和于嬤嬤等人擠在一桌。江老夫人請了一遍，明白他們上了桌也吃不自在，就隨他們去了，而青桐的性子一向是隨遇而安，在哪兒吃都行。

江老夫人這些日子旁觀李青桐的行事為人，覺得她的性子雖然冷淡孤僻，但大體還算不錯。舉止落落大方，說話有板有眼，少年老成，倒是跟她鍾愛的大孫子江希琰有些相似之處；再加上李青桐又是小孫子的救命恩人，因此江老夫人對她還是有些憐惜和疼愛的，她儘量給李青桐一些教導，像是走路、吃飯、說話的儀態，時不時在旁委婉地給予糾正。

青桐也不大反感，儘量照做，不過，她也只是照葫蘆畫瓢，形似而神不似，誰也不能說她做得不對，但總感覺哪裡彆扭。像是吃飯，她是吃得斯文，但又非常地快，只能用斯文而凶猛、優雅地風捲殘雲來形容。

這也帶來一些好處，天氣濕熱，再加上整日在船上動得少，江老夫人等人胃口十分不佳，現在大家看她吃得那麼香甜，竟覺得胃口好了許多，就連江希琰也跟著多吃了半碗米飯。

倒是狄君端還是老樣子，江老夫人關切地詢問他想吃什麼，儘管告訴廚娘，又問他要不要吃些開胃藥。

李青桐在旁邊涼涼地接道：「他胃口不好，一是撐的、二是閒的，餓上兩天，多幹點活包能好。」

「……」眾人面面相覷。

狄君端淺淺一笑。「林姑娘說得對。」

李青桐低頭將碗裡的飯粒挑乾淨，然後順便誇獎做飯的衛廚娘。「這魚做得好吃，這肉也好、米飯也香。」

衛廚娘笑得臉上開了花。江老夫人心情一好，也隨手賞了她一根青玉簪子。

衛廚娘沒想到這個半呆小姑娘還能替自己帶來好運，從這以後，對她的觀感好了不少，這天晚飯後下人房裡的臥談會就是由衛廚娘先發起的。「唉，我覺得這個青桐也挺不錯的，力氣大，不怯場，長得也好看，就是不知她父親會怎麼待她。」

一個丫鬟一邊繡花，一邊冷笑道：「還能怎麼對她？林四爺要是心裡真有這個女兒，為何不張羅著尋人呢？前前後後的還不一直是白夫人在託人打聽？」

有人附和道：「也是啊！」

接著有人壓低聲音道：「還有那位黃夫人，那可是個笑面虎，明裡一團蜜、暗裡一把刀。這個青桐姑娘長在鄉下，腦子又沒多靈光，白氏一沒勢、二沒心計，黃氏要對付她還不跟玩似的。」

「這個青桐好可憐吶，以後可怎麼過？」

「噓，老夫人不讓人多說林四爺和黃氏的事，怕的就是她先入為主，心裡有了成見，小孩子家又不懂掩飾，好惡都顯在臉上，到時夫妻倆說不定會以為咱們江家在路上教了她什麼，心裡頭有嫌隙。」

「老夫人就是想得周到。」

「不過，就算咱們不說，她只要不傻透頂，還能看不出來？」

「那就不是咱們的事了。」

李青桐提著風燈，在艙房之間輕手輕腳地走著，將這些閒話一字不落地聽進了耳朵裡，再結合白日裡王氏的話，她準備回房後慢慢消化。

情況似乎不大妙。她是早就知道古中國的男人有一夫多妻制的惡俗，在華猶美拉星球上，有些藝術家也曾經創作過許多一妻多夫的作品，比如什麼《炕邊的故事——一個女人和一百個男人不得不說的故事》、《今夜情歸何處》等等。男性和女性在生物本能上應該是一樣的，那麼情形也應該差不多吧？她在李家村時，因為村民太窮，有的連媳婦都娶不上，所以方圓幾十里全是一夫一妻，她沒有機會觀摩這種風俗，以後，她要多研究一下，做些記錄，萬一哪天回去了，她還可以申請華猶星雲獎。

深灰色的夜色籠罩著江面，夜風獵獵，江流潺潺。一輪淡白的彎月掛在墨藍的夜空中。

李青桐放下燈籠，背著手，吹著江上清風，抬頭賞月。

驀地，一個略帶些低沈的男聲飄進她的耳中。「還沒回房？」

李青桐不用回頭，也知道是誰，淡淡回了句。「你不也沒回？」

狄君端輕聲一笑，慢步走來，和她並肩站在船板上，手扶著欄杆一起吹風賞月。

李青桐不是個健談的人，挑起話頭的任務就落在了狄君端身上。

「再過半月就到京城了。」

「我早算好了。」

狄君端有意地給她多補充些京中的情況。

李青桐認真聽了一會兒，突然一臉嚴肅地說道：「問你個問題，京城裡的男人都是一夫多妻嗎？」

狄君端沈吟片刻。「一般而言，官員富商家都有姬妾，不過，妳母親是原配也是正妻，至於妳父親的那些姬妾，妳不必多慮。」

李青桐又問道：「那麼，那個黃氏呢？」

狄君端有些為難了。「這……」他不知道該如何向她解釋，她父親做下的糊塗事。

像林家這種事是少有的，聽說，白氏當初在進京途中不小心落入江中，林世榮打撈不到，以為她已葬身江中，回京後便和黃家訂了親，結果成親前夕，白氏突然找上門來，林世榮是左右為難。

白氏是原配，但以黃氏的身分本就是下嫁，也不可能做妾。當時事情鬧得很大，林世榮不能休掉白氏，但也不想退親，於是便有了這一種十分含糊的平妻說法；再加上白氏因為「落水」的緣故身子一直不好，回了林家後便一直靜養，黃氏就成了當家夫人。雖有人覺得林世榮此舉不合禮法，但民不告、官不糾，白氏沒有娘家，無人替她出頭，她又不是個狠下心、豁出去鬧的人，此事便不了了之。

狄君端思來想去，只好用含混的口吻說道：「這是大人之間的事，妳也別對黃夫人有成見。」

李青桐卻用探究的口吻說：「這樣好嗎？無論是雄性還是雌性都有獨占慾，夜晚怎麼辦，是一起睡還是輪流睡？」青桐最想說的是，地球雄性的持久力那麼短暫，一個女人都無法滿足，更何況是那麼多妻妾？還好，她問到前半句就打住了，她一向是個內斂的人，不喜歡在外人面前問太過開放的問題。

「……」狄君端一時語塞。

半晌之後，他將幾個關鍵字組合在一起，這才隱約明白李青桐話裡的大概意思。他已經十四歲了，對於這些多少還是懂些的，他一想明白，臉上便不由得一陣發燒。

狄君端尷尬地輕咳一聲。「妳這是聽誰胡說的？以後切記不能再這樣說話。」

青桐奇怪地看他一眼，繼續問道：「你將來也會這樣嗎？」

狄君端一時之間不知說什麼好，良久方憋出一句話。「天晚了，回去歇息吧！」

李青桐扶欄靜默，搖了搖頭，暗暗想著，看來他也不知道，大概是他沒到發情期，所以還沒親身實踐過，以後有機會再問別人吧！

青桐暫時放下這個研究課題，轉身回房休息去了。狄君端苦笑著看著李青桐的身影，輕嘆息一聲，舉步離開。

第二天，狄君端再見到李青桐時，臉色仍有些不自然。李青桐若無其事地跟他打了個招呼，轉身去陪江希瑞玩了。

狄君端輕搖著一把紙扇，在船板上散步。王氏是個閒不住的人，一大早便起身幫著僕役忙上忙下的幹活。狄君端一看到王氏，不由得又想起了昨晚的事情。他算是看出來了，青桐不能算是傻，從她智救希瑞時就能看出來；但她明顯不通人情世故，如果她不加改進，到了京裡難免會惹出一些麻煩。

狄君端斟酌片刻，溫和招呼道：「李夫人，我有幾句話與妳說。」

「啊，公子請說。」王氏慌忙停下，用手絞著抹布，局促不安地站在那兒，等著狄君端說話。

「李夫人，經過這幾日的相處，我發現青桐姑娘似乎不大通曉人情世故，江老夫人雖有心教導，可畢竟是外人，不可能鉅細靡遺地教她，所以李夫人還要多多費心。我們不日就到京城了，萬一青桐姑娘在京中傳出些什麼，難免會影響她的前程。」

王氏連連點頭。「公子說得是，這是應該的。」王氏雖這麼回答，可心裡卻是一陣發苦。青桐是王氏養大的，她能不知道她的秉性嗎？也不知隨了誰，青桐什麼事都有自己的一套看法，即便說了，她也未必能聽進去。

從這天起，狄君端便時常讓人拿些淺顯易懂的書給李青桐讀，他沒想到她在讀書上很有天分，看書很快，記性極強，有時候還能舉一反三。

狄君端心中驚喜，教得越發用心，青桐學得亦認真，她的學業簡直可以用一日千里來形容；更讓狄君端放心的是，青桐從那晚以後再也沒問過那些令人面紅耳赤的問題。

最後，江老夫人還讓希琰、希瑞和他們一起讀書。

光陰倏忽而逝，不覺半月已過。江老夫人一行人一路順水順風，很快便到了京城。

江家人幾日前就得了信，知道老夫人在這幾日回京，早派了幾個僕婦和小廝在此等候，一行人剛一登岸，就有人上來幫拿行李。

江老夫人一手牽著江希琰，另一手拉著李青桐，慈祥地笑道：「終於到家了，你們幾個都拘壞了吧？」

江希瑞在奶娘懷裡叫道：「仙女姊姊，妳跟我一起回家吧！」

江老夫人打量了一眼青桐以及旁邊的李二成夫妻，心中思量著該如何安置這三人。

就在這時，一個四十來歲、身材微胖的僕婦垂著頭上前稟道：「老夫人，林府白夫人這幾日一直惦記著老夫人，她身邊的劉婆子剛剛才離開。」

江老夫人笑了笑，心裡自然明白白氏惦記的是誰，她頗有感觸地嘆息一句。「可憐天下父母心。也罷，我也不讓孩子先進江府了，妳去派幾個可靠的人，把林小姐送回去。」

那僕婦領命下去了。不多時，便有小廝趕著一輛馬車過來，白氏著力打點過的興旺和興寶殷勤地過來往車上搬行李。

青桐向老夫人和狄君端禮貌告辭，並說好，等安頓下來再和母親去江府拜訪。

青桐在車中掀簾張望，不由得感嘆京城果然繁華非常。店鋪鱗次櫛比、房屋整齊高大，連那來來往往的行人神情舉止也跟清河縣大為不同。青桐只是感嘆，但李二成和王氏一見這等景象，心中越發沒底氣，只覺得身子都小了一些似的。

青桐正看得入神，就聽見不遠處傳來一陣喧譁聲，接著聽到馬鞭在半空幾聲脆響，伴隨著一個囂張難聽的公鴨嗓。「你們這些賤民還不趕緊滾開，別擋著小爺的路。」

坐在車轅上的興寶一聽到這聲音像是見了鬼似的，馬上命車伕調轉馬頭。「這是『鬼見愁』來了，快快躲開。」這「鬼見愁」何許人也？原來他正是當今貴妃娘娘的姪子，京城年齡最小的混霸王，平日裡大小壞事做盡，人見人跑，狗見了都不敢咬，人送外號「鬼見愁」。

車伕看樣子也極怕這人，當下熟練地調轉車頭，準備換條路去林府。

他們不掉頭說不定還沒事，這馬車猛一轉彎，反倒引起了那個「鬼見愁」——程元龍的注意。

程元龍正端坐在車上，不可一世地斜睨著人群，看著人們四散奔逃，胸中不由得湧上一股快意。

可當他看到那帶著江府標誌的馬車見了自己掉頭躲開時，心中頓時燃起一道無名邪火。不知道裡頭坐的是江府的哪位少爺？若是小老頭江希琰，他非得好好戲弄一下對方才是。

程元龍一揚馬鞭，大喝一聲。「前頭那輛馬車，給爺停下。」

「這、這可怎麼辦？」興寶苦著臉向車內徵求意見。

青桐正好奇這人是誰，她將頭探出簾外，上上下下地打量著馬上的人。這是一個十二、三歲的肥胖少年，此人胖得出奇，一張圓白結實的臉像是發酵的饅頭，一雙細縫似的小眼睛隱藏在層層白肉中間，全身像是用圓球拼裝出來的，使得他那華麗精美的衣裳倒像是裝圓球的布袋。不知道是不是青桐的目光太過直率，程元龍覺得自己受了極大的冒犯。

他胖臉通紅，兩眼冒出凶光，手指著李青桐喝斥道：「哪裡來的土包子，竟敢如此看著小爺。」

青桐鄙夷地翻了個白眼，抬頭望天，不再看他。

程元龍見對方不但朝自己翻白眼，還不理會他，心頭的火氣越旺，他策馬飛馳過來，猛地橫在江家的馬車前，居高臨下地打量著這個大膽的土包子，惡聲惡氣地問道：「妳是江府的哪位小姐？」

李二成和王氏不禁有些發懵，他們生怕青桐一不小心得罪這位人見人怕的小霸王，因此李二成結巴著搶答道：「這位少、少爺，咱們是來尋親的，還請少爺放咱們一馬。」

程元龍了然地點點頭，陰陽怪氣地道：「哦，原來是來打秋風的。」

但他並不打算放過那個朝他翻白眼的女孩，他繼續纏問。

李青桐被他纏得心煩，但又不想告訴他真名，只好答道：「叫仙女。」

程元龍嗤地一聲笑了。

有人看到程元龍攔住了一輛馬車尋釁挑事，就覺得自個兒暫時安全了，也不怕、不跑了，紛紛退回來看熱鬧。他們一邊看一邊交頭接耳地議論著，其中還有一些地痞無賴，這些人一見熱鬧就像蒼蠅聞見血，哄地一下全湧上來。

俗話說不怕沒好事，就怕沒好人，這些人不光閒看，還愛攛掇人，一個個唯恐天下不亂。

這不，一個生著黃眼珠、黃面皮、流裡流氣的痞子便歪著嘴說風涼話。「程大少爺當街調戲民女。」他這一咋呼不要緊，一條街上馬上就傳開了。

程霸王的罪名上頓時新加了一條調戲婦女。為什麼是新加的？因為他之前還沒幹過這事。

這世上什麼傳得最快？那肯定是帶桃色的新聞。這下，那些人也不怕了，紛紛往這邊擠，伸著脖子看熱鬧，有的還想一睹被調戲的佳人美貌。

車伕和興旺嚇得不知所措，李二成和王氏更是氣得發抖，這都是什麼人吶！他們閨女才八歲啊！一進京就被傳成這樣，以後可怎麼辦。

李二成正要鑽出馬車壯著膽子去理論一番，卻被青桐攔住了。

車伕也在不停地對著程元龍說好話。「程少爺，您大人有大量，饒過這一回吧！」

「嗯哼。」程元龍不置可否。

偏在這時，那個黃臉痞子又開始壞事了，他恬不知恥地大聲嚷道：「程大少，您摸摸那美人的臉看看滑不滑？」

程元龍聽到這話，眉頭一皺，正要轉頭喝斥，就見半空中一道碧影掠過。

眾人「啊呀」一聲驚叫，接著就聽見「啪啪啪」三聲脆響，那黃臉地痞被打得兩邊臉都腫了起來。

眾人目瞪口呆地看著這突如其來的一幕，直到這時，他們才看清打人者的面容。這是一個看上去只有八、九歲模樣的女孩子，身著一襲碧色的裙衫，梳著雙丫髻，膚色雪白，一雙漆黑的眸中此時正射著兩道銳利的冷光。

青桐雙手抱胸，不屑地瞥了一眼馬上的程元龍，指著被打得發懵的地痞罵道：「臭不要臉也沒腦子，什麼都沒看見，卻胡亂造謠，你覺得以他和我的年齡能調戲起來嗎？」

眾人一看所謂被調戲的佳人竟是個八、九歲的小女孩時，不禁鬨然大笑出來。

黃臉地痞當眾被一個小姑娘打，又被人笑，他哪裡肯甘休，當下拉下腫脹不堪的臉，惡狠狠地罵道：「妳竟敢打爺爺我，好好，妳給我等著。」

青桐不及說話，就聽見從頭頂上空傳來一個囂張難聽的聲音。「你確實該等著——」

「噼啪、噼啪」幾聲，鞭子清脆地連響了十幾下。

「哎喲，我的娘哎！」那黃臉潑皮淒慘地叫著，在地上直打滾。

「打得好！」這廂又有人開始喝彩了。

車伕猛然反應過來，趕緊叫李青桐上車，好離開這個是非之地。

青桐會意，趁亂上了車，馬車像蝸牛似地在人海裡緩慢穿行，他們好不容易出了人海，正打算策馬快行時，忽聽見一陣如雨的馬蹄聲，那個公鴨嗓氣急敗壞地叫道：「喂，妳別走——」

程元龍在後面大喊大叫，興寶吩咐車伕快些趕車。人群擁擠非常，暫時攔住了程元龍，等到他騎著馬拚命擠出人群時，那輛馬車已經蹤跡全無。

程元龍呼呼地喘著氣，伸手抹了把汗水，嘴裡忿忿地說道：「哼，跑得了和尚跑不了廟，土包子妞，妳給小爺等著。」

馬車終於一路暢行無阻地到了林府，車伕「籲」地一聲勒馬停下，然後轉頭朝車裡說道：「李老爺、李夫人，這就是林家。」

青桐早在車裡悶得心煩，不等馬車停穩，她推開車門就跳了下來，車伕看了暗暗咂了咂嘴。

李青桐抱著雙臂，上下左右打量著這個所謂的新家。林府跟街上其他宅院一樣，門前蹲著兩隻鎮宅大石獅，正中間一扇厚重的朱漆銅釘大門，周圍一排青牆，院中樹木蓊鬱，裡面靜寂無聲。

興寶此時已跳下車來前去找門房交涉。老門房有事出去了，代班的是個二十來歲的小廝，生得五官端正，衣著也很整齊，但一雙眼睛總習慣性地往上斜挑著，給人一種很不舒服的感覺。他一聽到江家的名頭，眼睛才趕緊挪回原位，語氣驟然熱情起來，呵呵笑道：「原來是江府，好說好說，我這就去稟報我們夫人。」

興寶拽住門房笑嘻嘻道：「麻煩小哥了，我們要見的是府上的白夫人。」

門房一聽到白夫人，臉不由得沈了下來，為難地說道：「這恐怕不好辦，白夫人一直病著，怕是不能見客，你有什麼事告訴我們太太也是一樣的。」

興寶想了想道：「那就麻煩你去稟報你家夫人，就說江老夫人尋到了林老爺當年遺落在桃花江中的林大小姐。」

「啊，什麼？」那門房看上去十分驚訝，他們以前隱隱約約地聽說老爺和白氏有一個頭生女兒，在進京途中落江而亡，也聽說那白氏還瘋瘋癲癲地張羅著找人，誰也不信她能找到，沒想到江老夫人竟真的找到了。門房的目光犀利地掃向李青桐，似在辨認真假一樣。還別說，這個女孩子跟他們老爺還真有些像，尤其是那道濃眉和挺直的鼻梁。

門房的目光略過李青桐開始打量著王氏和李二成，然後不自覺地嘴角輕扯，流露出若有還無的嘲諷。

李青桐不耐煩地看著他道：「看什麼，還不快去讓你的主人來辨認。」

那門房心裡暗笑，這麼快就擺上小姐的款兒了。哼，以後有妳好受的。不過，眼下江府的人在跟前，他也不敢造次，只好壓下心中的不快和輕視，趕緊進去稟報黃氏。

約莫過了半頓飯的工夫，就聽見咯吱一陣響動，大門緩緩開了，從裡面走出幾個穿紅著綠的丫鬟、婆子，中間立著一個淺黃紗衫、體態婀娜的年輕婦人。

興寶和車伕趕緊上前施禮答話，簡明扼要地闡述了事情經過，然後又示意青桐上前答話。

黃氏臉上一直保持著得體的笑容，先是說了一通感激江老夫人的客套話，然後熱情地拉過青桐的手，彷彿是多年不見的親人，滿臉欣喜地噓寒問暖。她問一句、青桐答一句，黃氏再次感激江老夫人一通，又說得了空一定會親自上門道謝云云。

興寶見事情已經解決，遂出聲告辭。黃氏命人賞了他們一人一個荷包，又親自吩咐小廝將行李搬進來，這才拉著青桐，招呼著李二成夫妻兩人進院。

青桐一路被黃氏引領著，穿過兩道門、一道走廊，曲裡拐彎地繞了好幾個彎，才進了花廳。王氏和李二成被下人安排下去休息了，廳中只餘下青桐和一干丫鬟、僕婦，那些人目光炯炯地打量著這個從天而降的大小姐，一雙雙銳利的眸子將李青桐從頭看到腳，再看她養父、養母那種德行，心下頓時了然，她們彼此心照不宣地相視而笑。

青桐在這麼多人的注視下毫不發窘，黃氏看她，她也在看對方。這個女人皮相不錯，皮膚白皙，烏髮高綰，很像她看過的古書畫冊《金瓶梅》裡面的仕女。

黃氏仍舊親切地笑著，拍著青桐的手背，語帶憐憫地說道：「我的兒，這些年辛苦妳了。這幾年我也沒少在妳父親耳邊念叨，讓他派人去尋，可惜他公務繁忙，一直沒機會去找妳；又想著當年水勢那麼急，妳又那麼小，活命的機會不大，去了生不見人、死不見屍，也不過是兀自傷心罷了……天佑我們林家，妳竟讓江老夫人給尋著了，妳爹爹回來了不知道有多歡喜呢！」

青桐靜等她說完，禮貌地問道：「妳我見了面，話也聽完了，現在可以帶我去看我親娘了嗎？」

黃氏臉上一僵，很快又恢復正常。「這等喜事本該叫姊姊來的，只是……只是他們母子倆如今都病著，妳又舟車勞頓，身子疲乏，萬一沾染上病氣，妳爹回來豈不是要怪我？」
青桐奇怪地笑笑。「沒關係，我的那個爹不會怪妳的，他感激妳都來不及。妳不用送了，我自己去。」
青桐說罷起身就走，黃氏先是微微一怔，接著心中又莫名地歡喜起來。
她也不再阻攔，派了一個名叫茉莉的丫鬟引著青桐去碧梧院。青桐跟著茉莉穿過兩道垂花門，走過一座青板橋，又走了好長一段路，經過一道未砌成的磚牆，才到了冷僻無人的碧梧院。
只見院中種著三棵三人合抱不住的梧桐樹，樹上枝葉亭亭如蓋，遮蔭蔽日，使得院中十分陰涼，不過，冬日就顯得有些陰冷了。她還注意到，這院中除了一片稀稀疏疏的月季花外，牆邊竟還種著幾畦黃瘦的青菜，菜地裡和花壇旁堆著一堆藥渣，空氣中瀰漫著中藥的苦澀味道
茉莉進了院門便止步不前，不自覺地蹙著眉頭，站在門口扯著嗓門朝裡喊道：「白嬤嬤、劉婆子。」
「咳咳，誰啊？」正中間的屋子裡傳來一聲咳聲，有氣無力地問道。
青桐擺了擺手，示意茉莉可以回去了。茉莉微微欠身，轉身離開，李青桐逕自走了進去。

人。

房門呀的一聲開了，從裡面走出一個三十來歲、身材瘦削、面色發青、衣著樸素的婦人。

婦人愣愣地看著青桐，顫聲問道：「妳是？」

青桐道：「我叫李青桐，江老夫人找到我，說我親娘在這裡。」

婦人的身子一個趔趄，激動地抖著沒有血色的唇，哆嗦著問道：「妳是、妳是我的貓兒。」她一語未盡，淚水已經噴湧而出，上前抱著青桐失聲痛哭起來。青桐不知所措地杵在那兒，任由白氏抱著她哭。

「我的兒呀，娘以為這一輩子再也看不到妳了，每回我只能在夢裡見到妳。」

白氏正哭得傷心，就聽見屋裡有人擔憂地叫道：「娘、娘，誰又來欺負妳了？」話音未落，就見一個三、四歲模樣，雞崽一樣瘦弱的男孩搖搖晃晃地跑了出來。男童睜大眼睛驚詫地看著眼前的陌生人，這時白氏也止住了眼淚，拿袖子擦著眼角，臉上帶著笑，拉過男童說道：「源兒，這就是你整日念叨的姊姊，快叫姊姊。」

林安源羞澀地躲在白氏身後，露出半邊腦袋，怯怯地看著李青桐，顯得又渴望、又害怕。

白氏朝女兒歉意地笑笑，說林安源見生人少，所以怕人，一會兒就好了。說著話，她拉著青桐進屋來，兩人坐著說了一會兒話，李青桐簡略地闡述了這八年來的經歷。白氏聽得時哭時笑，過了一會兒，她驀然記起青桐自進來後一直說話，連口水都沒來得及喝，她趕緊起身去小廚房裡燒開水，又手忙腳亂地去找冰糖和茶葉。

青桐讓她不必再忙，白氏哪裡聽得進去，一會兒問她渴不渴，一會兒又問她餓不餓，恨不得把屋裡所有好吃的都拿出來。

林安源在一旁歪著腦袋觀望一會兒，突然噔噔跑進小屋裡，抱著一包點心出來塞給青桐。「這是白嬤嬤給我的點心，我沒捨得吃喲！娘上次說姊姊很快就來了，我一直留著的。」說罷，他睜著兩隻亮晶晶的大眼睛巴巴地看著李青桐。李青桐的心莫名地軟了起來，伸手捏捏他那沒什麼肉的小臉，然後當著他的面打開了那包點心。她面無表情地拈起點心上的綠毛，淡淡說道：「天熱了，東西容易壞。」

白氏一臉羞慚地看著點心上的綠毛，背過身去悄悄擦了擦眼淚，屋裡氣氛一時間有些凝重。

青桐看著這母子倆，心中有些發堵，同時又有些想不通，若是林家人都過成這樣，那她沒話說，但是憑什麼一個家中兩個世界？為什麼他們明明承受著不公，卻又不去爭取自己應有的權利？算了，今日初次見面，這事以後再說吧！她得先把眼下的事安排好。

青桐想了想站起來說道：「娘，我已經看過妳了，但我的養父母還在前院，我去看看他們。」

白氏撫額說道：「瞧我都高興傻了，竟把兩位大恩人都忘了，我這就跟妳一起看他們去。」

林安源也想跟著一起，白氏遲疑一會兒才答應，林安源蒼白的小臉上現出一抹興奮的紅暈，三人一路說笑著出了碧梧院向前院走去。

他們剛出二門，猛然看見一個身材頎長，穿著赭石色夏衫的中年男子正款步向他們這邊走來。青桐冷眼望著這個看上去十分斯文儒雅的男人，嘴角掛著一絲奇怪的笑意，這個人應該就是大名鼎鼎的林世榮。

林安源一看到林世榮走過來，頓時像小雞見了老鷹似的，緊緊貼著母親，大氣都不敢出；白氏則是一臉麻木地看著面前這個男人，她下意識地拽緊了青桐的手腕，竭力用正常的聲音說道：「他就是妳爹。」

青桐答道：「我知道。」

青桐話音剛落，林世榮和兩個青衣小廝已到了他們面前。林世榮方才已經聽門房的人說了青桐的事，他仍像往常一樣一臉嚴肅，緊抿著薄唇，用挑剔冷漠的目光打量著這個八年未見的女兒。

白氏怔了一會兒，低頭上前，囁嚅著說道：「老爺……咱們的貓兒回來了。」

林世榮一聽到貓兒兩字，似乎有些不悅，冷聲說道：「這等賤名只有鄉下人家才用，也不怕人笑話，以後且莫再叫了。」

說完這話，他的目光重新落到青桐身上，用平淡無波的聲音問道：「妳可有什麼信物證明妳的身分？」

白氏拉著青桐的袖子，搶答道：「老爺，你看她的樣子就知道了，還用得著什麼信物嗎？」

林世榮嚴厲地瞪了白氏一眼，把林安源嚇得顫抖了一下。

李青桐安撫地摸了一下弟弟的頭，抬起臉直視著林世榮，用譏諷的口吻問道：「不知林大人想看的是哪種信物？澡盆還是玉珮？」

林世榮聽到青桐暗諷自己當年的行為，臉上頓時蒙上一層寒霜，厲聲說道：「妳的養父母就是這樣教妳對長輩說話的？」林世榮為人嚴厲，不苟言笑，再加上為官多年，頗有些積威，平常府裡下人都有些怕他，現在見他怒容滿面，兩個小廝全都低頭盯著腳尖，生怕殃及自己。

白氏亦是臉色一變，連連以眼示意青桐，不要跟他頂撞，看青桐沒有反應，她正要開口說話，卻被林世榮一個眼刀掃過來制止住了。

青桐像是沒事人似的，輕輕嗤笑一聲，這人裝什麼裝，她會怕他？當初母星上的總統接見她，她都不緊張，怎麼會怕這麼一個人品道德都遠遠低於自己的次等老雄性。

來的路上她嚴肅思考過了，這個人既不能按她原來世界的規則去起訴控告，也不能明著殺害。這個社會的複雜和混亂遠遠超過她的想像，如果這個渣爹現在死了，未來還有一大堆後續問題，而她暫時並沒有能力來解決；所以，她要先榨乾他的剩餘價值，把自己和弟弟養大變強一些再說。

但是眼下她也不能吃虧受氣，給對方一些精神折磨她還是能做到的。青桐看了看兀自黑著臉的林世榮，鼻孔朝天滿不在乎地說道：「算了，咱們走吧！我去看我那個好爹。」

林世榮見這個女兒絲毫沒有怕自己的意思，而且還口口聲聲惦記著那個所謂的好爹時，肺都快氣炸了，他喝道：「站住！」

白氏出言懇求道：「老爺，不管怎樣，那李二成夫婦也是咱們貓、桐兒的救命恩人。他們遠道而來，我和桐兒前去看望也是應該的，若是招待不周，傳揚出去，對老爺的名聲也有礙。」

「哼，那就去吧！」林世榮一點也不想再看見這母女倆，丟下這麼一句話，大踏步往二門裡去了。

白氏無奈地嘆了口氣，一臉愛憐地看著青桐，黯然說道：「妳爹他……」可惜她連替他掩飾的理由都找不到。

青桐一本正經地接道：「我知道他心裡苦。」能不苦嗎？一看到她就想起自己當年的不堪。

白氏帶著青桐和林安源到了客房，見著李二成夫妻倆自然又是長長一通感激的話。夫妻兩個本來十分無措，一看白氏為人和氣敦厚，又不似別的婦人那樣氣勢逼人，頓時覺得放鬆不少。

白氏向王氏細細打聽青桐小時候的事，王氏說起來是如數家珍，甚至連怎樣換尿布都說了一遍，青桐在旁邊聽著，罕有的發窘。

白氏說了一會兒話，瞧瞧旁邊沒有外人，便從腰間摸出一個荷包，又從懷中取出一根成色黯淡的金簪，硬塞到王氏手裡，略帶歉意道：「我也不瞞妹妹，如今府裡不是我當家，我的嫁妝當年又全部貼補給了老爺讀書，如今手頭也不寬裕，望妹妹千萬收下，別嫌少，你們先拿了用去。」

王氏和李二成一看她這狀況，不由得暗暗嘆息，死活不肯收，兩人正在妳推我讓時就聽見一個丫鬟拖長了聲音說道：「李老爺、李夫人，我們夫人要擺午飯了。」

這傳話的丫鬟是黃氏身邊的薔薇，她跟茉莉一樣都是三等丫鬟，只能做些跑腿的雜活。薔薇心中輕視李二成和王氏這種鄉下土包子，覺得沒油水可撈，傳個話都是心不甘、情不願的。

青桐親手打開了門，接過薔薇手中的食盒，薔薇也不客氣，冷眼看著他們自己擺弄，過了一會兒才漫不經心地說道：「對了，夫人還說了，請大小姐到葳蕤院用飯。」

「我去。」青桐看了一眼桌上的飯菜，朝王氏等人略略點了點頭，便跟著薔薇去了。

一路上，薔薇嘴沒閒著，不停地給青桐介紹府裡的情況。「今日老爺也在，二小姐和三小姐也從女學回來了。我們家兩位小姐雖然才六歲半，可已經會背《女誡》、《四書》了，先生和嬤嬤都不住地誇她們；今日又去跟宋夫人學琴……」

青桐一副神遊太虛的模樣，只顧低頭走路。

薔薇笑著問道：「不知大小姐在家都讀過什麼書？」

青桐兩眼望天，徐徐吐出兩個字。「妳猜。」

薔薇給噎得無語。

青桐隨著薔薇進了葳蕤院的花廳，只見林世榮和黃氏對面而坐，黃氏的右邊坐著一對約六、七歲的雙胞胎姊妹，兩人一個穿粉、一個著綠，生得粉妝玉琢，肌膚如嫩玉生光一般。

青桐大步走過去在那個唯一的空位上坐下。

林世榮從始至終都緊鎖眉頭，正端著茶杯沈思，偶爾用那雙沒有一點溫度的眸子不悅地掃幾眼李青桐，雙胞胎偷偷相視而笑，彼此做了個鬼臉。

黃氏親切地招呼青桐。「青桐來見見妳兩個妹妹，這個穿粉衣的是妳二妹妹，名叫淑婉；穿綠衣的叫淑媛。」姊妹兩人乖乖地叫了一聲姊姊。

林淑婉眨了眨眼睛，用天真無邪的口吻說道：「大姊，妳的名字為什麼跟我的不一樣啊？」

林淑媛點點頭道：「是啊，青桐、薔薇、茉莉，妳們的名字倒是一樣。」

林世榮掀開茶杯蓋子，輕輕啜了一口，慢吞吞說道：「關於信物的事妳也不必拿來看了，既然江老夫人說妳是我林家的女兒，妳便是。」

青桐頷首道：「你既然不想看那只澡盆便罷，我用它來種韭菜。」

林世榮壓著火氣，繼續說道：「既是我林家的女兒，就要將以前的那些壞習性都丟了，妳的名字就隨妳兩個妹妹吧，叫淑婧。」

青桐一臉嚴肅地說道：「名字不代表什麼，我還是叫原來的名字吧！」

黃氏覷了一眼林世榮，笑道：「青桐，妳還是聽妳爹爹的吧！」

青桐仍堅持已見。「名帶淑字，難道以後就賢淑了？那我還是叫林良心算了，從胎裡帶的缺良心。」

「啪」地一聲巨響，林世榮手中的杯子飛了出去，摔得破碎。

林世榮氣得額上青筋暴起，怒喝道：「給我滾出去——」

青桐大剌剌地坐下。「是你請我來吃飯，飯沒吃就讓我滾，沒這道理。」說著，她看了看桌上的飯菜，自顧自地大吃起來。

「妳——」林世榮氣得有火發不出，狠瞪了青桐一眼，拂袖離去，黃氏連忙跟在身後好聲勸慰。

桌上只剩下雙胞胎和李青桐大眼瞪小眼，還有旁邊嚇得目瞪口呆、大氣不敢出的幾個丫鬟和婆子。

等到黃氏重返餐桌時，青桐已經將桌上的肉菜掃蕩半空了。黃氏暗自吃了一驚，面上神色不變，關切地說道：「來，多吃點，可憐的孩子，妳以前肯定沒少吃苦。」

青桐邊吃邊說道：「也不算吃苦，我爹娘對我很好，我爹每次吃魚都給我挑魚刺。」

黃氏笑道：「屋裡這位才是妳爹爹，以後可別叫混了。」

青桐故意大聲說道：「誰對我好，誰就是我爹。」

林世榮在屋裡聽見又氣了一回，他真不該讓這個禍胎回來。

李青桐吃罷飯後，看見桌子上還剩下半條魚和一盤肉，便說道：「這剩下的我帶走，我娘和弟弟已經好久沒吃過肉了。」

黃氏臉色微變，她觀察著青桐的臉色，心中猜測她知道了多少，很快，溫煦親切的笑容重新浮現在她臉上。「青桐，妳剛回府，有些事情不大清楚，妳娘和妳弟弟常生病，脾胃虛弱，沒法跟我們吃同樣的飯菜，我就按著妳娘的意思，在碧梧院裡建了小廚房，每月讓人送去糧米菜肉。」

「是嗎？」青桐不置可否。

黃氏頓了頓又道：「妳若是吃不慣，就過來跟我們一起用飯。還有，為了方便嬤嬤教導，妳明兒就搬過來住在東廂房吧！跟妳兩個妹妹一處，平常也好一起玩耍。」

青桐站起身來，提著食盒，說道：「我以後每天來妳這兒吃飯，回碧梧院住，我喜歡那三棵梧桐樹，沒法搬到妳院裡。」

黃氏縱然口齒伶俐，這會兒也有些語塞，她只是勉強笑著，盡力保持著得體的儀態。

青桐心裡微微暗爽一會兒，往後她每日必來這渣男賤女面前晃一晃。林世榮越不想看見她，她越來得勤，順便提醒他曾經做過的虧心事，想眼不見、心不煩，門都沒有。

第八章

青桐提著食盒大搖大擺地出了葳蕤院，她一走，林淑婉和林淑媛就一起擁到黃氏面前，一個抱怨、一個撒嬌。「娘，那個又粗又野的鄉下丫頭怎麼配做我們的姊姊，別人知道還不笑話我們？」

黃氏伸手撫著兩個女兒的頭頂，慈愛地笑著，只是那笑容中帶著些許冷意。青桐的性子倒是出乎她的意料，當初白氏悄悄張羅找人時，她不過是一笑置之，那麼小的孩子怎麼可能活下來？

再說，即便找到了，說不定養得一副小家子氣的模樣，畏畏縮縮上不了檯面，也斷不會成為白氏的助力，她隨手賞那孩子一碗飯吃就行；若是長得不錯又可堪造就，她不介意大方點，將來說不定能派上用場。現在這個丫頭一點也不符合她的預想，那她少不得另尋良策。

諒青桐在自己手心裡，也翻不出什麼大浪來。

黃氏柔聲安慰了兩個女兒一通，說些什麼姊妹親情，青桐以前吃過苦，要多照應她云云，待把兩個孩子哄好了，才讓金嬤嬤帶她們回房午休；她又吩咐下人再去另做幾道小菜端到書房，林世榮方才拂袖而去，還沒吃午飯呢！做完這些黃氏臉上帶著笑，嫋嫋娜娜地進了林世榮的書房。

林世榮此時氣仍然未消，一見到黃氏進來，便狠狠發洩道：「這個混帳孩子不知從哪聽來的混話，明明當初是因為江上風急浪大，船行不穩，她和她娘不小心跌落下去的；她倒好，一口咬定是我把她扔下江的，這要是傳揚出去，林家的臉面往哪兒擱？」

黃氏怡聲說道：「老爺是什麼人，別人還不知道嗎？要說也說是孩子不懂事。其實說起來，這也不能全怪那孩子，她年紀小，容易輕信別人，待時日一長，知道了老爺的好，便不會再胡亂起疑了。」

林世榮的眼中浮起一片陰霾，他恨恨道：「我知道，肯定是白氏那個賤人對她說的。」

黃氏心中暗笑，嘴裡卻仍為白氏辯解。「也不一定就是姊姊說的，或許是江府的人亂嚼舌根。」

黃氏越為白氏辯解，林世榮越認定是她做的。

黃氏柔聲安撫了一會兒，又問道：「老爺打算拿青桐這孩子怎麼辦？」

林世榮舒了口氣，不耐煩地說道：「還能怎麼辦？她親娘粗俗鄙賤，上不了檯面，以後妳就多費些心；我要求也不高，她將來能有淑媛、淑婉一半就好了，養個幾年，打發她嫁出去就完事了。」

黃氏低頭道：「老爺的話原本沒錯，只是我看這孩子有點野性難馴，我畢竟不是親娘，不好拿捏分寸，又怕她認為我虐待她。」

林世榮的聲音越發煩躁，揹著手踱了兩步道：「妳不管，難道讓我管？妳是什麼樣的人我還不知道，妳儘管去管教她，府裡有誰敢亂嚼舌？妳就是對下人太寬容了，反正，以後碧梧院的諸事就別煩我了。」

黃氏笑笑，痛快應下了。「既如此，那就讓妾身幫老爺分憂吧！不過好在青桐年紀不小了，不用我時時看著，我就讓金嬤嬤和崔嬤嬤多費些心便是。」林世榮嗯了一聲，沒再接話。

不多時，廚房重新送了飯菜上來，黃氏一邊服侍林世榮吃飯，一邊說些別的閒話。林世榮想起李二成夫妻的事，吩咐黃氏給他們拿些銀子打發了。

青桐提著食盒先去客房，白氏仍在陪著王氏說話，青桐讓他們先把飯吃了。飯畢寒暄一陣，李二成夫妻提出要到外面租房子住，白氏本有心挽留，想想自己的處境，只得將話嚥了回去。

青桐想了想說道：「出去租屋子也好，這府裡好人不多，住著壓抑。」她頓了頓又說道：「不過，你們還是得等一等，等那人給了錢再走。」

李二成一聽到要錢，連連擺手。「不要不要，我們手頭的錢夠用一陣子，我明兒就跟妳娘先去找房子，等安頓好再去找些活計幹。」

下午的時候，黃氏讓薔薇送來了五十兩銀子和兩疋尺頭，王氏推託不要，薔薇眼中帶著輕視的笑意，嘴裡卻說道：「這是太太讓我送來的，李夫人千萬別嫌少，夫人若是不要，奴婢回去可不好交差。」

青桐替王氏接了過來，抬著下巴吩咐薔薇。「妳回去交差吧！妳做得很好，連眼裡的輕視都恰到好處。」

薔薇微微變了臉，連忙說道：「大小姐真會說笑，李夫人、李老爺可是府裡的貴客，借奴婢幾個膽也不敢有輕視之心。」

「我沒膽借妳，倒是可以借妳良心。」

薔薇乾笑兩聲，只說要趕緊回去回話，便匆匆告辭出去。

王氏硬要把錢塞給白氏，白氏哪裡肯要。李二成夫妻在府裡渾身不自在，決定明天一早就出去租房子，白氏說可以讓劉婆子幫忙去尋找，王氏應了，四人又說了一會兒話，白氏才攜著一兒一女回碧梧院。林安源恢復了孩子的活潑，一路上像隻小鳥似的，又跳又笑，白氏臉上也多了一絲笑意。

他們剛回來，外出採買兼打探消息的劉婆子也回來了。劉婆子和白嬤嬤是白氏身邊碩果僅存的兩個粗使婆子，她們一個眼睛不大俐落、一個腿腳不大方便，饒是如此，府裡有事也會時不時抽調她們去幹活，所以碧梧院裡的活計基本都要白氏親自動手。像今天上午，白嬤嬤又被金嬤嬤叫去拆洗去年冬天的棉被，劉婆子則被打發出去買絲線。

白嬤嬤是白氏的舊僕，和半路跟來的劉婆子不大一樣，她回來一看到失而復得的大小姐，忍不住老淚縱橫，引得白氏又跟著哭了一場。

青桐看著白嬤嬤，她大約四十來歲，身材粗壯，頭髮斑白，右腳微跛，一雙粗糙的手被水泡得起了皺。

白嬤嬤扯起袖子擦擦眼淚，問道：「大小姐是在碧梧院住嗎？屋子收拾好了沒？」

眾人聞聽這話，一齊看著青桐，特別是林安源眨巴著一雙大得出奇的眼睛期待地看著青桐，生怕她不住在這兒。

青桐答道：「我跟那邊已說好，在葳蕤院吃飯，在這兒住。」

白氏一怔，苦澀一笑。「這樣也好，我就去收拾屋子。」

青桐接著補充一句。「以後等我回來你們再吃飯，我會帶回來好吃的。」

林安源想起午飯時那香噴噴的肉和魚，忍不住吞嚥了一下口水，雙眼亮晶晶地看著青桐，心中暗想，有姊姊就是好。

「這，似乎不大好吧！」

「很好，娘妳不用管了。」

青桐有些犯睏，跟他們打了個招呼便去林安源的房間睡會兒午覺。

林安源小心翼翼地看著這個新姊姊，討好地問道：「姊姊，妳喜歡什麼？我有蛐蛐兒、蝌蚪還有荷花。」

「荷花吧！」青桐打了個呵欠，緩緩閉上眼睛，很快便進入了夢鄉。

林安源在床前踟躕了一會兒，他見姊姊沒有蓋被子，便踮起腳尖，輕手輕腳地替她拉上被子。娘說了，夏天也會著涼的，別把姊姊凍病了。

他縮回手時，手指不小心觸到了青桐的臉，青桐睡得警醒，能感覺到林安源的動作。她的心莫名地一軟，這個弟弟看上去還不錯，就是太瘦、太弱了，這倒讓她有一種想保護的慾望。

青桐這一覺睡得很舒坦，她醒來時，太陽已經開始西斜，院子裡靜寂無聲，她喊了一聲，無人應答。她不知道的是，在她睡著時，白嬤嬤和劉婆子剛歇一會兒，就被人叫走了，白氏覺得女兒需要人服侍，便鼓起勇氣去找黃氏，想讓府裡不再隨意抽調白嬤嬤和劉婆子。

林安源本來乖乖地在屋裡寫大字，可他突然想到姊姊喜歡荷花，就放下筆，噔噔地跑到荷花池邊。碧梧院在林府的西北角，是最偏僻的院落，它的左邊是一處半廢棄的院落裡面雜草叢生，另一邊則是碧蓮苑，裡面有一個不大的池塘，塘中有荷花，林安源平日身體好時就在這兩處玩耍。

本來平常也沒什麼，但林安源今日不大走運，他遇到了自己第二個怕的人，那就是金嬤嬤的親戚崔嬤嬤。崔嬤嬤脾氣不大好，府裡的人都不敢惹她，今日不知怎地，一張臉黑得像鍋底似的，林安源想起往日的種種，心頭瑟縮，心裡暗叫糟糕，嚇得花也顧不得擷了，轉身就跑。

崔嬤嬤腳步沈重，心中正暗罵著自家那個不要臉的死鬼，一抬眼就看到那個晦氣的小崽子，再一看對方看到自己像見了鬼似的，頓時氣不打一處來。她一個箭步竄上去，揪著林安源的耳朵，凶神惡煞地說道：「源哥兒，難道我會吃了你，你為何見著我就跑？」

林安源疼得直咧嘴，又不敢哭，只好求饒道：「我、我急著回去找我姊姊，不是怕嬤嬤。」

「啐，還姊姊，誰知道從哪來的賤蹄子。」

「不，我姊姊不賤，她可好了。」

「呵呵。」崔嬤嬤冷笑幾聲，用像螃蟹螯似的手指在林安源背上狠掐了幾把。

林安源疼得抽搐了幾下，忍不住小聲啜泣起來，一邊哭一邊拚命掙扎。

崔嬤嬤摀著他的嘴，低聲威脅道：「你若敢告訴別人，我絕饒不了你。」

林安源像隻無助的貓兒似的，嗚嗚咽咽地哭著，不住地點頭。

崔嬤嬤發洩完畢，心情莫名好了許多，一把甩開林安源，哼著小曲兒踏著輕快的腳步走了。林安源揉揉眼睛，在池塘邊委屈地哭了一小會兒，費力摘了一朵荷花，慢慢向碧梧院走去。

青桐正在院子裡伸展腿腳，一見林安源進來，便招呼他過來。「來，從明天起我教你練些功夫，你的身子太弱了。」

林安源心中一動，脫口而出道：「練了就能打壞人嗎？」

青桐點頭。「那當然。」林安源把手中那朵粉色的荷花給青桐，吸吸鼻子什麼也沒說。

青桐接過花，心中高興，伸手去輕捏他的耳朵，林安源下意識地躲過去，隨即他又覺得過意不去，忙說道：「對不起姊姊，我不是不讓妳揪，妳揪我這只好的吧！」青桐覺得不對勁，彎下腰仔細察看他的耳朵，果然看見左耳耳垂一片紅腫，看樣子是人揪的。

她沈聲問道：「告訴我，誰揪的？」

林安源心中一慌，他不能告訴姊姊，也不能告訴娘，說了也沒用的，他急急地否認。「我、我自己揪的。」

「快說。」青桐的臉一沈，聲音中帶著不容拒絕的威力。

「是、是崔嬤嬤。」

「她打你幾次了？打在哪裡？全部告訴我。」

林安源聽到青桐這麼問，多日的委屈終於找到了宣洩口，突然放聲大哭起來，一邊哭一邊控訴。「她打我，春蘭也打我。揪我的耳朵、踩我的腳，掐我捏我，讓我吃掉在地上的飯……我不敢告訴娘，她會氣病的。」

青桐聽罷，臉上蒙上一層冷霜，緩緩吐出三個字。「好，很好。」

接著，她猛然起身，拉著林安源，大步向外走去。「走，我讓你看看什麼叫貓兒發威。」

貓兒發威？人家不都說老虎發威嗎？林安源瞧著這個看上去似乎很厲害的姊姊，心情不由得一陣雀躍；可他又想到崔嬤嬤的手段，不禁又往後縮了縮，頭搖得像撥浪鼓似的。「不行，我好不容易才有一個姊姊，不能被她打壞了，她很厲害的，府裡的人都怕她，淑妍姊姊，還有安泊弟弟也怕她。」

青桐問淑妍和安泊是誰，安源答說他們是周姨娘的孩子，青桐現在沒空去想周姨娘，隨口一問就擱下了。

「姊姊是仙女，你去了就知道了。」青桐話不多說，一路牽著林安源快步疾行，她身體好，走多遠都沒事，苦了體弱的林安源，他累得小臉通紅、汗如雨下，可他怕給姊姊惹麻煩，硬是咬著牙一聲不吭。

李青桐發現了，二話不說，半蹲下身將他馱在背上，繼續健步如飛。走了一會兒，終於碰到一個穿著半舊豆紗綠裙的圓臉掃地丫鬟，青桐幾步奔到她面前，大聲問道：「崔嬤嬤在哪裡？」

那丫鬟嚇了一跳，搖頭說不知道。青桐看了她一眼正待要走，那丫鬟打量一眼青桐，一時拿不准她的身分，不過，她倒是認識林安源，笑著提醒道：「源少爺，您找崔嬤嬤幹麼？我聽人說她家男人出去賭了，心情正不好，你們還是別往她臉上撞得好。」

林安源看著面前的丫鬟，小聲對青桐說道：「她叫纖草，掃院子的，我很喜歡她。」

青桐衝她點點頭。「謝謝妳的提醒，我就是要找她。」

纖草突然想起了什麼似的，說道：「要不你們去紫蘇院周姨娘那兒看看，今兒個正好是太太給幾位姨娘發分例的日子。」

青桐點頭道：「帶路。」

纖草一臉踟躕，她還要幹活吶！

林安源驕傲地揚揚腦袋說道：「這是我姊姊，別人都叫她大小姐，可以命令妳的，走吧！」

纖草恍然大悟，今天上午就聽人說，府裡突然來了一個大小姐，這不就看到了。

纖草只好丟下掃帚，低著頭在前面引路。

三人一路小跑，來到紫蘇院門前。紫蘇院的大門半開著，裡面隱隱傳來一陣爭執聲。

青桐放下林安源，探頭朝裡看去，就見一個身著淺紫夏裙的婦人正背對著她跟人說話。

「大熱天的，還煩勞嬤嬤跑一趟，實在是過意不去，只是這米麵……確實有些壞了，能不能換一袋？」

「哎喲，姨娘也知道這是大熱天的，這米啊、麵啊夏天可不就容易生蟲子啊！就這樣的，妳還嫌不好，還有那更差的呢！妳就知足吧！」

林安源一聽到這聲音，身子一抖，極小聲地說道：「她就是崔嬤嬤。」青桐沒說話，只是將手放在他的頭頂上，以示安撫。

周姨娘陪笑道：「這我知道，還是麻煩嬤嬤給換一袋吧！」說著，她示意丫鬟塞給崔嬤嬤一個荷包。崔嬤嬤輕輕一掂，心裡有了數，臉上的笑容立時溢了出來，和顏悅色道：「姨娘真是個大方和氣的，不像有些人，摳摳索索不說，還整天哭喪著臉。」
周姨娘笑笑沒說話，崔嬤嬤舉步往外走。
青桐把林安源往纖草懷裡一塞，吩咐道：「你們離遠些，一會兒別碰著了。」
纖草一臉疑惑地看著青桐，不明白她究竟要做什麼。
就在這時，身後傳來一個稚嫩的童聲。「你們在這兒做什麼？」青桐回身一看，就見一個五、六歲的女孩牽著一個比安源還小的男孩，兩人一起好奇地打量著她，他們正是林安源方才說的淑妍和安泊。
安源一臉驕傲地炫耀道：「她是我姊姊，我早跟你們說過，我也有姊姊的。」
周姨娘這會兒已經和崔嬤嬤走到院門口了，她一看到兩個孩子正跟林安源說話，連忙說道：「妍兒、泊兒，你們又亂跑了，快點進來。」
崔嬤嬤一看到林安源那個小病包兒竟然主動送上門，不禁暗暗詫異，他身邊還站著一個約十歲年紀的女孩子，她的目光正好跟青桐碰個正著。崔嬤嬤心頭莫名一悸，那目光烏溜溜的，一動不動地盯著人，著實有些怕人。
崔嬤嬤定了定神，高聲跟周姨娘笑道：「喲，這可是妳新買的小丫鬟，模樣不錯，就是有些呆，當個粗使丫鬟倒還行。」
林安源氣呼呼地糾正道：「她不是丫鬟，她是我姊姊。」
「姊姊？」崔嬤嬤重新打量著青桐，嘴角掛著一縷涵義不明的笑意，這個白氏真夠命苦的。

青桐推開纖草和林安源，順便示意周姨娘。「妳也讓一讓，把場子給我騰出來。」

場子？周姨娘是丈二金剛，摸不著頭腦。

林安源當起解說員。「崔嬤嬤在碧蓮苑打我，姊姊要替我報仇。」

「哈哈。」眾人一起笑了，其中崔嬤嬤笑得最響亮。

李青桐雙手抱胸冷冷盯著崔嬤嬤，先讓她笑，笑完再讓她哭。

崔嬤嬤笑著，李青桐一步步走向她，走到她面前站定了。

她轉頭問林安源。「她以前是怎麼對你的？大聲說出來。」

林安源鼓起勇氣，大聲道：「她擰我耳朵、掐我的背，以前還踢我。」

青桐盯著崔嬤嬤。「妳怎麼說？」

崔嬤嬤張了張嘴，滿不在乎地笑道：「喲，老奴那是逗他玩呢！」

「是嗎？」

青桐側頭對林安源說道：「你站在這等著，看姊姊我怎麼逗她玩。」

崔嬤嬤看著這個只到自己胸口的小姑娘，倒三角眼瞇成了一條縫，她低下頭戲謔道：「恕老奴眼拙，沒認出大小姐來，大小姐若是對老奴看不過眼，何不去找太太？」

「妳拙的不僅是眼，還有腦子。」青桐說著臉上浮現了一絲奇怪的笑意，然後噔噔後退十幾步，接著助跑起來，像頭小牛似地猛然發力，猝不及防地狠狠地撞向崔嬤嬤胸口。

崔嬤嬤「哎喲」一聲，咚地一聲仰面摔倒在地。
眾人也跟著「啊」地一聲叫出聲來，一齊目瞪口呆看著這突如其來的一幕。
崔嬤嬤氣得頭頂冒煙，手腳並用掙扎著要爬起來，嘴裡還大聲喝道：「趕緊把大小姐送回去，她當這兒是鄉下呢，快呀！」跟著崔嬤嬤一起來的兩個丫鬟猶豫了一下，上來就要去架青桐，青桐早有防備，一腳踢飛一個。
解決掉這兩個人，青桐一個箭步飛躍過去，抬起右腳狠狠踏在崔嬤嬤波濤洶湧的胸前，彎下腰，撕扯著她豬耳朵一樣肥厚的左耳，厲聲喝問道：「妳剛才就是這樣擰我弟弟的，好受嗎？」
崔嬤嬤喘得上氣不接下氣，嘴裡發出宰牛一般的叫號聲，大聲替自己辯解道：「老奴、老奴不敢，那是看源少爺可愛，逗他玩。」
青桐笑著，使勁擰了個半圓。「就是這樣逗他玩？」
崔嬤嬤疼得大嘴快咧到耳根上了，朝天翻著白眼珠，尖聲罵道：「啊啊，救命啊，妳們都是死人嗎？」
其他人面面相覷一會兒，有些跟崔嬤嬤關係好的已經開始蠢蠢欲動。
青桐看了看那些人，如果她們一擁而上，自己還真對付不了。
不過，這也難不倒她，她現在已經學會用腦子對付人了。
想到這裡，她銳利的眼風一掃，全力釋放出自己的霸王之氣。這是她以前從幾部缺頭少尾的小說裡看到的，主人公一釋放霸王之氣，眾人全都懾服了。她不知道的是，以她現在的體型和神態，此刻就像一隻貓在做老虎的表情，霸氣得讓人想笑。

好在青桐不僅釋放霸氣，還放出狠話。「冤有頭、債有主，我今日就喜歡逗這個嬤嬤玩，妳們誰敢不長眼，以後本姑娘一個一個地溜妳們玩。」

那些人果然開始遲疑了。

這時，周姨娘像是剛從驚嚇中反應過來，佯裝急切地勸解道：「大姑娘，妳好歹是府裡的大小姐，下人有不對的地方，儘管告訴太太便是，何必親自動手？」她這話明著是勸青桐，同時也暗示那些下人，不管怎樣，她都是林府的大小姐，要幫崔嬤嬤的人可得掂量一下了。

這些下人不管暗地裡怎麼欺負不得勢的主子，明面上還是得做做樣子。她們還真不敢當著這麼多人的面去打青桐，同時也不敢過分得罪崔嬤嬤，有些機靈的便跑去找黃氏報信了。

青桐的腳已經從崔嬤嬤胸前移到了她那滾圓、裝滿肥油的肚子上，用力踩著裡面的五臟六腑。崔嬤嬤疼得全身抽搐，倒吸冷氣，連叫聲都不覺減弱了幾分；但她也不是省油的燈，張牙舞爪地揮舞著粗壯手臂胡亂揮打一氣。青桐不小心挨了兩拳頭，一怒之下捉著她的胳膊用力一擰，只聽得喀嚓一聲，把崔嬤嬤的胳膊弄得脫臼了。

崔嬤嬤發出一聲淒慘至極的顫音。「啊——」

聞者不忍心聽，但也有不少人暗暗叫好，皆因崔嬤嬤平時作惡多端，不得人心的緣故。

青桐正面虐完，又將她翻過去，用腳踩著她的背，讓她頭朝下趴著，抽空吩咐嚇呆了的纖草。「去，給我端碗米飯。」

「是……」纖草一臉呆滯地去端了飯。

青桐啪地一下將碗倒扣在地上，用手指在灰土裡攪拌均勻，然後按著崔嬤嬤的頭，熱情地招呼道：「來來，我請妳吃飯。」

「我不……啊嘔嘔。」

「好！好！」人群中傳來了男童的叫好聲。周姨娘瞪了林安泊一眼，趕緊伸手掩住了他的嘴，她假惺惺地勸道：「大小姐，妳就饒了崔嬤嬤吧！她畢竟是府裡的老人了。」

周姨娘的話音剛落就聽見一個聲音喝問道：「妳這是在做什麼？」

來的人正是聞訊趕來的黃氏。自上午那一見後，黃氏就知道這個女孩子沒有她想像中的那麼好對付。

但她卻沒想到，她剛來第一天就敢捅出這麼一個大樓子來，那崔嬤嬤可是自己跟前得用的人，平日裡就連白氏和幾個姨娘都讓著她三分；這倒好，剛剛有個小丫鬟慌慌張張地說崔嬤嬤被大小姐揍了，黃氏當時驚得險些噴茶。

黃氏被一群丫鬟、僕婦簇擁著走了過來，遠遠地便喝了一聲。青桐一看這架式，知道接下來不能隨心所欲地打了，趁著最後的機會，狠狠地胖揍了幾拳，腳下用力踩了幾下。

崔嬤嬤哭喊得嗓子都啞了，一聽見黃氏來了，像是落水狗望見了主人一樣，氣焰頓漲，哭得也越發大聲悠長。「哎喲，我的太太，老奴可把您給盼來了，您再晚來一會兒，老奴就見不著您了。」

黃氏邁著碎步過來，一張總是掛滿笑意的臉上，罕見的冰冷。她冷眼看著青桐，胸脯微微起伏著，緩緩說道：「青桐，我方才還跟老爺說妳雖然長在鄉間，無人教化，但心地卻是敦厚善良，還囑咐妳兩個妹妹，好好照應妳，沒承想一轉眼的工夫，妳就惹出這麼一件事來。妳剛回府，跟崔嬤嬤連面都沒見過，妳跟她何冤何仇，竟當著這麼多人的面這麼作踐她？傳揚出去，林府的臉面還要不要？妳以後的名聲還要不要？

「還愣著做什麼？趕緊把崔嬤嬤扶起來，再去看看大小姐傷著沒有。」

那些丫鬟一聽見黃氏的吩咐，一窩蜂似地湧上來，有的要去拉崔嬤嬤，有的作勢要去扶青桐。

青桐將為首的一人甩開，然後眼疾手快地托起崔嬤嬤。崔嬤嬤跟唱戲似地哭喊著，此時的她是慘不忍睹，披頭散髮，一張黑油油的臉上沾滿了土，嘴角和鼻尖還掛著幾粒米飯，右胳膊無力地垂著。

青桐拽著她另一條完好的胳膊，一臉平靜地說道：「我今天就明白地告訴妳們，我這人不善良、不敦厚，但也沒有主動害人的心，最重要的是我講道理，別人怎麼對我，我就怎麼對她。至於這個老不死的，她是沒怎麼樣對我，但她不止一次地欺負我的弟弟林安源，我打她，是因為她以強凌弱、黑心爛肺、奴大欺主。我引用黃夫人的一句話，林安源只有五歲，他連螞蟻都不捨得殺死，他跟崔嬤嬤何冤何仇，以至於讓這個老貨這麼作踐他？傳揚出去，林府的臉面還要不要？你們以後的名聲還要不要？」

「……」眾人面面相覷。

崔嬤嬤那又尖又怪的嗓音突然響了起來。「太太啊，您一定要為老奴作主啊！老奴這輩子的臉面都丟盡了……」

黃氏面沈似水，目光一掃，最後落在林安源身上，她嚴厲地喚道：「源哥兒，你過來。」林安源一看到黃氏，不自覺地往纖草身後縮了縮。

黃氏一言不發地看著纖草，纖草無奈，只好牽著林安源慢慢走過來，待兩人經過青桐和崔嬤嬤跟前時，青桐騰出一隻手拉過林安源，她讓他站在自己面前，大聲命令道：「你雖是個小孩，但也要敢做敢當，你現在就當著大家的面把事情經過再說一遍，與這個老貨對質。」

林安源怯怯地偷瞄了一眼黃氏，咬著嘴唇低頭不語。

黃氏也出聲道：「源哥兒，你就如實說吧！崔嬤嬤若真打了你，我自會為你作主；若是你敢說謊——」

黃氏故意頓了頓加重語氣道：「我也不忍心懲罰你，只能將你交給你父親。」

林安源一聽到「父親」兩字，臉色唰地白了。

青桐看著這個弟弟，輕輕吐了一口氣，且看他的選擇。

林安源看看姊姊又看看黃氏，猶豫了一小會兒最後帶著哭腔說道：「太太，以後崔嬤嬤和春蘭再擰我，我也不說了，妳別打我姊姊好不好？」

黃氏臉皮微微一抽，勉強維持著得體的儀態。

崔嬤嬤忙不迭地辯解道：「源少爺，您這是胡說八道，老奴一把年紀了豈會跟一個孩子計較？我孫子都比您大。老奴不過是看著您長得好看，心裡頭稀罕，逗您玩罷了，您豈能這麼誣衊我。」

林安源連連搖頭。「不是的、不是的，我說疼，妳還擰我，嗚嗚……」

「您就是誣衊老奴，老奴知道是什麼緣故，無非是老爺上次罰你們母子禁足，老奴負責看管，招了你們的恨罷了。」

崔嬤嬤一邊哭天搶地，一邊顛倒黑白，反咬一口。林安源一個孩子哪裡說得過她，不一會兒便被她說得張口結舌。

黃氏正要開口說話，就見青桐拽起崔嬤嬤的胳膊不著痕跡地一擰，淡然說道：「口說無憑，來，我來給大家示範一下，今日的事情是這樣的……」

崔嬤嬤心頭一顫，頓時有一種不祥的預感，這句開場白太熟悉了。

「太太——」崔嬤嬤像一隻被拖上案板的老豬似的，拚命掙扎吶喊。

青桐生怕有人來阻止自己再現情景，便冷笑著對黃氏說道：「太太，妳如果不存心包庇，且讓我示範一下又如何？我知道妳一向以賢良大度著稱於京城，如果妳不讓我的示範，我就到大街上去找人評評理，我在鄉下時就是這麼做的，妳也別想著能攔住我，我在鄉下連野豬都敢打，這裡誰比得上野豬，可以來攔我。」

青桐也不再廢話，一邊示範一邊解說動作。「她就是這麼對我弟弟的，先擰耳朵，再擰背部，再推倒在地。大家看清楚沒，沒看清，我再來一遍。」

崔嬤嬤被折磨得出了一身冷汗，一張黑臉由黑變紅再變青。

黃氏氣得緊攥著小丫鬟的手，她暗咬銀牙，本有心懲罰，但又怕青桐真豁出去大鬧，傳揚出去不好聽，於自己名聲有礙。本來京城中有些知道底細的人家對他們夫妻頗有微詞，如果青桐剛回來就傳出這等事情，怕是越發不好收場，且忍一時之氣，反正以後有得是機會拿捏她。

想到這裡，黃氏面帶薄怒，對著崔嬤嬤喝斥道：「崔嬤嬤，妳是吃多了酒還是老糊塗了，源哥兒豈是妳能隨意逗弄的？茉莉、薔薇還愣著做什麼，趕緊把她帶下去，扣了她這月的月錢，再禁足十天。」

「是，太太。」茉莉和薔薇看了青桐一眼，戰戰兢兢地扶起像死豬一樣的崔嬤嬤慢慢吞吞地離開了。

青桐也知道適可而止，她先殺隻雞給猴看，至於那猴，她以後慢慢逗他們玩。

黃氏費力擠出一絲笑容，語氣比剛才緩和了許多。「妳這孩子呀，讓我怎麼說妳好呢？

崔嬤嬤是有不對的地方，可妳也不能動手打人呀！妳一個大家小姐豈能仿效村中潑婦行徑？這虧得是妳，要換了妳妹妹，妳看我怎麼訓她。這事早晚要傳到老爺耳朵裡，他要是找妳問話，恐怕我都保不住妳，妳以後做事，要三思而行，先想想妳娘，妳好自為知吧！」

青桐一臉誠懇。「是，我會三思而後行的。」也會好好向妳學習的。高氏的手段已經不足以應付新情況，她肯定要尋找新模仿對象，這不算什麼，她的學習能力很強的。

她突然發現黃氏這人很有意思，明明不想看見她，還非得做出一副親切友好的模樣；明明想破口大罵，還要裝出一副賢妻良母的樣子，這種表裡不一的人難道不會得精神分裂症？她記得母星上的家族中，有一個從政的公眾人物由於雙重人格太過嚴重，最後進了精神病院，不知道，這裡有沒有這類場所？

黃氏被青桐那奇怪的表情弄得心裡發毛，她做好最基本的表面工作，轉身便要走，突然，她想起了什麼，轉頭意味深長地看了一眼低眉順眼的周姨娘，方舉步離開。

眾人陸續離去，周姨娘用複雜的目光看著青桐，牽著兩個孩子就要走，那個叫林安泊的男娃掙脫了周姨娘的手，跑到青桐面前仰著臉說道：「打得好，以後我給妳錢，妳能幫我打人嗎？」

周姨娘一臉尷尬。

青桐似在認真考慮，點點頭答道：「那要看打什麼人以及你能出多少錢，以後再商量。」

說罷，她帶著林安源揚長而去。

當他們姊弟倆回到碧梧院時，白氏和白嬤嬤她們已經回來了。兩人也或多或少的聽說了青桐今天下午的傳奇行為，白嬤嬤既為自家小姐叫好，同時又替她擔憂。

白氏則是抱著兩個孩子哭了一陣，她雖十分擔憂害怕，又不敢過分苛責女兒，生怕冷了她那一腔維護弟弟的熱心腸，打算以後慢慢給她講解母子三人的處境，白氏不求別的，只求能平平安安地養大兩個孩子就行。

今日碧梧院難得改善伙食，劉婆子向廚房的人買了隻瘦雞，宰殺了正用熱水除毛。青桐站在院裡，嗅著空氣中淡淡的血腥味，看著昏黃天色裡成群的綠頭大蒼蠅圍著雞血嗡嗡地轉悠，她想起母親和弟弟平日的處境，又想到今日發生的事情，突然心生感慨。「你們看到這蒼蠅沒？其實弱者身上有時候會有一種像血腥味的東西，一旦被蒼蠅聞到，便無從躲避，一隻聞到了，更多的蒼蠅便隨之而來，然後永不停歇地騷擾他、吸食他，直到死亡的那天。」

白氏手上的動作不禁一僵，一臉呆滯，久久不語；林安源聽得似懂非懂，小臉上偏偏還帶著一種若有所思的可笑神情。

第九章

黃昏悄然降臨，暮色四合，樹上的知了似乎也叫累了，聲音漸漸減弱下去。

白氏低頭默然好半晌，用低啞酸楚的聲音說道：「是為娘沒用，連累了你們姊弟倆。」

林安源清聲安慰道：「娘有用的，娘很好，姊姊也好。」

青桐本就不大擅長說服別人，一時也想不出更合適的道理來勸白氏，看來，她得加強理論修養了，有機會再學一學古代武學，來個文武雙修，最好能幹出點什麼。她以前雖然個性孤僻，但一直很有上進心，青桐正在浮想聯翩，就看到白嬤嬤擦著汗水過來叫他們吃飯。

白氏想著這可是女兒在碧梧院的第一頓飯，她不能再這麼愁眉苦臉下去了，於是，她重展笑顏，一手拉著一人上桌準備吃飯，他們三人一桌，白嬤嬤兩人在旁邊的一個小矮桌上吃飯。

熱氣騰騰的燉雞一端上來，白氏就笑著給姊弟兩人各挾了一隻雞腿，林安源暗暗吸了吸口水，雖然他很想吃，但仍然大方地說道：「這隻雞腿也給姊姊吃吧！她今天打人費了好大力氣。」

青桐拍拍他的頭。「別讓了，多吃長肉，我喜歡豐滿的男孩子。」肉肉的抱著好舒服，她買充氣哥哥時都喜歡挑個兒大的。

林安源一聽到長肉，調皮地伸伸粉紅的小舌頭，故作憂愁地說道：「可我不想長成程元龍那樣的大胖子。」

青桐想起了上午在大街上遇到的那個能把馬壓垮的大胖子，臉上帶了一絲笑意，安源想吃成那樣，可不是一件容易的事。

白氏碗裡的好肉大部分給了青桐、小部分給了林安源，自己只盛了些湯和兩隻雞爪。青桐不喜歡這樣分配，便自作主張將雞肉均分了，就連劉婆子和白嬤嬤也得了兩塊好肉，兩人一臉的受寵若驚。

「都別讓了，快吃吧！放心吧，以後會經常有肉吃的。」且不說她要經常劫富濟貧，單是打獵也能有不少收穫。京城附近應該也有原始森林和大山，而且還能買好弓利箭，她的力氣也增大了，收穫肯定比以前還大。

碧梧院不像葳蕤院那麼多嚴格，沒有食不言的規矩，林安源許是平日壓抑得太狠，今日的話出奇得多。

「姊姊，我跟妳說哦……」

「姊姊，妳也認得江希瑞嗎？我也見過他呢！」

白氏的臉上掛著溫暖而淒涼的笑意，靜靜地聽著他們兩人那幼稚可笑的對話。白嬤嬤和劉婆子也比往常情緒高昂，碧梧院好久都不曾有這麼幸福快樂的時刻了。

一夜無話。次日清晨，青桐還在鳥雀們綿綿不絕的啾啾聲中酣睡，就聽見院裡傳來一道又尖又怪的聲音。「喲，大小姐還在睡呢？這性子可真穩得住。今日剛好輪到老爺休沐，他讓奴婢過來給大小姐遞個話，快讓她收拾一下去葳蕤院吧！」

白氏從青桐惹事的那一刻起就一直吊著一顆心，昨晚也是翻來覆去沒睡好，今日一見薔薇這樣子，心裡越發沒底。她有些小心地問道：「老爺今日怎麼樣？」

薔薇臉上帶著一絲輕慢的笑意。「老爺怎麼樣，奴婢哪裡知道，讓大小姐自己去看一看不就知道了？」

「吵什麼吵啊，是誰來了？」青桐慢步走出屋子，漫不經心地問道。一看到薔薇，從鼻子裡哼了一聲，招招手吩咐道：「原來是薔薇啊，妳是來服侍我的吧？過來給我端洗臉水。」

薔薇一臉驚訝，她還真會順竿真爬啊，叫她一聲大小姐就真當自己是主子了。

青桐瞥了她一眼，將剛學到的套話說得倍兒溜。「怎麼？難道妳不是下人，我不是主人？妳家夫人就是這麼教妳的？」

薔薇一肚子憋屈，又不敢明著反抗，只好低頭答應道：「是，大小姐。」她乖乖地去端洗臉水、擰帕子，再給青桐洗臉。洗完臉、梳完頭後，青桐蹺起一隻腳讓她擦鞋，趁著薔薇正忙活著，青桐抽空問道：「薔薇啊，妳以前打沒打過我弟弟？」

薔薇想起昨日崔嬤嬤的慘狀，嚇得一個激靈，連忙說道：「奴婢怎敢如此，不信妳問問源少爺和白夫人。」

林安源和白氏也替她說了句公道話，這個薔薇雖然態度有些輕慢，但還真沒動手打過安源。

青桐嗯了一聲，這篇就此掀過。薔薇暗自慶幸，幸虧自己尚存著一絲顧忌，沒敢對林安源下手，否則今日這關真不好過。

青桐半合著雙眼又問道：「那個春蘭是做什麼的？」

「春蘭姊姊，是崔嬤嬤的遠房姪女，太太院裡的二等丫鬟。」

「好。」青桐只說了這麼意味深長的「好」字，便沒下文了。

青桐穿了一身淺青色的薄綢夏裙，手裡拿著張單子，跟著薔薇去了葳蕤院。白氏一臉擔憂，想要跟著去，卻被薔薇拿話委婉擋住了。林世榮不願意看見白氏，除非特意傳喚，她是不敢去葳蕤院的。

青桐給了她一個安撫的眼神。「放心吧，我不會有事的。」

說完這話，她腳底生風，一路疾行，薔薇在後面追得氣喘吁吁。

青桐一路直奔到葳蕤院，也不用人去傳話，便逕自入院，大搖大擺地進了客廳。

林世榮剛剛用罷早飯，一見青桐這麼冒冒失失地闖進來，臉頓時一沈，活像誰欠了他錢似的，喝叱一聲。「妳的教養哪兒去了？不會讓人傳話嗎？」

青桐兩手一攤。「教養叫魚吃了。傳什麼話，是你請我來的。」

林世榮滿臉怒容。「妳——」

青桐的目光在屋裡掃視了一圈，自己起身將幾碟子點心端過來，一面吃一面說：「有話快講，我今日很忙。」

「砰」地一聲巨響，林世榮黑著臉拍案而起。

青桐並不理他，繼續埋頭大吃。

林世榮氣得直喘粗氣，屋裡氣氛頓時緊張起來，一直在簾子後面窺探的黃氏連忙走了出來，假意勸道：「哎喲老爺，大清早的你生什麼氣，小心氣壞了自個兒，有話好好對孩子說不就得了。」

林世榮怒氣不減，一字一句地緩緩說道：「妳可知道錯了？」

青桐吃完點心，抄起一只茶杯灌了一口茶，她嫌茶杯太小，索性直接拎起茶壺，對著壺嘴牛飲起來。

黃氏和一眾丫鬟看得目瞪口呆，林世榮的臉皮不由得開始抽搐起來。

喝完了水，青桐的舉止重新恢復了優雅，她拭了拭嘴角，一臉淡定地說道：「如果你覺得我哪裡不好，請一定要告訴我。」

林世榮的氣稍稍消了些，心想她終究還是畏懼自己的威嚴，他正準備開口好好教誨一番這個不成器的女兒。

不想青桐的話還沒說完，她頓了頓，接著面表無情地說道：「反正你說不與說都一樣，我也不改。」

林世榮臉色氣得鐵青，與青桐的裙子相映成趣。

好半晌之後，林世榮從齒縫裡擠出一句硬邦邦的話。「我林家祖上是燒了何種高香，才能生出妳這麼個好女兒。」

青桐兩眼望天，慢悠悠地說道：「我不知你祖上燒了什麼香，反正我上輩子是燒錯了香。」

林世榮再也忍不住氣了，霍地起身，長袖一揮，桌上的杯子、碟子嘩啦一聲全掃到了地上。

青桐低頭研究地上的碎片，一臉心疼的表情。「莫生氣，別摔東西。傷身倒沒什麼，可惜了這精緻的茶具。」

林世榮雙眼噴火，下巴微微顫抖著，手指著青桐喝道：「滾——」

青桐睜著一雙坦然無懼的眸子，心平氣和地詢問。「我沒滾過，你滾一個我看看。」

周圍的丫鬟、僕婦們一個個眼睛睜得像銅鈴大，她們還真沒見過這麼膽大的人。

黃氏一臉憂慮地看著兩人，一副欲言又止的模樣。

林世榮氣極反笑。「好好，真是我的好女兒。來人，把她給我關到祠堂裡去，什麼時候知錯了再放出來。」

青桐懶懶地說道：「好啊，如果你想重修祠堂的話我就去。」

「老爺——」黃氏焦急地勸道。

林世榮暴怒地打斷她的話，重複了一遍命令。「春蘭、鈴蘭、金嬤嬤妳們三個還不快動手。」

「是老爺。」春蘭第一個回應。因為崔嬤嬤的事，她從昨晚起便一直暗暗詛咒著這個大小姐，今日相見是分外眼紅，此時不報復，更待何時。

春蘭沒有親眼看見青桐發威，所以她是無知者無畏，她胸中壞水翻湧，臉上卻帶著甜美的笑容，上前抓住青桐客氣地說道：「大小姐，奴婢得罪了。」

那金嬤嬤心機深沈，早看出青桐不好惹，加上又得知了昨日的事情，不肯輕易去蹚這趟渾水，因此只站著不動吩咐別人。「鈴蘭還不拿上鑰匙，扶大小姐去祠堂。」鈴蘭不得不去幫忙。兩人一左一右架著青桐，青桐側頭看著春蘭，倒也沒反抗，一路頗為順從地跟著她們去了祠堂。

青桐被架出門外，林世榮頹然坐下，冷聲吩咐道：「這幾日先別送飯，只送水，我要好好磨磨她的性子。」

黃氏失聲說道：「老爺，這不行，若是被人知道了，豈不是我說虐待她？」

林世榮手一抬，堅決說道：「無須多說，我管教自己的女兒，還輪不到外人議論。」

黃氏低下頭，長長的睫毛掩飾著眼中的得意，嘴裡說道：「是，妾身聽老爺的吩咐便是。」

春蘭架著青桐出了門，一路洋洋得意，心裡不停地琢磨著對付她的計策。缺食少水那是肯定的，祠堂裡放些嚇人的東西也是肯定的，還有什麼呢?她的腦子飛速轉動著。

三人分花拂柳，走過幾道門，便到了松柏森然、綠樹成蔭的林氏祠堂了。祠堂位處偏僻，四周一片寂靜，只有不休不止的蟬鳴聲在耳邊聒噪，這景象在白天尚覺得陰森，更別說是夜晚，把一個八、九歲的小女孩關在這裡幾天，不嚇出毛病才怪，春蘭想到這兒，心頭一陣大樂。

她這會兒也懶得掩飾了，看向青桐的目光滿含著濃濃的嘲諷。「大小姐，崔嬤嬤向您問好，她還說等身子好了，就來給大小姐請安。大小姐您也別怕，這祠堂裡也沒什麼，畢竟呢，裡頭是林家的列祖列宗，要是什麼鬼啊、怪啊的一出現，林家祖先肯定會現身保護大小姐的。」

鈴蘭在一旁只低著頭一言不發，春蘭說話的工夫，三人已走近祠堂大門。鈴蘭掏出鑰匙去開門，沈重的木門呀地一聲打開了，就在這時，青桐突然往左側一撞，將左邊的春蘭撞翻在地，頭咚地一聲磕在臺階上，春蘭「哎喲」一聲尖叫起來。

青桐緊盯著鈴蘭，搶步上前，一把奪過鈴蘭手中的鑰匙和鐵鎖，鈴蘭張大著嘴巴，呆在原地。

青桐冷聲警告道：「站住別動，也別尖叫，今日的事跟妳無關。」說著，她輕輕一推，將鈴蘭噔噔後推了數十步，趔趄了一會兒才勉強站穩。春蘭這會兒已經爬了起來，青桐一個箭步竄回來，下腳踩著她的手。

春蘭再次尖叫起來，青桐伸手摀著她的嘴，再次抬眼看了臺階下面的鈴蘭。鈴蘭心中一寒，稍一遲疑，做出一副驚慌模樣，慌不擇路地跑了。

青桐這才開始專心致志地對待春蘭，她先將自己汗津津、臭烘烘的襪子脫下來，塞到春蘭嘴裡，因為她聽安源說過，就是這個春蘭提議讓崔嬤嬤餵他吃髒東西的，青桐當然要以其人之道，還治其人之身。

「啊嘔……嗚嗚。」春蘭拚命掙扎，試圖反過來制伏青桐。青桐舉起手啪啪搧了春蘭七、八個耳光，搧得她眼冒金星，臉頰發燙，忽聽得布帛裂開的聲音，原來是青桐正在動手撕掉春蘭的裙子，春蘭嚇得面如土色，眼瞪得跟牛眼似的，她以為青桐有什麼特殊愛好。

青桐冷著臉打消她的胡思亂想。「我即便有這種愛好，也絕不會看上妳這樣的，降低我的品味。」青桐說著話，將撕碎的布條接起來，把春蘭捆得結結實實，綁到一根柱子上。捆綁完畢，她又好心地餵了她一些零食，像是毛毛蟲、土裡的青蛙、蚯蚓之類的，春蘭臉色嚇得都綠了，胃裡一陣陣翻江倒海。青桐怕她弄髒了祠堂這個聖潔莊嚴之地，餵一回便用襪子摀住她的嘴，深怕她浪費一丁點。

春蘭此刻想死的心都有了，她嗚嗚咽咽地抽泣著，用絕望可憐的眼神懇求著青桐。青桐將她的嘴封好，拍拍手站起來，咯噹一聲關上大門，用鐵鎖鎖了起來。

青桐在園子裡轉了一大圈，終於找到神思恍惚的鈴蘭。原來鈴蘭此時十分矛盾，她不敢回去稟報黃氏，怕青桐以後報復自己，也不敢不回去覆命，怕黃氏懲罰自己，所以她就在這園裡胡亂遊蕩，能躲得一時算一時。

青桐像幽靈一樣，無聲無息地來到她面前，鈴蘭如夢初醒，「啊」地一聲尖叫。

青桐滿意地衝她點點頭。「不錯，妳很識時務，我會好好待妳。」說著，手起拳落，用力在鈴蘭脖頸上砍了一記手刀，將她打昏，再拖到一間偏僻的空屋子裡，扭頭離開，自己則打算回去看看葳蕤院裡情況如何。

青桐沒有從正門進去，她找了個僻靜的角落，抱著靠近葳蕤院院牆的一棵大樹，幾下便爬上去，隱藏在層層綠葉之中，側耳傾聽裡面的說話聲。由於是夏天，房門是開著的，加上青桐的聽力比一般人好，所以裡面的對話她也能聽個大概。

先是林世榮跟黃氏說自己要去拜訪朋友，今晚會晚些回來。黃氏怡聲應下，接著吩咐墨雲去馬廄牽馬。

林世榮收拾完畢，換上外出的衣裳，出了葳蕤院。他一走，青桐就聽黃氏說道：「春蘭和鈴蘭怎麼回事？這麼長時間還沒回來。」

就聽金嬤嬤答道：「她們也許要安撫大小姐呢！」

「安撫？」黃氏從鼻子裡輕哼一聲，隨即又想起了春蘭和崔嬤嬤的關係，心裡頓時敞亮了。

她接著淡淡說了句。「隨她們去吧！」

就在這時，耳尖的青桐隱隱聽見一陣孩子的哭聲，似乎是安源的聲音，她的心不由得一緊，正要跳下樹去，就看見茉莉小跑進了院子，一進門就說道：「太太，江府送帖子來了，說是請太太和大小姐去江府賞荷。」

黃氏明知故問道：「外面是誰在哭？」

茉莉輕笑道：「是碧梧院裡的，大的、小的一起替大小姐求情，老爺動了怒，把源少爺嚇哭了。」

「呵。」黃氏嘴裡發出一聲冷笑。

青桐聽到這裡，再也藏不住了，她抓著一根樹枝蕩了一下，像猿猴一樣靈活地跳了下來，穩穩地落到地上，弄出的聲響把黃氏等人嚇了一大跳，黃氏驚慌喝問道：「誰？」

青桐調皮心性大起，順手在地上抓了幾塊土塊，啪地一下扔進院裡，正好砸在出門察看動靜的金嬤嬤和黃氏身上。

黃氏越發動怒，忙令薔薇和茉莉去看個究竟。

等兩人出來，青桐早拐上另外一條花徑往大門口跑去了。

此時正準備出門的林世榮正被白氏和林安源堵在二門處，白氏悲聲懇求。「老爺，就不能顧念一丁點往日的情分嗎？想當初咱們的貓兒出生時老爺是何等高興，日日抱在懷裡，還說她生得像她死去的祖母……她犯了什麼錯，你罰我就好了，我以後會好好教導她的。」

林安源也怯怯地求情。「爹爹，源兒只有這一個姊姊，你別罰她了好不好？我以後好好聽話，再也不惹事了。」

林世榮一看到這母子倆，心情就十分不好。

他沈聲喝道：「白氏，我不是早說過，妳和源兒身子不好不能亂走嗎？」

白氏仍站著不動，低頭說道：「只要老爺饒了貓兒，我們這就回去。」

林世榮黑臉怒斥。「妳當妳是誰？還敢跟我討價還價，趕緊給我滾回去！」

白氏身子瑟縮了一下，突然抬起頭來，一臉悲戚的神情。「老爺果真不念一點舊情？果真容不下自己的親生女兒？」

青桐實在看不下去了，挺身閃了出來。白氏和林安源一看到她安然無恙地出現，不禁心中一喜，趕緊撲了上來。

林世榮又是詫異、又是惱怒，他正要開口訓斥青桐，就見青桐平靜如水的臉龐上現出一絲難得的笑容，清聲喚道：「爹。」

林世榮有一剎那的錯愕，片刻之後，他才知道青桐叫得不是自己，而是身後那個穿著一身灰撲撲衣裳的瘸子。他心中的那股無名之火越燃越旺，這個女兒自從回府以後，從來不曾聽她喊過他一聲爹，卻對著那個鄉下土包子叫得那麼親熱，林世榮臉上陰晴不定，目光不善地打量著李二成。

李二成是第一次見到林世榮，一看到對方儀表非凡，一身貴氣，再瞧瞧自己這副寒酸醜陋樣子，頓覺自慚形穢。他剛才在客房正和王氏商量著要出門一趟，剛好聽見有小丫鬟議論說青桐打人被罰的事情，當下心中著急，便硬闖了進來。

李二成拖著瘸腿上前，恭敬地彎身說道：「林大人，我家青桐自小長在鄉下，雖然江老夫人在船上好心教過她，可時日太短，她不懂大戶人家的規矩也是正常，還望大人不要計較。」

林世榮驕矜地掃了一眼李二成，緩緩說道：「林某和內人十分感謝你們夫妻倆收留小女之恩，謝禮可曾收到了？」

李二成頓了一下，忙說道：「已收到，只是——」

林世榮揚手打斷他的話。「收到便好。那麼，你們夫妻倆是投親還是回鄉？」這是在暗裡趕人了。

李二成自然能聽出他的弦外之音，不覺十分窘迫。

白氏於心不忍，剛要說話，就見青桐走過去看著林世榮道：「你儘管放心，他們是不會在這裡住下的，你給的銀子他們也不想要。」說罷，她模仿著村中婦人聊天時的語調。「哎喲，我的命也不是那麼苦，遇到兩個爹，到底有一個好的。」

林世榮氣得臉都綠了，他低喝道：「孽障，給我閉嘴。」

青桐扭過臉，走到李二成身邊，用感動的口吻說道：「爹，我越和某人接觸，就越覺得你的好。」

「桐兒……」李二成既感動又擔憂。

林世榮已經忍無可忍了，他氣得笑出了聲，厲聲吩咐兩個小廝。「墨雲、墨畫，你們兩人把他們三個給我轟回碧梧院，再找人將那道門給我封死了，只留個小孔送飯即可。」

兩人遲疑了片刻，低頭應了一聲。

白氏的臉色變得慘白，李二成則是既驚又怒，他以為青桐回到府裡肯定能過上好日子，哪裡想到剛回府第二天就被關、被罰的。

李二成這會兒顧不得什麼禮節不禮節，大聲反駁道：「林大人，你不能這樣。」

林世榮不屑地瞟了李二成一眼，冷淡地說道：「這是林某的家務事，與外人無干。」

李二成臉硬著脖子接道：「可我不是外人。」

林世榮壓著怒火，質問道：「你不是外人？那你是誰？到底誰才是她的親生父親？」

白氏這次終於壓抑不住了，放聲大哭起來，一邊哭一邊說道：「老爺就這麼不待見我們嗎？貓兒才回家，你就這麼對她嗎？」林安源一看到娘哭了，鼻頭一酸，也跟著掉眼淚，一時間，院中哭聲大作。

黃氏早就聽得一清二楚，但她不會在這個關鍵時刻出來，林世榮的處置正合她心意，既能讓這三人從她面前消失，又不用她出面做惡人，何樂而不為？

青桐走過去大聲勸白氏。「娘，妳在這兒哭有什麼用？走，咱們走出門，先找個人多的地方，我們鄉下都這樣的，保准有人端著飯碗圍著一圈聽咱們說，說累了，再去府衙，敲敲鼓。哦對了，聽說這兒的兒女不能告爹，不過妻子可以告薄情丈夫。妳就說說，當初他是怎麼把妳推到江裡的，然後又推我……」

「閉嘴——」林世榮聽到青桐再次當著眾人的面揭他的老底，登時怒不可遏，氣得渾身顫抖，他自恃修養很好，極少動怒，但這個不肖女能一天氣他三回。這個女兒，真沒法留在府裡了；再留，他的名聲早晚要徹底壞在她手裡，他根本不明白，青桐為什麼這麼無所顧忌。

黃氏在門裡聽得又驚詫、又惱怒。俗話說，橫的怕愣的，愣的怕不要命的，青桐卻是又愣又橫，最主要的是她根本不在乎名聲，但凡她稍有一點顧忌，黃氏就能輕易拿捏住她。

黃氏心中千迴百轉，邊想著，邊緩緩走了出來，她人未到聲先至。「喲，這又怎麼了？大丫頭，妳不是在祠堂思過嗎？怎麼又跑到這兒攔住妳爹了？」

林世榮沒接她的話，他是氣得不想說；青桐也懶得接，她純粹是不想接。

黃氏臉上有些訕訕的，隨即又恢復了正常，怡聲軟語勸道：「大丫頭，不是我說妳，妳今年虛歲都九歲了，再過幾年就可以議親了，妳爹的官職在京城這藏龍臥虎的地方算不得大，妳們姊妹幾個若想結門好親，光靠妳爹可不行，妳們得在德行、女紅上格外用功才行；妳再這樣下去傷得可不僅是林家的體面，還有妳自己、妳弟弟，妳就不怕咱們林家成為眾人的笑柄嗎？」

青桐逼近一步，直直地看著黃氏。「難道林家不一直都是笑柄嗎？你們知道掩耳盜鈴的故事嗎？」

「混帳——」

「妳——」

白氏緊張地拉著青桐的袖子，青桐轉頭看著她，反過來勸她。「妳是要我變得懂事是嗎？妳自己懂了半輩子事，結果呢？過成這樣子，妻不妻、妾不妾，不敢殺、不捨得離。」

白氏的手僵硬地舉著，臉色由白變灰。

林世榮喉頭不停地滾動，雙眼隱隱冒著火，似在蓄勢待發，黃氏忍得臉都變形了。青桐覺得今日的分例夠了，便抬著下巴朝黃氏勾勾手。「江府的請帖呢？難道妳想昧起來？」

黃氏很勉強地擠出一點笑意，說道：「我本來就是來告知你們的，昨兒個還跟老爺商量要給妳裁幾套新衣裳。妳看看妳爹多疼妳，別總是氣他，氣壞了他，誰來養活咱們一大家子？」

青桐這次倒是從善如流，點頭道：「也對。」她不會氣壞他，只是想起來就氣他幾下，等到自己羽翼豐滿了，也氣夠了，再找新花樣。

「做新衣裳是吧？我正準備告訴妳呢！這是單子，拿著吧！」青桐從袖子裡摸出一張皺巴巴的紙。

「照上面的採買。刀、箭、弓，都要好的，布就要五疋吧！」

吧！」

黃氏的臉皮越發僵硬，青桐看了她一眼。「怎麼，怕花錢？那就算了，我去江府要

林世榮在旁邊咬牙切齒地說道：「給她買，讓她去江府。這筆帳先記住，以後再說。」

他說完，再也不肯在院裡停留片刻，大步流星地帶著兩個小廝快步離開了。

青桐默默在心裡想道：「這一筆筆帳，她也得記清楚。」

黃氏這時已恢復了平日的溫和大方。「瞧妳這孩子說得，哪有捨不得，只是覺得妳一個女孩子家要什麼弓啊、箭啊的。」

青桐掐頭去尾，只取中間的那句話。「真捨得？那好，妳再給我添五樣。我身子不好要買補藥，添上人參、阿膠……」

這會兒，黃氏腹中的五臟都跟著一起絞痛了。

青桐完成了今天的任務，高興地舉抱起林安源，大聲說道：「我們要去江府作客了，帶你去看小胖子。」

林安源興奮地跟著叫嚷。「我又能出去了，我有一年多沒出去玩了。」上次元宵節時還是白嬤嬤趁著府裡的人都出去了，才悄悄帶著他去街上看了一會兒花燈。

第十章

鈴蘭在暈了一個半時辰後，才悠悠醒來。她趕忙去看春蘭，一看門還鎖著，她連叫了幾聲，只聽得祠堂裡傳來幾聲含糊不清的「嗚嗚」聲，鈴蘭只得趕緊回葳蕤院向黃氏稟報情況。

黃氏這才想起被忽略掉的兩人，她想著青桐的囂張跋扈，氣得咬牙切齒，不能讓這賤丫頭一直張狂下去，她就不信治不住這個鄉下土包子。

黃氏讓鈴蘭拿了備用鑰匙去祠堂放了春蘭。

春蘭像一朵遭受暴風雨摧殘的野花，容顏慘澹，衣衫不整，一路被鈴蘭攙扶著回來，她一見了黃氏，立即撲通一聲跪倒在地，哭個不停。「太太您一定要為奴婢作主啊！奴婢跟了太太這麼多年，太太何曾捨得打罵過奴婢一回？今日奴婢並沒做錯什麼，大小姐卻對奴婢又打又罵，還捆綁起來，用襪子堵住奴婢的嘴。」

黃氏和眾人聽得直皺眉頭，果然是鄉下來的，用的手段也這麼下作。

春蘭說著說著，彷彿又聞到了那令人噁心的味道，胃裡不由得一陣翻騰，她用手扣著喉嚨，勉強將作嘔感壓抑下去，繼續眼淚汪汪地訴說：「剛剛鈴蘭也看到了，大小姐還、還往奴婢嘴裡塞蟲子和青蛙……哇嘔……」

不僅春蘭想吐，四周的丫鬟們也跟著反胃。黃氏臉色越發難看，她緊皺眉頭，當即制止了春蘭，讓人扶著她回房休息。

春蘭走後，黃氏倦怠無力地揮退了下人，只留下她的心腹金嬤嬤，她揉著突突直跳的太陽穴，說道：「金嬤嬤，妳也看到了，這個賤丫頭才回來兩天就將家裡鬧了個天翻地覆，更可惡的是，她又是個油鹽不進的。嬤嬤妳說該如何是好？」

金嬤嬤安慰道：「太太別急，對付她的法子多得是，只是眼前不宜大動。畢竟她剛回府，又是江老夫人找到的，很多人都看著吶；她若有個好歹，旁人一準都推到太太身上，不如暫且忍她，看她橫行到幾時。」說到這裡，金嬤嬤臉上掛了一絲高深莫測的笑容。「太太請想，大小姐這麼個鬧法，很快就聞名京城，等到議親時，有她受得。」

黃氏一臉煩躁道：「這個我也想到了，我是不在乎她的名聲，就怕她連累了淑婉和淑媛。」

金嬤嬤沈吟不語，似在思索對策。

兩天後，黃氏果然如約照青桐單子上的要求送來了新衣裳和藥材。

這兩天裡，黃氏和林世榮再沒讓人來叫她，青桐正好樂得清閒。她閒著沒事，把碧梧院裡的磚揭了一大半，用來種菜，還準備將隔壁的廢園整理出來種莊稼，那個池塘她想養上魚。因為有她這個鎮院之寶頂著，林府的管事們沒敢再支使白嬤嬤和劉婆子幹活，她們心情愉悅地幫著青桐幹這些雜活。

青桐嫌她們做得慢，親自去徵調了幾個小廝、丫鬟來幹活，這些人平日裡哪幹過這種粗活，一個個暗自叫苦，敢怒不敢言。白嬤嬤和劉婆子兩人是碧梧院的兩大管事，負責指揮著這些人撿石子、割雜草，兩人那個揚眉吐氣勁就甭提了。

李二成和王氏找好了房子，很快就搬了出去，青桐雖然不捨得，但也明白林府並非久留之地；好在兩家離得不遠，他們租的房子就在離林府三條街外的平安街葫蘆巷內，她隨時可去探望。

夫妻倆的營生也想好了，王氏做麵食有一手，兩人遂決定擺攤賣麵條。

到了去江府作客的那天，白氏竟又病了，從昨日半夜開始便咳嗽個不停，她去江府的計劃只得臨時取消。黃氏自然不方便跟青桐一起去，因此青桐決定自己帶著弟弟去。

白氏一大早就把姊弟倆叫起來，好生將兩人裝扮一番。黃氏一共給她送來三套衣裳，青桐挑了一身繡著荷葉的素白裙子，腳穿白氏親手做的淺綠色繡花鞋。青桐覺得這鞋太輕巧，建議白氏釘幾顆釘子在上面，結果引來了白氏好長的一番說教。

「去了江府一定要規規矩矩的；好好謝謝江老夫人，見了人要打招呼；看著妳弟弟別讓他亂跑……」

青桐帶上白氏連夜趕製的幾只荷包和幾條手帕，這是她要青桐送給江家幾個小姑娘的禮物。

辰時初刻，薔薇就過來稟報，馬車已經備好，請青桐出發。青桐拉著林安源上了馬車，車子一路飛馳，不多久便到了江府的大門前。

江家人口眾多，府邸占地頗廣，比林府大了五倍有餘。青桐透過簾子望去，只見屋宇錯落有致，占了大半條街。林家車伕向門房遞上請帖，門房恭敬放行。

青桐帶著林安源下了車，隨著一個圓臉小丫鬟進了院子，經過假山，穿過曲裡拐彎的走廊，出現在兩人面前的是一個碧水盈盈、波光瀲灩的小型湖泊。湖邊垂柳拂水，樓閣參差，最妙的是滿池碧葉隨風招搖，紅蓮亭亭、白蓮皎皎，湖中還有幾艘精緻的畫舫。

「沒想到家裡也能挖這麼大的湖。」青桐不禁讚嘆出聲，她原本以為林府的那個池塘已算奢侈，怎料到還有更大的。這也不怪她驚訝，華猶美拉星球並不像地球這樣資源豐富，她們的日常用水甚至需要從其他星球進口，即便是星球上的首富也無法擁有這麼大的私人湖泊。

就在這時，只聽得身後傳來一聲冷笑。「嗤，土包子就是土包子。」

林安源最先回頭，一看竟是去年燈會上縱馬踩人的小霸王程元龍，嚇得一縮肩膀。

青桐聽到聲音也轉過身來，程元龍瞇著小眼睛看著青桐，咚咚幾步，走了過來，那肥胖的身子像是一座小山似的，每走一步都會搖晃一下。程元龍為了表現自己的風流倜儻，唰地一聲搖開一把摺扇，輕輕地搖動著。

他斜睨著青桐惡狠狠地說道：「土包子，有本事妳還跑啊！小爺早說過，妳跑得了和尚，跑不了廟。」

青桐不想理他，緩緩轉回身去，繼續賞著滿湖荷花。那個引領他們姊弟進來的圓臉小丫鬟笑著向程元龍彎腰施禮道：「程公子，這是林家大小姐，是老夫人請來的客人，她老人家正等著呢！」

青桐舉步欲走，想了想順口問道：「希瑞在嗎？狄君端來沒？」

圓臉丫鬟怔了片刻，答道：「狄公子還沒到呢！」

青桐點點頭，沒再說話，她認識的也就這麼幾人。

就在這時，程元龍陰陽怪氣地接話了。「喲嗬，又多了一人惦記著狄大公子。」

青桐看都不看程元龍，拉著林安源就走。

程元龍覺得自尊受到傷害，他恨恨地跺了跺腳，像條粗尾巴似地跟在他們身後。

圓臉丫鬟領著三人進了大廳，程元龍在門口遲疑片刻，並沒有跟著進去。江老夫人正被一群孫子、孫女圍著享受天倫之樂，一看到青桐，便笑盈盈地說道：「桐丫頭，妳總算來了，希瑞這幾天一直念叨妳呢！」

青桐說道：「我也很想他。」

她的話音剛落，一個圓滾滾的人影便朝這兒衝了過來。江希瑞站定後，和林安源兩人對視片刻，同時咧嘴笑了。青桐走上前，把禮物遞上，江老夫人客套兩句，令人接下了。

江老夫人招呼青桐坐到自己身旁，一一為她介紹自己的三個孫女：江靜瑤、江靜珊、江靜璃，三人年齡分別是十歲、九歲、八歲，她們穿戴大體相似，長得是各有千秋，對青桐還算熱情。

這時，有人提醒江老夫人說程元龍在門外站著，她趕緊命人請他進來。程元龍搖著扇子，一臉驕矜地踱步走了進來，那神情要多可笑有多可笑，但眾人皆知這人忌諱多，都繃緊了臉不敢笑。

江老夫人面色如常地問候了程元龍的父母，無非是你父親、母親還好嗎？你祖母身體怎麼樣之類的客套話。

江老夫人跟程元龍客套一會兒後便說道：「琰哥兒去學堂了，一會兒就回，你且坐會兒。」

程元龍嗯了一聲，坐在旁邊的椅子上，一雙小眼睛在青桐身上打轉，他在尋找機會打擊這個不識時務的土包子。

待眾人的談話告一段落，程元龍乘機把話插了進去。

他句句針對青桐。「土包子，妳都唸過什麼書啊？」

青桐開啟自動回覆功能。「你呢？」

「妳會不會做女紅啊？」

繼續自動回覆。「你呢？」

程元龍啪地一下收起摺扇，沒好氣地嚷道：「你呢你呢，妳是不是傻啊？」

青桐這次倒沒自動回覆了。「青子曰：『只有傻子才會覺得別人傻。』」

「青子是誰？」不僅是程元龍，在場的人都是一臉疑問。

「我看書上有老子、孔子，我不應該叫青子嗎？」

眾人聽了不禁一起大笑。

等眾人笑完，程元龍突然冷著臉，指著青桐質問道：「妳什麼意思？妳竟敢說小爺是傻子！」

「這可是你自己說的。」

「林大小姐，妳這是第二次惹到我。」

「說得沒錯，你想怎樣？」

「我、我……」這是程元龍第一次找不出適合的狠話。

江老夫人趕緊笑著調解。就在這時，有丫鬟進來說道：「狄公子來了。」

江希瑞一聽到狄君端來了，一下竄了出去，哥哥長、哥哥短地叫著。

狄君端身穿一襲淺色薄袍，那張俊朗無瑕的臉龐因為天熱走動，白裡透著紅，微微泛著玉一樣的光澤。他姿態儒雅地走進客廳，正在嘰嘰喳喳的女孩子突然莫名安靜下來，江靜瑤偷偷看了他一眼，目光很快轉向別處。

青桐也大大方方地看了他一眼，收回目光的途中正好與程元龍三目相對，之所以是三目而不是四目，是因為對方用一隻眼睛斜睨著。青桐看著他那副滑稽的模樣，臉上不由自主地浮出一絲笑意。程元龍把她的笑容理解成了嘲笑，暗自握著肉肉的拳頭，惡狠狠地回瞪了青桐一眼。

狄君端先是摸了摸希瑞的頭，然後笑著向座上的江老夫人施禮問好，兩人寒暄幾句，江希琰也從學堂裡回來了。江老夫人怕自己在場，孩子們覺得拘束，便對江希琰和江靜瑤兩人說道：「屋裡太悶，你們一會兒去湖邊玩吧！可別怠慢了客人。」

男孩子們有江希琰領著，女孩子們則由江靜瑤帶著，眾人浩浩蕩蕩地出了大廳沿著走廊，說說笑笑地向湖邊的涼亭走去。

站在亭中遙望，湖中蓮葉青青，銀波粼粼，清風送來荷花的清香。丫鬟們陸續端上茶水、冰飲和各式水果。江靜瑤年紀雖不大，但行事十分穩重大方，她熱情周到地招呼著幾個小客人，不冷落任何一個。

眾人坐了一會兒，便逐漸散開了，有的去湖邊柳樹下支起魚竿釣魚，有的三五成群地坐著閒談。青桐初來京城，沒有認識的人，她跟江靜瑤也沒有別的話題可談，閒極無聊便加入了江希瑞和林安源的小屁孩陣營。

過了一會兒，狄君端也踱了過來，他目光專注地看著青桐，笑著問道：「妳還好吧？」明明才兩天不見而已，他卻覺得彷彿過了很久似的。

青桐回道：「很好，我挺想你的。」

狄君端怔了片刻，臉色微微脹紅，他下意識地看看四周，還好除了那個程元龍外沒有別人，他輕咳一聲。「……以後別這麼說，容易讓人誤會。」大晉朝的風氣並不算太保守，青年男女也可一起交遊，但像青桐這麼直率的仍然很少。

青桐費解地看了他一眼，緩緩說道：「可能只有你誤會了。」她本來就只認識這麼幾個人，當然有時會想念他們，他們在船上相處得很不錯，說句想念有什麼大不了的。

狄君端不知怎麼向她解釋才好。「真的不是只有我才會誤會。」他說這話的工夫，程元龍又向他們這處移近了幾步。程霸王今天一直很不爽，先是見到了那個讓他鬧心的土包子，接著又和狄君端狹路相逢。

若說兩人有仇沒，還真沒有。狄君端雖然年紀不大，但行事大氣穩重，兩人雖有一言不合之時，他一般都會一笑置之，不予計較，時間一長，眾人越發覺得他這個人寬容大度，更加願意與他來往。

至於程元龍這個紈袴子弟，大夥背地裡都偷偷笑話他，笑他蠢、胖。越是如此，程元龍越敏感，他只要看到有人背著自己說笑，就認定別人是在笑話自己，一般都會上前找碴，所以很多人都躲著他走。

如果說狄君端讓人如沐春風，那麼程元龍則像夏天的一盆火，看著就讓人想遠離。由於種種原因，程元龍天然地排斥狄君端，當然，他才不承認自己是在妒忌，程元龍就是看他不順眼，尤其今天覺得他比往日更加刺眼。

他輕輕搖著扇子，兩眼望天，竭力做出一副風流倜儻、玉樹臨風的樣子。同時，他還故作漫不經心地往兩人所在的方向移動，不一會兒，便移得很近了，已經能聽清兩人的對話。

狄君端正在問候白氏。「妳母親還好嗎？」

程元龍撇著嘴，擠進兩人的談話，哼哼一聲怪腔怪調接道：「明知故問，能好才怪。」

狄君端不理他，接著問話。「妳養父母可還在府裡？他們在京城住得習慣嗎？」

青桐答道：「已經搬出去了，準備擺攤賣麵。」

狄君端道：「其實也可以做別的營生，若是有需要我之處儘管開口。」

程元龍翻著小白眼繼續哼哼。「虛偽，要真想幫，直接上去不就得了，還讓人開口，正常人誰肯開口？」

狄君端無奈地看了程元龍一眼，他知道這人是個人來瘋，你越搭理他，他就越過分，不理會他，過一陣子他就自動走開了。

青桐可不知道他有這個特點，她現在看他十分不順眼，她徑直問程元龍。「你很閒嗎？」

「閒，閒得想揍人。」

青桐很誠懇地建議道：「很閒的話，圍著湖跑幾圈吧！好好減肥。」

程元龍面一紅，勃然大怒道：「減肥？小爺我很肥嗎？」

他的嗓門很高，立即把旁人的目光吸引了過來，江靜瑤她們也停止了談話，走過來調解，狄君端也在一旁調停。

程元龍小眼圓睜，氣呼呼地大聲問青桐。「妳說妳說，小爺我很肥嗎？」

青桐取出一條手帕，輕輕地搧著風，淡淡道：「不胖。」

程元龍怒氣不減，他惡聲惡氣道：「妳耍我？」

青桐上下打量他一眼，語調平淡如水。「是你讓我耍的。」

程元龍瞪著青桐，一時語塞，只覺得一口氣憋在胸口，發不出，嚥不下。

林安源雖然很怕程元龍，可為了姊姊他仍然鼓足勇氣，上前仰頭看著巨人般的程元龍奶聲奶氣地說道：「這位哥哥，我姊姊說男孩子豐滿些好看，她還讓我多吃些，她不是在罵你哦！」

程元龍低頭看看自己微微隆起的胸脯，她、她竟然用「豐滿」兩字來說自己。

江希瑞也跟著幫腔。「就是啊，仙女姊姊可厲害了，她要是看你不順眼，早揍你了，根本不用罵你。她還說我太沈了，我都沒生氣。」言下之意，是程元龍還沒他大度。

「你、你們——」程元龍覺得自己真是四面楚歌。

「你們都給我等著！」程元龍悲憤地丟下這句話，氣呼呼地離開了。

江希琰無奈地搖搖頭，快步追上去，叫了聲。「元龍。」

狄君端也跟著去了，臨去時還不忘安慰青桐。「沒事的，我去看看。」

見狀，江靜瑤眨著一雙秋水明眸，意味深長地看了青桐一眼。眾人安靜片刻，又重新喧鬧起來。

青桐帶著林安源在江府待了半個多時辰，便起身告辭。江老夫人挽留她吃午飯，她說白氏生了病，還要去藥鋪買藥。江老夫人聽罷也就沒再苦留，她細細問了白氏的病情，吩咐下人取了些現成的藥丸給青桐帶上。

出門前江老夫人又拉著青桐說話。「經過這一路的相處，我覺得妳是個難得的好孩子，且妳又是希瑞的救命恩人，我也不怕妳嫌我嘮叨，有幾句話要說與妳聽。不管妳從別人口中聽得妳爹如何不好，他畢竟是妳爹，以後妳娘、妳弟弟還有妳都得靠著他，跟他對著幹，對妳只有壞處沒有好處，過去的事就讓它過去吧！妳娘回林家也有不得已的苦衷，不然，她一個孤苦婦人，無娘家可歸，又能怎麼辦？好孩子聽我幾句勸，回去伴著妳娘、妳弟弟，好好過日子。過些日子妳也上女學，我讓靜瑤她們幾個帶著妳。」

「嗯、嗯。」青桐很禮貌地應答著，江老夫人也不知她到底有沒有聽進去；不過，做為一個外人，也不好管得太多，只能點到為止。

「對了，還有那個程元龍，妳以後別招惹他。他母親去得早，繼母不敢管，祖母又遠在家鄉，家中無人約束，自幼無法無天。他姑姑是宮中的貴妃娘娘，咱們這種人家，誰也惹不起他。」

青桐點頭。「我以後見著他就躲開。」

江老夫人笑笑，終於滿意地放行。江希瑞鼓著小臉跟林安源依依不捨地告別。

出了江府以後，青桐命車伕轉了個彎去平安街看看養父母，到了葫蘆巷，一問鄰居才知道他們夫妻倆已經在另一頭擺攤開始做生意了。

青桐再命車伕調頭，只是前方街道十分狹窄，街上人來人往擁擠不堪，馬車無法前行。她命林安源在車裡好好待著，自己下車步行而去。

青桐走走看看，好不容易才在一個不起眼的角落找到了李二成臨時搭建的簡陋麵攤。

兩人見了青桐，自是一臉驚喜。王氏一邊揉麵一邊問道：「桐兒，吃飯了沒？娘給妳下一碗麵嚐嚐。」

青桐搖搖頭。「我不餓，只是順路來看看你們。」

李二成憨憨地笑道：「咱們都很好。」

就在這時，他們前面的攤位起了不小的騷動，青桐側頭一看，就見一個攤販正低聲下氣地跟兩個長得流裡流氣、半敞著衣襟的年輕男子求情。「兩位爺，你們行行好，小的上有老、下有小，就指著這小攤吃飯，這一大早的還沒開張呢！你們少要點行不？」

李二成一臉黯然。「城裡生意果然不好做，這都沒開張呢！」

王氏輕嘆道：「人家要是都給了，咱也給吧！這種人惹不起。」

青桐問李二成這是怎麼回事，李二成細細給她解釋，青桐很快明瞭，這是來收保護費的，難道是傳說中的城管？
青桐正在想著，那兩個年輕人已經走到了李家小攤前。走在前面的是個黃臉胖子，他攤開手，瞅著王氏，輕浮地笑道：「嫂子，該給錢了，二十文。」
王氏臉上一僵，她原以為是要收一文、兩文，覺得給就給了，沒想到一下子就要二十文，他們擺攤一天也未必能掙這麼多。
李二成好聲好氣地說道：「兩位爺，能不能少收些？我們夫妻兩個初到京城，頭天做生意，一文錢都還沒掙到。」
青桐開口問道：「誰給你們的權力來收錢？你們可有衙門的憑證？」
「喲。」這時那個走在後面的黑瘦子拖長聲調，陰陽怪氣地開口了。「你們都來瞧瞧，這是誰家的小丫頭，口氣真不小，敢來問爺爺我，還要衙門的憑證，呵呵。」
那個黃胖子的目光從王氏身上轉到了青桐臉上，青桐本就比同齡的女孩長得高大，再加上她神情嚴肅，乍一看倒像十來歲的模樣。這黃胖子心態猥瑣，一看到這麼白淨惹眼的女孩子，心裡不禁癢癢起來，他向前一步，伸出油膩的鹹豬手就要捏青桐的臉，嘴裡調笑道：「沒想到這兒還有這麼俊的小娘子，來，讓哥哥摸摸，錢少收些。」
李二成氣得臉色脹紅，霍地一下擋在青桐面前，怒聲罵道：「你們還是人嗎？我閨女還不到九歲。」
「喲，才九歲啊，不像嘛！」

「哈哈……」

這時，其他小販也紛紛圍了上來，一旁有人暗自為李二成夫妻抱不平，但懾於這兩人的淫威，誰也不敢吱聲。

青桐眼帶寒光，冷冷盯著這一唱一和的流氓，然後輕輕拉開李二成，慢慢走了出來。

「嘿，小姑娘，妳的膽子還挺大，送到爺跟前了，哈哈。」黃胖子猥褻地笑著，就要去觸碰青桐的臉，他的手剛伸出，就聽見一陣淒慘至極的叫聲。

圍觀的眾人心頭一顫，不禁暗暗為這個小姑娘捏一把汗，隨即他們又反應過來，不對啊，這叫聲不是她發出來的。眾人定睛一看，才發現，黃臉胖子正跳著腳不停地甩著手。

青桐再搶先一步，像舉起一塊石頭似地猛然舉起一旁的黑瘦子，在半空中轉了兩圈，呼呼帶著風，黑瘦子在半空踢腿大叫，圍觀的人們驚呼出聲。

等到把黑瘦子轉得暈頭轉向之時，她又穩又狠地對著黃臉胖子砸過去。

「啊——啊——」兩人疊在一起，異口同聲地大叫起來。

青桐從驚呆了的王氏手中奪過一根擀麵棍，腳踏著疊在上面的黑瘦子胸脯，對著兩人劈頭蓋臉地打。

「砰砰——」

「啊啊——」

兩人一邊慘叫一邊出聲威脅。「他娘的，小娘皮，妳夠狠，妳給爺等著，咱上頭有人，我外號叫鎮東關——」

「啪啪——」

就在這時，又來了一幫人，那幫人遠遠地喊道：「老大、老二，你們這是怎麼了？」

李二成一看這架式，暗叫不好，趕緊站出來擋在青桐身前。其他人不自覺地退將開來，他們既擔憂李家三口的安危，同時又好奇事情的進展。

青桐心頭再次湧上一股無力感，這個時代太沒有安全保障了，她一定要盡快擁有強大的武力，省得這被些渣滓雄性欺負。

那幫流氓一看老大、老二被一個小姑娘踩在腳下痛打，不禁驚訝得張大了嘴，接著便是惱怒、憤怒，這要傳出去，他們還怎麼在這條街上混?!

「還愣著幹啥，給我上！把這家攤子給我砸了。」那個領頭的啐了一口唾沫，惡聲地吩咐一聲。

「我看誰敢！」

接著圍觀的人們像兩股河流似的，自動自發地分開來，給說話的人讓路。這人不是別人，正是青桐的冤家對頭程元龍。

青桐暗呼倒楣，今日怎麼全湊一起了？

第十一章

程元龍身上的肥肉顫動著，在兩個小廝的幫助下慢吞吞地下了馬。他踏著沈重的步伐走到那幫地痞面前，抬著下巴瞇著眼，不屑地打量著領頭的黑熊一樣的男子，不怒自威。

「黑熊」倒也乖覺，不等程元龍開口，便伸手「啪啪」搧了自己幾個巴掌，一邊搧一邊檢討。「都怪小的有眼無珠，該打該打。」

程元龍悠然欣賞了一會兒，滿意地點點頭，看向青桐時，眼中多了一絲驚訝。「呵，小爺沒想到妳還有兩下子。」

青桐拿不准程元龍的心思，她聽人說這傢伙十分難纏，自己三番兩次得罪他，他應該不會善罷甘休。

她想了一會兒，說道：「程元龍，得罪你的人是我，你可別找我養父母的麻煩。」

程元龍鼻孔朝天，一臉受到侮辱的神情。「說妳傻還不承認，小爺我是那種人嗎？休拿我跟這種不上道的人比。」他就算是紈袴，也是高人一等的紈袴。

兩人話猶未完，就聽到疊在一起的黃臉胖子和黑瘦子正在哼哼唧唧。黃胖子可憐兮兮地懇求道：「程少爺，您大人有大量就饒了小的吧！哎喲，我的手斷了，腰也快斷了。」

程元龍成心看戲，一臉壞笑地朝青桐努努嘴說道：「爺我才不管，你求她吧！」

青桐一臉冷酷地走過去，死死盯著地上的兩人，半晌不說話，看得人心裡直發毛。

那黃臉胖子試探著期期艾艾地乞求道：「小大姐，您就高抬貴手饒了我吧！我吃這碗飯也是迫不得已啊，我上有八十老母、下有吃奶的閨女，您行行好吧！」黑瘦子也跟著幫腔附和。

青桐盯著兩人閃爍不定的目光，一針見血地戳穿他們的謊言。「你橫行街市，欺負比你還苦的百姓，竟然是迫不得已？誰拿刀逼你了？這話你自己信嗎？」

黃臉胖子咧著嘴，哭喪著臉。「我、我真是這樣啊！」

青桐繼續教訓道：「你還上有老母、下有吃奶的閨女，你剛才伸出豬手調戲我的時候，怎麼就沒想到我比你女兒大不了多少呢？怎麼就沒想到，你老母也是女人呢？你放心吧，你這種人死了，你老母和你女兒應該高興才對，有你這種親人才是她們的污點。」

黃臉胖子被堵得啞口無言，圍觀的人紛紛叫好。

程元龍聽得頻頻點頭，豎起粗大拇指誇道：「土包子，我發現妳只有在吵架時才最聰明。」

青桐不理會他，直接宣布了自己的決定。

「你們兩人坐起來，開始互摸。」

「啊？啥？」黃臉胖子和黑瘦子面面相覷，驚訝得張大嘴巴。

青桐冷笑著教兩人如何行動。「就是這樣，伸出你們的鹹豬手撫摸對方，懂了嗎？」

「小大姐。」

「姑奶奶。」

兩人一臉窘迫，可憐兮兮地看著程元龍，程元龍嘿嘿笑著，只裝作沒看見。圍觀的人們眼中閃爍著亮晶晶的光芒，交頭接耳地小聲議論著。

「快——」青桐不耐煩地上前一步，一腳踩在黃胖子的手上，用力地踏著，黃臉胖子痛得嗷嗷直叫。

「若是不摸，我就將這隻差點碰到我的手廢了。」

黃臉胖子絕望地看看青桐，再看著他的那幫哥們兒，那些人連忙躲閃地低著頭。有程元龍這個大混混在，哪有他們開口的分兒，誰讓老大不長眼得罪了不該得罪的人。

青桐提醒道：「別忘了說那句話『來來，讓哥哥摸摸』。」

俗話說，虎落平陽遭犬欺，更何況他們還是兩隻假虎。圍觀的群眾見昔日威風八面的黃胖子和黑瘦子兩人竟落到被一個女娃任意擺布的地步，頓覺大快人心，胸中一口惡氣盡出，一個個踮著腳、伸長脖子等著看熱鬧。

黃臉胖子在眾人期盼的目光中，一張大黃臉漸漸變成了豬肝色，忸怩著向他的兄弟伸出了罪惡之爪。黑瘦子哭喪著臉，像死了爹娘一樣難看，他也不敢躲開，只是咧著嘴承受住黃胖子的「蹂躪」。

「來來，讓哥哥摸、摸。」黃臉胖子的聲音十分艱澀難聽，全然沒了調戲少婦、少女時的油腔滑調。

「好、好。」從別處趕來看熱鬧的人驟然發出一聲不懷好意的叫好聲。

黃臉胖子和黑瘦子的老臉同時紅了，窘迫得恨不得找個地縫鑽進去。

李二成夫妻不知所措地看著這突然逆轉的一幕，王氏悄悄拉著青桐的衣袖道：「桐兒，以後我跟妳爹不來這兒做生意了，咱們快走吧！我怕對妳的名聲不好。」

青桐滿不在乎地說道：「名聲值幾個錢，管他呢！憑什麼要走？以後就在這兒了。」

青桐跟王氏說完話，接著指導兩人的動作。「接著摸，從臉開始往下。」

「哈哈。」圍觀者中間爆發出一陣笑聲。

程元龍搖著一柄扇子，笑得見牙不見眼，他似乎受到什麼啟發似的。「原來整人還能這麼整。嗯嗯，有點意思。」

街上的圍觀者越聚越多，很快，他們小攤四周就圍起了幾堵厚厚的人牆，那些精明的小販們乘機吆喝起了生意。「喲，涼麵喲、冰涼的甜豆花喲、香噴噴的燒餅喲，都來嚐嚐喲！」

青桐也隨著靈機一動，她順手從自家小推車上拿起一只粗瓷大碗，端著對圍觀的人說道：「兄弟互摸，京城獨此一家，不能白看，給錢給錢。」

眾人再次鬨然大笑，有的人搖著頭躲閃著走開了，還有些人真給了一文錢，青桐轉了大半圈只收了五、六文錢，突然，「咯噹」一聲脆響，有人往裡頭扔了一個沈甸甸的銀錠子。

青桐抬頭一看，就見程元龍齜著白森森的牙對著她笑。

「土包子，妳很缺錢嗎？弄兩個兔兒爺當街賣藝？」

青桐朝天翻了個白眼。「你說呢？」

她繞過程元龍，在那幫垂頭喪氣的地痞面前停住，用手指敲敲碗。「給錢、給錢。」

「給、給。」那領頭的黑熊低著頭摸出了五個銅錢恭敬地擱到碗裡，其他人也紛紛掏錢，碗很快就盛滿了。

青桐一臉滿意，她就說嘛，到了京城肯定有掙錢的機會，這個點子是她從耍猴人那兒啟發的，目前看來很不錯。

她拿碗收錢，程元龍則搖著扇子跟在她身後。

他看了李二成夫婦一眼，漫不經心地問道：「這是妳親戚開的麵攤？」

「剛才就跟你說過了。有事？」

「來兩碗麵，看戲看餓了。」

青桐端詳他一眼，看他神情不似初來時那般凶惡了，她也想不通這人是怎麼突然轉變的，不過，能少一個敵人也不錯。

於是她學著客棧裡的小二一樣高聲喊著。「爹，拉兩碗麵。」

「噗。」程元龍一蹙眉頭，他怎麼聽著那麼彆扭呢！

「哎哎。」李二成和王氏如夢初醒一般，兩人趕緊洗淨雙手，開始動作。

程元龍略有些嫌惡地坐在大槐樹下那套簡陋的桌椅前，斜著眼看著青桐。「妳得罪了小爺我，我該怎麼懲罰妳呢？和妳打一架吧不大好，小爺一般不打女孩子。」

青桐說道：「沒關係，我愛打男人。」

「嗤。但是不懲罰妳，我心裡又嚥不下這口氣。」

「那你說怎麼辦，給個準話。」

兩人正說著話，忽見林安源跌跌撞撞地跑了過來。「姊姊。」

青桐拉著林安源，看了看天色說道：「咱們該回去了。」

她折回到還在「互摸」著的兩人那兒，居高臨下地盯著他們，諄諄教導道：「好好想想，今天的事給你們留下了怎樣的教訓。現在，開始發毒誓，發到我滿意為止。」

兩人對這些頗為在行，爭先恐後地開始發毒誓詛咒自己。「若我再做這種事，就遭五雷轟頂，斷子絕孫。」

「若我再做這事，就讓我的後代，男的世世為盜、女的代代為娼。」

青桐糾正他最後一句。「為盜就不必了，就讓他們為娼吧！」

「是是，改得好。」

「滾吧，別讓我再看見你們，也別有什麼小動作。」

兩人早就等著這句話，像王八吃西瓜一樣連爬帶滾地跑開了，跑了幾步，他們想起場上還有另一個厲害人物，於是又重新滾回來，聽候發落。

程元龍看上去心情不錯，胖手一揮。「她讓你們滾就滾吧！可記清楚了，她，只能讓小爺親自教訓。」

青桐學著這兒人們的舉止，抱拳說道：「多謝，告辭。」

「站住！」程元龍臉上頓時晴轉多雲，得罪了他，說走就走，哪能這麼容易？

「你想怎樣？」

「不想怎樣。」

兩人大眼瞪小眼，默然不語。

王氏端著麵走了過來，放到程元龍面前的小桌上，李二成兩手端著一大一小兩碗麵過來招呼青桐和林安源。「你們倆也過來吃一碗。」

程元龍看到麵，突然眼前一亮，飛快地提議道：「這樣吧，咱倆比賽吃麵，妳若贏了我，這事就算完了。」

青桐用一副不可思議的神情看著他。「你確定？」

「自然。」

「你若撐壞了，不找我麻煩？」

「呵，妳當小爺是什麼人。」

「好，比就比。」

「好，先來六碗麵。」程元龍啪地一聲丟出一大錠銀子。

「你請。」

「妳也請。」

不知什麼時候，那些散去的人們又回來了一部分，繼續圍觀這場別開生面的比賽。

青桐頭也不抬，快速地吃著麵，很快，一大碗麵便見了底。

程元龍本來只是嚐個鮮，吃慣山珍海味的他哪會看得上這普通的麵，但比賽已經開始，他也只得硬著頭皮吃下去。當他艱難地解決掉第一碗時，青桐的手已經伸向第三碗，他這次真的傻眼了。

青桐抽空，抬頭問他。「服輸嗎？」

「不服。」

「繼續。」

青桐低頭，繼續吃麵。程元龍熱得汗如雨下，兩個小廝各持一柄扇子給他搧風。

四碗後，青桐再問道：「服輸嗎？」

「不……呃。」程元龍直挺挺地坐著，他整個人感覺很不好。

第五碗後，比賽不得不結束。程元龍臉色發黃，肚子脹得像懷了三個月的身孕一樣，被小廝架著上了馬車離開了。

「林青桐，妳夠狠、夠勁。」程元龍臨走時打著飽嗝如是說道。

青桐得意地收了碗，摸了摸崇拜地看著她的林安源，語調輕鬆地說道：「很好，惡性腫瘤解決了，咱們回家。」

青桐不知道今日的事情早已不脛而走，很快便在京城的大街小巷流傳開來，林世榮和黃氏很快也知道了，兩人氣得五臟糾結。而可憐的程元龍回到家後，便吐了個昏天暗地，大夫說他腸胃積食，需要臥床休息。

青桐帶著勝利的表情牽著林安源離開，拐了個彎去藥鋪買了一些藥材，才坐上馬車悠哉悠哉回到林家。

她本以為今天會平靜無事，可她這次猜錯了，馬車到了林府門口，她便看見林世榮的那個叫墨雲的小廝正跟門房說話，一邊說還一邊覷著街上，似乎在等候什麼人。

青桐一下車，墨雲便急不可待地上前說道：「大小姐您可回來了，老爺正在葳蕤院等您呢！」

青桐有些驚訝，她今天是去江府，做的是正經事，打的那幫人跟林府又沒什麼關係，這個渣爹等她做什麼？

「找我什麼事啊？」青桐懶洋洋地問道，她方才吃得有些飽，這會兒有些昏昏欲睡的感覺。

墨雲低著頭垂下眼皮答道：「小的不知。」就是知道他也不敢說。

「走吧！」她要看看這個老傢伙又要什麼花樣。

林安源被小廝送回了碧梧院，青桐只想快去快回，她一路疾行到了葳蕤院，剛到院門口，她就聽見花廳裡傳來了林世榮憤怒的斥罵聲。「她不懂事，妳也不懂事嗎？出門作客竟連一個丫鬟都不讓她帶？妳讓別人怎麼看待林家？」

接著就聽到黃氏委屈地辯解。「我說過讓薔薇和茉莉陪著去的，可她卻讓兩人去刨地、種菜，我能怎麼辦？老爺也該知道我處境尷尬，對她是輕不得、重不得。」

「妳能怎麼辦、能怎麼辦？妳就會說這句，妳的治家手段呢？連一個小丫頭都管不住，妳做什麼當家夫人！我看還是讓紫玉過來幫著妳管家算了。」紫玉是周姨娘的名字。

黃氏聽到林世榮這般說，心中惱怒非常，心想還不是你造的孽，怎麼全推到我身上了？不過，黃氏跟林世榮做了數年夫妻，對他的性情還是瞭解一些的，這人愛臉面勝過一切，如今他正在氣頭上，自己斷不能跟他對著來。

黃氏的心轉了幾個彎兒，總算勉強壓住了怒火，她話頭一轉，把戰火往青桐身上引。「事情已經發生，老爺責怪我也於事無補，何不等桐丫頭回來問清事情的前因後果，然後由我帶著她去程府登門謝罪。如今正值老爺升遷的關鍵時期，絲毫馬虎不得。」

「我擔心的正是這個。」林世榮拍案而起，氣得俊臉扭曲，胸脯微微起伏著。他這麼多年算起來也沒這幾日生的氣多，這個孽障一定是來討債的。

青桐此時正站在門外，靜靜聽著兩人的對話，她不知自己這是什麼心理，每次看到林世榮發火，她就覺得很暢快。

墨雲瞅準兩人說話的間隙，趕緊上前稟報說人帶到了。青桐慢悠悠地踱了進來。

林世榮一看到青桐，剛剛壓下去的火氣轟地一下又竄了上來。

青桐仍像往常一樣，一臉的滿不在乎，似乎根本不知道什麼叫愧疚和害怕。

林世榮像審犯人似的，用挑剔冰冷的目光盯著青桐問道：「妳母親撥給妳的丫鬟為何不帶上？」

青桐突發奇想想表現一下自己的幽默感，她說道：「我在林府的地位就跟墓地看守人一樣，下邊雖有不少人，可是沒人聽我的。」

說罷，她用那雙幽潭一樣的眸子看著兩人，以為會有人會心一笑，結果沒一個人笑。

林世榮像看一個怪物似地看著青桐，半晌之後，他似在對她說，又似在自言自語。「我林世榮怎麼會生出妳這樣的女兒來？」

青桐很冷靜地答道：「我也和你有一樣的困惑。」

林世榮沈著臉，瞪視著她，他深吸一口氣，平復一下心緒，放慢語速繼續審問。「妳不帶丫鬟出門的事暫且放在一邊，再說說妳在鬧市打人以及和程元龍比賽吃麵的事。」

青桐反問道：「你沒聽說？好吧，由我來告訴你。」

青桐很是客觀地把事情的經過講了一遍，最後下了一個結論。「根據我的觀察，這個互摸的方法很不錯，摸者難受，我高興；觀者情緒熱烈、反應極佳，我沒費什麼力氣就掙了三兩又二十文錢，比耍猴的生意還好。那個程元龍和我比賽吃麵，更是一舉兩得，我不但解決了麻煩，還打響了李家麵鋪的名聲，預計麵攤從明天開始生意會更好。事說完了，不知你感覺如何？」

「好好。」林世榮氣得笑了起來，黃氏在旁邊不知做何反應才最恰當。林世榮理智尚存，極力壓著怒火命令道：「妳這就跟妳母親一起到程府去給程元龍陪罪，不管他對妳說什麼、做什麼，妳都不許反抗，務必讓他滿意。」回來之後，他再秋後算帳。

青桐一臉不可思議地看著林世榮。「我又沒做錯什麼，比賽是他先提起的，他就應該願賭服輸。」

林世榮正待向青桐施壓，就見墨畫一路小跑進來，大聲稟報道：「老爺、夫人，小的又去打聽了，程少爺確實撐病了。小的還聽說，程大人似乎很生氣……」

林世榮一聽到程大人很生氣，嚇得臉色變了幾變，再也坐不住了。這些日子，他正尋找著門路試圖搭上程家這條線，現在倒好，線沒搭上，倒先把人給得罪了。他原本是想讓黃氏押著青桐去程府請罪的，此時突然改變了主意，決定親自帶她上門，以彰顯自己的誠意。

青桐本來堅持自己沒錯，猛一聽到程元龍竟然撐病了，心頭多少也有一點過意不去，畢竟他除了說話不中聽以外，也沒對自己做過什麼壞事，而且今日還算間接幫了她。嗯嗯，她可是明理的人，出於人道主義精神去看看他也好，所以，她也不再跟林世榮爭論對錯了。

當下她很有模有樣地站了起來，對著黃氏等人吩咐道：「還愣著做什麼，備禮、備車，去程家。」

林世榮心中掛念著程府的事，青桐暫時也沒再氣他，父女兩人難得和平共處了一路。

到了程府，林世榮讓隨行小廝前去跟門房說明情況、投了名帖，然後恭恭敬敬地下車等候。程元龍的父親程英傑倒也沒讓他們久等，只過了半炷香的工夫便讓貼身小廝出來請他們父女進去。

林世榮仍不放心青桐，路上低聲囑咐道：「記得我方才說的話了嗎？」青桐對天翻了個白眼，沒理會他。

一進入程府，青桐才算理解當初程元龍在江府時那種鄙夷而驕傲的神情。程府比江府大了三倍不止，一路行來，但見藤蘿纏古木，假山磊怪石，奇花間異草；更兼有參差樓閣，水榭亭臺，讓人目不暇給，彷彿一幅長長的園林古畫。

待見了程大人，青桐又是一陣愕然。因為程元龍是個大胖子，所以她先入為主地以為他爹肯定是個油光滿面的老胖子，沒想到客廳裡站著的卻是一個身材魁偉、儀表非凡的中年男人，他甚至比她那個以貌見長的渣爹還要氣派。

程英傑倒也沒有想像中的跋扈傲慢，兩人客套幾句，林世榮便恭敬而謹慎地說出了今日的來意，一臉的慚愧和自責。「這便是下官的不肖女青桐，她自幼流落在鄉間無人管束，野性難馴。今日不小心衝撞了令郎惹了大禍，下官深感不安，特地帶她登門謝罪，請大人發落。」

程英傑神色溫和地看了青桐一眼，當他接觸到青桐大膽直率的目光時，不由得怔了一下，隨後臉上帶著少許笑意，虛扶起彎腰施禮的林世榮，朗聲說道：「林大人多慮了，孩子之間有些齟齬口角本是常事，況且我那個不肖子一向無法無天，橫行京裡，今日之事錯不在令嬡。」

林世榮慣會奉承，又說了許多客氣之話，程英傑也客氣以待，兩人在這廂說著成車的客套話，青桐在旁邊聽得直打瞌睡。

俗話說三個女人是一臺戲，那兩個男人就是一首催眠交響曲。女人的八卦好歹有些跌宕起伏的劇情，男人的話就像流浪漢的錢包一樣又大又空。

林世榮一看青桐那心不在焉的模樣，不禁心裡發急，生怕怠慢了程英傑，他只得微微提高嗓門道：「不知程公子病情如何？大夫怎麼說？下官可否前去探望？」

程英傑忙說程元龍病情無礙不用探望。

青桐這才想起今日的正事，她也不等程英傑應允，霍然起身說道：「你們聊，我去瞧瞧那個胖子。」

「……」程英傑一時無語。

林世榮黑著臉，連忙陪罪。

青桐在兩個男人複雜的目光中大搖大擺地離開了。

雖然只是短短幾日，但青桐已經學會指使下人了，她指著一個穿綠綢裙的丫鬟說道：

「走，給我帶路去瞧你們的少爺。」

「啊？」那個綠衣丫鬟驚訝地看著青桐，雖說本朝男女之防不大嚴苛，但也沒有外女直接衝入男子臥房的情況啊！那個丫鬟兀自愣在那兒。

「走啊！」

「……好吧！」

當青桐進了程元龍的臥房時，她差點以為走錯地方了。那牆上掛的各式各樣、千奇百怪的玩具是怎麼回事？還有地上做工精緻的搖籃、小車。

青桐伸手搖了搖小車，這比她小時候坐的那個除了轂轆兒不動哪都動的木搖車好太多了。

程元龍像一隻擱淺在沙灘上的大海龜似的，撫著肚子直挺挺躺在床上，他翻著眼睛看見青桐，臉上流露出驚喜的表情。

他開口招呼道：「土包子妳怎麼來了？我家怎麼樣啊？」

青桐本想說些文雅的詞句，只是一時湊不齊字數，最後只蹦出一句。「真他爹的大。」

「噗。」程元龍得意而又略帶鄙夷地笑了一聲，接著一臉挑釁地問道：「我很想知道，你們鄉下的女孩子都像妳這樣粗魯沒見識嗎？」

青桐搖搖頭。「不，像我這樣的幾乎沒有。像你這樣的也沒有，我認識最胖的也不過是你的三分之一。」

「妳──」程元龍的牙齒咬得格格響。

青桐認真地盯著他的臉看了一會兒說道：「不知是不是我的錯覺，我看你好像瘦了些。」

程元龍再也忍不住了，他像踩了尾巴的肥貓一樣，大聲質問。「小爺我真的很胖嗎？為什麼妳三番兩次地提這個碴兒？」為什麼她每次總是哪壺不開提哪壺？

青桐鎮定地反問道：「小奶我真的很土嗎？為什麼你見了我就喊土包子？」

程元龍齜牙咧嘴，毫不客氣地回擊道：「妳本來就很土，要敢於承認懂不懂？」

青桐一攤手，痛快地承認。「好吧，我承認我很土。你呢？敢承認自己很胖嗎？」

「我……」程元龍氣得一躍而起，他感覺病快被氣好了。

兩人四目相瞪，擦出忿恨的火花，最後還是程元龍先敗退，青桐得意地挑挑眉頭，小眼終究敵不過大眼。程元龍咚地一聲往後一靠，用自豪而又失落的語氣說道：「小爺我小時候也是個人見人愛、誰見誰誇、姑娘見了臉紅的俊小夥子。」

青桐憐憫地看著他說道：「好漢不提當年勇、美人不提當年美。人們看的是現在，何必拿過去說事。」

程元龍雙腳在半空胡亂踢著，高聲嚷道：「林青桐，妳是來看我，還是來氣我？趕緊走吧！」

青桐坐著沒動，而且還自顧自地左手拿起點心，右手則端茶享用著。

外間的人也聽到程元龍的叫嚷聲，不多時便走進來一個十五、六歲、穿紅裙的女孩，她語調溫柔地走過來勸道：「公子怎麼又發火了？林小姐可是客人，女孩子家心思細，您這麼大聲嚷嚷，她怎能受得了。」

程元龍白了她一眼，擺手吩咐。「下去吧，不用妳管，我沒叫都別進來。」

那紅裙丫鬟訕訕地一笑，順從地退了出去。

程元龍收回目光，繼續跟這個「心思細膩」的客人對瞪。

「妳不怕我？」

「我該怕你嗎？」

「嗤。」

半晌之後，程元龍大概瞪累了，慢吞吞地起身道：「妳好歹也是客人，走，小爺我允許妳陪我在府裡走走，讓妳這個土包子見識些世面。」

程元龍慢慢挪下床，下巴一抬，說道：「跟我來。」

青桐坐著沒動，雙眸定定地盯著一個地方看，程元龍隨著她的目光看過去，發現原來她是在對自己的弓箭垂涎三尺。

程元龍得意洋洋地問道：「怎麼樣？以前沒見過這麼好的弓吧？」

青桐誠實回答。「沒有。」

程元龍大方地一拍胸脯。「沒關係，這個送妳了。」

青桐搖頭拒絕，她才不隨便要別人的東西呢！

程元龍一臉不滿。「真不要？」

「只是隨便看看。」

「哼，不識抬舉。」

青桐將目光從弓箭上面移開，她又看到了一柄彎月胡刀。

程元龍看在眼裡，嘴角不由得微微上揚，抬著雙下巴說道：「看上哪個儘管說。」

青桐純粹只是欣賞，待她看夠了便起身，和程元龍一起出了屋子，準備到園子裡逛逛。

屋外廊簷下有三個丫鬟在輕聲說笑，其中一個就是剛才進屋勸程元龍的紅裙女孩，她一看到程元龍出來，忙上前怡聲勸道：「少爺，您的身子還沒好呢，外面暑氣正重，還是等會兒再出來吧！」

程元龍有些不耐煩地揮揮手。「別管我，屋裡待煩了。」

女孩欲再勸，程元龍理都不理她，領著青桐快步離開。

等到兩人走遠了，那三個小丫鬟咬著耳朵小聲議論起來。

「這個林大姑娘，怎麼是這個樣子？總覺得像缺條弦似的。」

「肯定缺，要不然哪能這麼直愣愣地闖進人家外男的房間，雖說年紀不大，可該避的嫌也得避啊！」

「不過聽說她力氣奇大，兩個壯漢都打不過她。」

「天吶，這可是真的？」

「說來真是奇怪，咱們少爺還帶她去逛，看上去好像並不討厭她。」

「這誰知道，咱們少爺性子也怪。」

被議論著的兩個當事人正沿著林蔭甬道向湖邊走去，程元龍身軀龐大，再加上身體不適，沒走幾步，便虛汗直流、氣喘吁吁。

青桐只好放慢腳步等他，並順口打擊他。「你真的該減肥了，一個人若連體重都控制不了，還能控制什麼呢？」

程元龍怒目而視。

兩人走走停停，終於到了程元龍所說的鏡湖邊上。午間無風，湖平如鏡，一大片湖面在八月驕陽的映照下，閃爍著炫目的光芒。

青桐玩心大起，彎腰撿起一枚石子，咻地一下砸向水面，砸出個漂亮的水花。程元龍不甘示弱，也扔了一枚石子，可惜的是他只扔到了岸邊，他氣得咬了下牙，繼續彎腰撿石頭狂扔。

青桐實在看不過去，只好出言制止。「不扔了，歇會兒。」

兩人就近找了個亭子坐下歇息。

「我家的湖大吧？」

「大。」
「土包子，以後別總流露出沒見過世面的模樣，小心別人笑話妳。」
「當著我面笑，我讓他笑不出來，背後笑我管不著。」
「呵，妳倒挺豁達。」
「你才發現。」
兩人的對話到此為止。青桐發現，他們之間的共同語言僅限於吵架。
過了一會兒，青桐隨意找了個話題。「你的兩個親隨呢？」
程元龍煩躁地搧著扇子回道：「妳是說程安和程玉？」
青桐恍然。「原來他們叫程安、程玉。」
程元龍想起兩人，不由得一陣黯然，他撇撇嘴，不滿地發洩道：「他們兩個正被我爹罰跪呢！」
中午時，程元龍被人架著回府，到家後是上吐下瀉，程英傑問明事情經過後，又惱又憂。程元龍正病著，他不好責罰，只能先懲罰程安和程玉兩個跟班發洩怒火。
青桐接道：「原來你爹也愛發火。」
程元龍掃了一眼青桐，見她衣著素樸簡潔，頭上也不像別的女孩子戴得滿頭珠翠，不禁想起京中關於她家的流言，於是狀似不經意地問道：「妳那個爹肯定對妳不怎麼樣吧？哦，我忘了，妳也有一個繼母。」

青桐語調平淡地答道：「這沒什麼，他怎麼對我，我就怎麼對他。」

程元龍一臉驚訝。「真的？他可是妳爹啊！」

青桐的臉上浮現一絲神秘的笑意。「是我爹又怎樣。」

程元龍怔了片刻，隨即又好奇地追問道：「可是人們都說天下無不是的父母，無論爹娘對我們做了什麼，做兒女的也必須受著，這是我們欠他們的，難道不都是這樣嗎？」

青桐用同情的目光看著他，一句一頓緩緩說道：「繁衍後代是動物的本能，父母對子女的養育是出於人的天性，無所謂恩德。他們可以選擇生或者不生，可是子女卻沒有選擇權；如果僅僅因為生了子女，就以為能讓子女無條件地順從他們，那他們簡直比放高利貸的還狠，這是在謀利、放債。從這個角度來看，我們每個人同時既是債主，又是欠債人，如此生生不息地錯誤迴圈下去，有意思嗎？對人的將來有益嗎？這種父母你也可以說他們無不是嗎？為什麼不讓子女自願地去孝順他們呢？這世上除了極個別無情無義者，大多數人還是有自願行孝之心的。」

程元龍瞪大眼睛盯著青桐，他一直以來所認為的天經地義的事情瞬間被顛覆了，他的第一反應便是不假思索地反駁。「妳怎麼可以這麼想呢？妳怎能把天下的父母都當成卑鄙無恥的牟利者？」

青桐淡然辯道：「我沒說天下所有的父母都這樣，只說一部分是這樣。你要知道，並不是每個會生孩子的人都配做父母。世人無論當官也好、經商也好，他們做什麼職業人們一般都會給予公正的評價；可是在父母這行，人們卻喜歡無限地提高他們的價值，將他們無意識的繁衍本能說成是世上最偉大的事情，到最後連他們也認為自己是偉大的，他們自欺也欺人，誰敢提出異議，他們便會扣一頂不孝、無情無義的大帽子。」

程元龍像被驚雷劈了一下，半張著嘴，怔怔地定在那裡，心中思緒翻騰不已，是這樣嗎？她說得似乎對又似乎不對，以前從來沒有人跟他說這些，隱蔽在他內心深處的一個疑問似乎找著了答案。

青桐等程元龍稍稍平靜下來又接著說道：「根據我的經驗，你一定也是個不幸福的孩子，你肯定對你的父母不滿。」

「胡說！」程元龍微紅著臉辯解道：「小爺我滿意得很。」他爹再怎麼樣，也比那個林世榮強多了。

青桐反問道：「真的嗎？那你為何這麼胖？」

程元龍再怒。「妳、妳個土包子，為什麼又說到我胖了？」

青桐往前湊近，從容自信地下了結語。「我猜你平常心中一不高興就靠吃來發洩吧？」

程元龍習慣性地張嘴反駁，但話到嘴邊又硬生生地嚥了回去，他的神情頓時變得萎靡不振，低垂著頭看著自己的腳尖，半晌不語。

仔細想一想，的確是這樣。他不知從什麼時候起有了這個壞習慣，靠胡吃海喝來控制自己對母親的懷念，壓抑對父親和繼母、庶母們的不滿。

漸漸地，他越吃胃口越大，身軀越來越肥胖笨重。父親喝叱他、堂兄弟姊妹們羞辱他，朋友、同窗們也暗地裡笑話他，等到他發現不對勁時，已經晚了。他也曾試圖控制自己的食量，但積習難改。

後來他乾脆自暴自棄、破罐子破摔，反正他家有權有勢，很少有人敢當面笑他，幾個膽子肥的，都被他修理了。他的身子越來越重，脾氣越來越大、忌諱越來越多，名聲也越來越壞，常常和別人一言不合就開打。

有時午夜夢迴，他也會暗暗自責，作夢時既盼著夢見母親，但同時又怕夢見她，因為怕她會對自己失望。

青桐方才那句話，剛好觸動了他的情緒，他的心頭湧上一陣難言的酸楚，雙眸不由自主地開始濕潤起來。

青桐沒料到自己竟會惹得對方掉眼淚，她可沒有安慰哭泣的異性的經驗，只能靜靜地坐在一旁等他哭完。

她側耳傾聽著不遠處的淙淙流泉聲，聽著各式鳥雀的啁啾聲，也不知過了多久，聽見不遠處傳來一陣嘈雜的腳步聲，有人急切地問道：「你看見少爺和林小姐了嗎？」有人來找他們了。

青桐在懷裡摸出一條手帕，扔給程元龍。「哎，你快擦擦，可別告訴別人是我把你弄哭的。」

程元龍如在夢中一般，神情呆滯。良久之後，他突然醒悟過來，這才驚覺自己竟在一個女孩面前掉了淚，這讓他既惱怒又難為情。

他用袖子胡亂抹了一把眼睛，氣呼呼地把手帕扔了回去。「誰說我哭了？這是沙子吹到眼裡了好嗎？沒見過世面的土包子。」

青桐淡定地收起手帕，一臉認真地解釋順帶安慰道：「哭沒什麼不好。哭既可以排毒，又可供發洩，極度缺水時，淚水可以和尿液一樣救人一命。」

程元龍一陣無語，嘴巴張合了幾下，實在無話可說，只好調頭便走。

第十二章

青桐在原地怔了一會兒，隨即跟了上去。程元龍因為太胖，自然走不快，青桐很快便追上了他。

「要不借我的肩膀給你？」青桐變換了語氣，鄭重其事地追加了一句，這是她在小說中看到的，此時正好應景拿來用。

「噗。」程元龍好笑地看著她那瘦削的肩膀，這麼一來二去的，他心中的抑鬱之氣早就煙消雲散了，但是一想起自己方才的失控行為，他還是有些難為情，只好欲蓋彌彰地說道：「起風了。」

「嗯？」青桐疑惑地看了一眼紋絲不動的樹木，很識趣地沒揭穿他。

程元龍突然板著臉，惡聲惡氣地吼道：「嗯什麼嗯，還不快回家去，難道妳還想住下來不成？」

青桐莫名其妙地看著他，搞不懂他這種陰晴不定的性格。其實她以前對描述雄性的資料一直有些疑惑，比如一會兒說男人是理性的，一會兒又說男人都是靠下半身思考的，可是這兩種特性聯結在一起就是自相矛盾的。

「那我回家了，此事就算了結了。」青桐毫不留戀地轉身離開。

程元龍看著她走得那麼乾脆，心裡突然又覺得不對勁。

青桐如一陣風似地回到前院，這次她倒沒要人帶路，她的記性很好，走一遍就能記住。

青桐回到前廳時，林世榮正在向程英傑辭行，他畢恭畢敬地說道：「今日叨擾大人了，下官回去以後定會好好管束小女。」

程英傑客氣一笑。「小兒女間的打鬧，林大人無須放在心上。」

林世榮拱手告辭，程英傑吩咐小廝送他們出門。

就在這時，程元龍氣喘吁吁地跑了過來，他邊跑邊喊。「土包子，妳就這麼走了？」

程英傑聞言瞪了他一眼，程元龍狀似未覺。

青桐看了程英傑又瞅瞅林世榮，程英傑給她的觀感還可以，她覺得對方不像林世榮那般無可救藥，因此，她本著還程胖子一個人情的想法，快步向程英傑走去，站在他面前迎著他的目光說道：「程大人，我覺得你是一個可教的父親，我有一句話對你說。」

程英傑驚訝地看著青桐。

林世榮驚嚇得臉色變白，出聲大喝道：「孽障還不住嘴！」

程元龍以為她是要重複方才說的那些話，心道那可是大逆不道，他忙急急制止道：「土包子，快別說。」

青桐根本不理會兩人，她揚著腦袋，朗聲說道：「你以後要好好對待你的兒子，要瞭解他的心靈需求。青子聽別人曰：『小孩子可以不瞭解大人，因為他們沒有當過大人；但是大人不可以不瞭解小孩，因為每個大人都當過小孩兒。』當你責罵他時，你就想想你小時候是怎麼過來的。」

程英傑劍眉一挑，那雙如黑墨一般的雙眸中閃爍著輕微的笑意。「林大人，你這個女兒果然與眾不同。」

林世榮氣得臉都快綠了，此時他也拿不准對方究竟是讚揚還是諷刺，只好硬著頭皮接道：「小女頑劣，讓大人見笑了。」

在程府時，林世榮尚能忍著不發火，一出程府的大門，他那張臉唰地一下變了，翻臉比翻書都快。

林世榮的胸脯微微起伏著，一雙陰鬱銳利的眸子死死地瞪著青桐，青桐頭靠著車壁閉目養神。林世榮冷峻中帶著自嘲的聲音在車廂裡響了起來。「我林某人真是三生有幸，生得妳這麼個女兒。」

青桐打了個呵欠道：「咱倆難得想法一致。」

林世榮緊抿著薄唇，右手緊緊攥著，似在極力壓著怒火。

青桐一看他那模樣，心情不禁大好，她瞅著窗外一閃而逝的街景，哼起了一首民歌。「咱老百姓，今兒個真高興啊！」

沒多久，他們就回到了林府。下了馬車，林世榮擰著眉頭陰沈著臉，大步流星地走在前頭，青桐在中，後面跟著墨雲、墨畫兩個小廝。

到了二門處，青桐正要拐彎回碧梧院，突然聽到林世榮沈聲吩咐。「把碧梧院的門關上，大門關上，把人給我帶進來。」

墨雲、墨畫一陣踟躕，青桐畢竟是府中小姐，他們動手不大適合。

林世榮很快便反應過來，重新下令。「快去叫幾個粗壯有力的婆子來。」

青桐這會兒自然明白這個渣爹要做什麼了，她輕描淡寫地問道：「你又怎麼了？」

林世榮只是看著她冷笑不語。

不多時，墨雲便領了四個做粗活的僕婦小跑著過來。

林世榮一臉威嚴地吩咐道：「妳們幾個把她給我捆起來，狠狠地打。」那四個婆子早已知曉青桐的厲害，不由得面面相覷。

林世榮一看這情形，火氣越大，發狠道：「怎麼？我的話妳們也敢不聽？」

「……老爺，奴婢這就來。」

四人中率先走出一個穿灰布衫的婆子，其他人也緊接著一起上前去架青桐。

青桐瞧著四人，冷聲說道：「妳們也想像崔嬤嬤一樣臥床休息嗎？」

她一說，林世榮遂又想起崔嬤嬤和春蘭的事，更加火上澆油，他抄起一根立在牆根的扁擔，啪地一下扔給墨雲，咬牙說道：「給我狠狠地打。」

墨雲不敢不從，只好高高舉起扁擔，四個婆子虎視眈眈，正欲撲過來拿住青桐。

就在這時，二門內傳來黃氏那嬌軟動聽的聲音。「老爺可回來了，事情怎樣了？」

跟在黃氏身邊的除了薔薇、茉莉、鈴蘭幾個丫鬟外，還有春蘭和崔嬤嬤以及金嬤嬤。

仇人相見，分外眼紅，那崔嬤嬤和春蘭看著青桐的處境，心中不由得湧起一陣快意。

黃氏似才瞧見眼前這一幕劍拔弩張的情形，假意勸道：「老爺這是做什麼？」

林世榮心中煩躁，三言兩語地交代了青桐在程府的種種孟浪行為。

黃氏嚇得掩住口，輕聲輕責青桐。「妳這孩子也真是的，在家胡鬧就罷了，怎能鬧到程府去。」

林世榮不欲耽擱，接著下令。「還等什麼？趕緊給我捆緊了打。」

「是，老爺。」四個婆子一起湧上前去擒青桐。崔嬤嬤和春蘭早憋著一肚子火，兩人彼此暗暗使了個眼色。

黃氏早已洞悉兩人的心思，不等她們開口，便吩咐道：「妳們幾個快去攔著，別讓人打壞了大小姐。」

崔嬤嬤和春蘭一馬當先。「是，太太。」

青桐雙手抱胸，警惕地看著四個粗壯婆子，又掃一眼狂奔而來的崔嬤嬤、春蘭，頓覺自己處境不佳。

她再看看站在一旁的林世榮，他才是始作俑者，雖然氣他很爽，但終究沒有打得爽快；不過，她再沒常識也明白，爹這玩意兒可不是好打的，至少，她不能光明正大地打。

各種心思在青桐腦中飛快地轉了個遍，就在崔嬤嬤和春蘭即將逼近上來時，青桐突然一躍而起，直撲向林世榮，一把抱住他的腿大聲叫號。「我可是你的親女兒啊，你怎能這麼狠心啊！」

她一邊叫號一邊猛烈捶擊著林世榮的腿部，她對準地方，握著小鐵錘似的拳頭在他腿彎處使勁地捶打。林世榮腿一麻，差點跪倒在地，他氣得七竅生煙，再顧不上斯文了，舉起手朝青桐狠狠搧去。

崔嬤嬤等人在這時已經趕到了青桐身邊，她的臉上帶著獰笑，伸手就去抓青桐，青桐就勢拽著她的胳膊往前一拉，然後自己迅速錯開身，將崔嬤嬤正對上了林世榮。「啪」地一聲脆響，林世榮打了崔嬤嬤一個巴掌。

青桐趁著這個空隙已經鑽了出來，她下一個目標便是黃氏。

「太太，救救我。」

青桐一邊喊著，一邊朝著黃氏身上撲去，黃氏躲閃不及，被撲個正著。這時，那些個丫鬟、僕婦全部圍上來去捉青桐，青桐心中起急，伸手胡亂一抓，正好抓住了黃氏的耳環，她用力往下一拽，翠綠的耳環和著鮮紅的血一起被撕扯了下來。

黃氏疼得花容失色，「哎喲」一聲尖叫起來。

青桐學著她的口吻假意關切道：「哎呀，太太妳怎麼了，都怪我不小心拽錯了。」

林世榮被這觸目驚心的一幕給驚住了，他的眼神越來越冷，心中不自覺地湧上一股寒氣。他到底是低估了這個女兒呢！他萬萬沒想到她小小年紀竟會如此心狠，長大了還了得。

這一刻，他打死青桐的心都有了。

黃氏慘白著臉，把一切賢良淑德都拋到了腦後，恨恨地大叫道：「妳們都是死人嗎？快快捉住住她，這個弒父、弒母之人。」

黃氏的叫聲未落前，就聽得大門外傳來一陣馬匹的嘶鳴聲。程元龍一路飛馳而來，他到林家大門外一看，就見院門緊閉，只有兩個門房在那裡閒嗑。

程元龍翻身下馬，大聲質問道：「青天白日的關著門做什麼？」

門房猛一看來人竟是程小霸王，嚇得頭一縮，趕緊站起來支支吾吾地回話。

程元龍心中狐疑正待細問，忽聽見院裡有喧鬧聲，中間還夾雜著女人的尖叫聲。他心裡不由得一緊，隨即想起林府的種種流言，再想起林世榮今日出府時那種強忍怒氣的模樣，當下便明白青桐此刻肯定是凶多吉少。他只覺得一股氣直沖頭頂，像是自己受了委屈一樣，拿出平日的跋扈習性，吩咐程玉、程安。「給我撞門！」說完自己便用腳去踢。

林世榮聽得大門咯噹作響，忙派人來察看。墨雲開門一瞧，見來人是程元龍，不敢有絲毫怠慢，趕緊回身稟報。林世榮聽罷嘆了口氣，萬分不甘地瞪了一眼被人團團圍住的青桐。

「先放了她，以後再來教訓。」

崔嬤嬤等人頓時傻眼了，今日多好的機會啊！她就不信，她們這麼多人整不過那個野丫頭，難道就這樣算了？她舊恥未雪，反而白挨了一巴掌。

黃氏雲鬢散亂，眼圈發紅，金嬤嬤用一條淺藍帕子捣著黃氏仍在滴血的耳朵，急急地走進內室，金嬤嬤臨去時默默回頭看了青桐一眼，神色複雜。

林世榮深吸一口氣，隨即整頓衣裳，率領在場的丫鬟、小廝去迎程元龍。

大門已經開了，程元龍大步流星地走過來，一雙小眼睛到處搜索著青桐的身影，他邊找邊怒氣衝衝地問道：「林大人，人打得如何了？難道走不動了？」

「還走得動。」青桐應聲答著閃身出來。

程元龍見她完好無缺，心裡暗暗鬆了口氣。

林世榮臉上堆起笑容，說道：「程公子親自上門，林某不勝榮幸，不知公子為何事而來？」

程元龍朝天翻個白眼，微不可聞地輕哼一聲，至於說到來意，他不禁有些難為情了。當時青桐離開他家後，他總覺得父親哪裡不對勁。

不久程元龍的繼母魏氏從廟裡回來了，程英傑與她自然而然地談起了今日的事情。魏氏說道：「這丫頭果真如傳言中所說，心眼比別人少一竅，那林世榮又是極為愛面子之人，黃氏面甜心苦，這孩子回去少不得又要受些委屈。」

程英傑卻道：「這孩子也不能算傻，這種人我見過，在某方面欠缺，但在另一方面又有些奇特之處。」

兩人說了一會兒話後，程英傑特地把程元龍叫到書房說話。出人意料的是，這次父親竟沒有責怪他，反而用百感交集的口吻說起他幼時的趣事，以及他母親陸氏生前的往事；接著又溫和地問他學堂的情況，還問他要不要跟武師學武藝。

程元龍驚訝地看著父親，似乎不敢相信眼前發生的一切。

程英傑見狀，笑罵道：「為何用那種眼神看著為父？平日對你嚴厲那是為了你好，我的確太嚴厲了，但那是因為恨鐵不成鋼啊！今日這個林家姑娘倒是提醒了為父，不能總用大人的標準來要求你；還有就是你母親的事，我知道你對我在你娘去後不到一年便娶了魏氏心存不滿，可你也要考慮為父的處境。一是你祖母催逼得緊；二是偌大的程家沒個女主人怎麼行？等你大了就知道為父的難處了。」

程元龍不語，低頭偷偷地笑了，幾年來，他終於聽到了一句想聽的話。

他扭捏半天，終於低聲說了句。「爹，我想繼續練武，你再去把我以前氣走的管教頭請回來吧！其實他品性、武藝都很好。」

程英傑既好笑又好氣，最後只得說道：「也罷，為父再厚著臉皮去請一次，至於能否請得動，那要看你的造化了。」

父子兩人說了會兒話，雖然仍有些許隔閡和生疏，但畢竟不像以前那樣，一個吹鬍子瞪眼發火，一個則油鹽不進、自暴自棄。

程元龍從書房出來時，覺得身子像輕了幾十斤似的，腳步難得輕快。回到房裡，他無意間抬頭看到牆上的彎弓，突然想起了那個土包子，他忍不住嘴角一彎，這丫頭真夠奇怪的，竟然喜歡這些東西。算了，小爺他今日心情好，乾脆送她吧！

起初，程元龍是打算讓程安去送，結果程安剛出門，他突然改變了主意，決定親自去送。騎馬自然要比馬車快些，雖然他遲了一會兒才起身，但兩人之間也沒差多少時間，因此正好趕上了林家這場熱鬧。

程元龍不想直接說明自己是來特意給青桐送東西的，他瞥了一眼林世榮，嘴裡嘖嘖出聲。「嘖，林大人這便是你府中的規矩？竟然指使一幫下人對親生女兒動粗，小爺我活到十三歲都沒見過這種陣仗，林大人果然不愧是翰林院飽學之士、城中有名的謙謙君子。」

程元龍這番話夾槍帶棒，冷嘲熱諷。林世榮臉皮由白變紅，再變紫，想他來京十幾年，何曾受過這等搶白，更遑論還是出自一個黃口小兒之口。

但想起程家的權勢，林世榮只好強壓下怒氣，生硬地解釋道：「程公子不知前因後果，今日小女實在太過於頑劣，先是對令尊不敬，回府後又忤逆父母，至於具體事項，委實是家醜不好外揚；言而總之，林某管教女兒並無過分之處，想必令尊也如此這般管教過公子，天下父母皆是一樣。」

程元龍冷笑幾聲，這個背信棄義、薄情寡義之人也配和他爹相比；不過，他好歹還是為林世榮留了幾分面子，因此嘴上說道：「我爹當然管教過我，但他和你不同，我又和青桐不一樣。我是男子漢，青桐是個女孩，不論是我家還是別家，別說是嫡親女兒，就算是庶出的也一樣是嬌養著，連罵都少有，更何況是這般大陣仗的打。」

程元龍說到這裡，突然話鋒一轉提高嗓門道：「也是，林大人畢竟與京中諸位大人出身來歷不同，行事作風迥異於別人也是正常。我年紀小，言語不當之處，還請大人見諒。」說罷，程元龍學著別人的豪爽模樣，搖著扇子，哈哈大笑三聲。

林世榮一口氣憋在胸中，嚥不下、吐不出。他曾經在落魄時當過叫化子的上門女婿這一傷疤竟又被他當面提出，換了官階、地位不如他的人，他鐵定翻臉了，但現在他忍無可忍後，只能繼續再忍。

程元龍話也不敢說得太過，他當然不是怕林世榮報復，而是怕自己的老子責罵。

他轉過身看著青桐，意有所指地說道：「我來瞧瞧妳弟弟，上次聽他說，他最佩服的人就是我。」

青桐不留情面地戳穿他。「他說過他害怕你。」

程元龍無語，心道這人有沒有良心？

好吧，大人不記小人過、男人不記女人錯，他不跟她一般見識。

「嗯哼，走吧，帶我去瞧瞧。」接著程元龍又意有所指地高聲說道：「以後妳和妳弟就跟著小爺我混吧！誰敢欺負妳，報一句爺的名，識相的嚇得屁股尿流；不識相的，打得頭破血流。」

程元龍故意加重最後四個字的語氣，說罷還頗有威嚇地掃了在場的下人們一眼。崔嬤嬤作賊心虛，總覺得這個小霸王多看了自己一眼，嚇得渾身一顫。

「大人也一樣，小爺我打不過也沒關係，我去找我爹，找御史彈劾他。」這話明顯說給林世榮聽的。

「程公子請屋裡坐。」林世榮壓著怒火擠出笑容招呼道。

青桐卻插一句。「來吧，跟我走。」

「好，走。」程元龍舉步瀟灑離去。

程安捧著一只長匣子，程玉抱著弓箭，一前一後默默跟在兩人身後，四人向碧梧院走去。穿過兩道垂花門，過了一條遊廊，接著便是一道未砌成的磚牆，遠遠地望見牆裡面遮天蔽日的三棵巨大梧桐，樹旁邊是幾間矮舊房子。

程元龍蹙起眉頭，疑惑地問道：「這便是妳住的地方？」

青桐點點頭。「挺好的，院前樹多、院後草多，還可以種菜。」她的母星不像地球那樣適應人類生存，星球上的土壤早已硬化甚至毒化，水資源缺乏，只有極少部分的土地適應種植。她們那兒的奢侈品不是鑽石、珠寶，而是綠色植物。青桐來到這裡後，最讓她歡欣的便是這原生態的環境了，她有時候會覺得後世的人情感缺乏，不再感性和充滿詩意，應該跟環境有關。

「哎哎，妳在想什麼？我在跟妳說話。」

青桐猛然反應過來，一雙黑亮的眸子定定地看著程元龍問道：「你剛才說什麼？」

「小爺說妳是個可憐的傻瓜。」
「我不可憐，你才可憐。」
「妳可憐。」

兩人沿著牆向西北方走去，走到碧梧院入口處，青桐才發現門被鎖上了。

程元龍抬腳便踹，青桐則看也不看那門，像隻貓似的，輕輕一縱身便跳過了矮牆。程元龍也學著她的樣子跳，結果可想而知，他跳了三次都沒跳過，最後還是程安、程玉充當梯子將他拱了上去，兩人也多少會些功夫，隨即跟著跳進去。

碧梧院門被鎖了，林安源正在院裡望著天空憂傷，一看到姊姊跳進來了，當下便雀躍地撲上來，看到後頭的程元龍時不禁嚇了一跳。

他大聲叫道：「不好，他找上門來了，咱們快跑。」

程元龍氣呼呼地瞪了林安源一眼。

接著是白氏和白嬤嬤、劉婆子等人聽到動靜也趕緊迎了出來。程元龍在眾目睽睽之下命程安、程玉遞上匣子和弓箭，漫不經心地說道：「這兩樣東西送妳。」

青桐有些猶豫，按理，朋友之間贈送東西也是正常，可是她目前沒有辦法回禮，這樣不大合適。

程元龍見她猶豫，有些不耐煩地說道：「妳怎麼跟別的女孩子一樣婆婆媽媽的。」

青桐搖搖頭認真說道：「無功不受祿。」

「妳有功的，說來奇怪，我爹竟然聽進去妳那奇怪的話，這能不算功勞嗎？」

青桐著實眼饞那柄彎刀，同時，她心裡還有一個想法，於是便痛快地點頭。「那我收下了。」

程元龍心情十分愉悅。「好，妳過幾日也來學堂上學吧，好好洗一洗妳的土氣和呆氣，到時報上小爺的名號，沒人敢欺負妳。」

學堂？江老夫人也這麼說過，如果可以，她也想多學一些東西，改日去看看也好。

白氏看到程元龍蒞臨他們的小院，既緊張又歡喜，趕緊讓人泡了最好的茶、端上最好的點心招待他；白嬤嬤則趕緊請程安、程玉兩個小廝到一旁喝涼茶歇息。

青桐嫌屋裡悶，就和程元龍坐在樹下的石桌旁喝茶說話；林安源怯怯地站在一旁，睜著一雙大眼睛好奇地看著程元龍。

程元龍抿了口茶，艱難地嚥了下去，一雙明亮的小眼盯著林安源，衝他招了招手。「我聽說你最佩服的人是我，對嗎？」

林安源給驚嚇住了。佩服他？自己怎麼不知道這事？

程元龍霸氣十足地說道：「看在你姊姊的面上，我允許你佩服我，以後就這麼跟人說吧！」

林安源囁嚅著說不出話來，只拿眼睛不停地覷著姊姊。

青桐低下頭說道：「你就佩服他一回吧！」他也挺不容易的。

程元龍沒有聽出青桐後面隱含的潛臺詞，他得意地笑著，自認為風流倜儻地搖著扇子，然後給青桐大致講了一些學堂的事情。女學堂是本朝有名的傳奇皇后——謝皇后主辦的。

謝皇后少時瞞著家人頂著兄長的名字前往太學讀書，與當時尚是寧王的寧熙帝相遇，後來成就了一段佳話。謝皇后入宮後深感女子求學不易，遂向寧熙帝請求辦一處女學，寧熙帝欣然同意。當時朝中有很多保守大臣極力反對，說是破壞祖制，傷風敗俗云云。

然而反對者雖多，但耐不住帝、后兩人態度堅決，女學最終還是辦了起來，女學發展到現在已小具規模。京中官宦人家的女孩子，除了少部分延請西席在家自學外，大部分人家都會將女兒送至學堂，學到十四、五歲休學，回家學習管家，然後準備待嫁。

男子與女子學堂自然是分開的，但彼此相隔不遠，只要不大過分，是可以互通有無的。據說學堂是成就青年男女大好姻緣的最佳地方，這也導致了京中中下層官員們擠破頭也要將女兒送過去。

程元龍突然想起了什麼，輕蔑地說道：「哦，我想起來了，妳那對同父異母的雙胞胎妹妹也在那兒，那個黃氏當初為了送她們入學，可沒少打點。」

說到這裡他看了看青桐，眉頭微微一皺。「妳除了打人和吃飯還有別的長處嗎？女學招人很嚴的。」

青桐想了想，答道：「我的優點特別多，光是為人正直、光明磊落這些就不說了，我還擅長很多別人不會的技藝。」

「優點特別多？」程元龍盯著青桐的臉看了片刻，看她不像是在開玩笑的樣子，她是一臉嚴肅著說的。

他忍不住追問一句。「妳確定妳的優點多？」

青桐像是看傻瓜似地瞥了程元龍一眼。「我難道會不瞭解自己？」

程元龍心中暗笑，不由得起了逗引的心思。「妳瞭解自己，那妳說說自己的缺點是什麼？」

「缺點還用自己說嗎？別人會鉅細靡遺、添油加醋地告訴你的。」

「噗。」程元龍忍不住笑噴了。

笑了一陣，他漸漸斂去笑容，正色道：「要說妳的缺點還真多，我先來告訴妳幾個——不會用腦子、看不清形勢；不過這也難怪，妳畢竟是土包子嘛，小爺我今日心情好，抽空提點妳幾句。」

「哦？」

程元龍將扇子啪地合上，又唰地甩開，正襟危坐，用嚴肅正經的語調說道：「妳呀，光知道鬥狠，根本不懂得韜光養晦。妳現在只一味地跟妳爹作對，卻忘了你們母子三個還要靠他過活，至少在妳弟弟長大成人前是這樣的。現下妳那口惡氣暫時是出了，以後呢？妳爹若是徹底厭棄你們，那黃氏想要整妳，有的是機會。」

他瞧她模樣呆傻，似乎漫不經心，加強語氣道：「妳可別小看後宅婦人的手段，讓人防不勝防；更何況，他們是妳的父母，在名義上占著道義，整了妳也說不出什麼來，妳反而會落下一個忤逆的壞名聲。妳外家又無人撐腰，那江老夫人是一個外人，自己家的事還管不過來，哪能顧得上妳。」

青桐道：「他把我和我娘推到水裡，我難道就這麼放過他？」

程元龍笑笑。「君子報仇，十年不晚。妳知道讓一個人最痛苦的方法是什麼嗎？不是在身體上鞭打折磨，而是奪去他最在意的東西。妳還知道報復一個人的最好方法是什麼嗎？不是殺敵一千、自損八百，而是不動聲色，讓對方防不勝防，無形之中輕鬆完成；不但不會落下狠毒的名聲，還會讓不知情的人讚揚妳。」

青桐若有所思，點點頭道：「看不出來，你也是有智慧的。」

程元龍臉一沈，戛然而止。

青桐忽地又想起別的，於是問道：「你既然認識得這麼深刻，為何自己不身體力行呢？」

程元龍臉色更不好看了，他抓起一塊點心，狠狠地嚼著，從齒縫裡擠出四個字。「不識好歹。」

青桐又道：「你的話我聽進去了一些。」其實她自己也有叛逆心理，同樣的話，大人說了她未必聽進去，同齡人說了反而更容易接受，或許程元龍也是這樣吧？

程元龍心情一不好，就有狂吃、狂塞的惡習，他下意識地連吃了幾塊點心，結果吃了一塊難吃的，也顧不得禮節了，「呸」地一下吐了出來。

白氏在旁邊誠惶誠恐，不知所措。

程元龍勉強笑了笑，揮揮手說道：「妳家的點心……太迥異了，趕明兒我給你們送些來。」

青桐一口拒絕，她可不能欠對方太多人情，她想起了自己的打算，便說道：「胖子，我有一個計劃，需要你參與。」

「什麼計劃？」

青桐正欲開口，忽然聽見院門外有人在說話，她循聲望去，接著便聽見開鎖的聲音，金嬤嬤帶著薔薇和茉莉走了進來，笑道：「程公子真是對不住，我們太太方才被大小姐誤扯下耳環，流了許多血，大夫剛剛包紮好，忙亂之中，竟把小公子給忘了。太太一想起就讓老奴趕緊過來相請，茶點已備好，請小公子挪至葳蕤院歇息敘話。」

程元龍坐著不動，神態驕矜地說道：「天熱，小爺不想動，茶點什麼的端過來就行，這碧梧院的點心委實難吃，大約是林大人一向節儉慣了。」

金嬤嬤臉色略變，低下頭說道：「小公子教訓得是，老奴這就回去稟告太太。」說罷金嬤嬤便帶人離開了。

程元龍睨著青桐說：「接著說妳的計劃。」

青桐道：「我想幫助你減輕體重。」

程元龍低頭看看自己，臉色不豫。

青桐繼續刺激他。「你再這樣胖下去，你的五官會淹沒在層層肥肉之中，你的肚子會像高原一樣隆起，終於有天，你會低頭看不到自己的……」青桐本想說小弟弟，話到嘴邊又覺得不妥，於是趕忙改口說：「你會看不到自己的腳趾頭。」

「哼。」程元龍被刺激得直咧嘴。

「你會越來越介意別人的目光，越來越嫌惡自己，沒有自信，一個沒有自信的人是什麼也做不好的。」

程元龍雖然惱怒卻沒有發火，這土包子是敢捋他虎鬚的人，他的同窗們見到他都不敢說「胖肥」兩字，最後連「寬」都省了，猛然聽到敢直接指出他缺陷的話，真的是久違了。

「……嗯，好的。」

就在這時候，金嬤嬤領著一群端著托盤的丫鬟笑容可掬地進來了。

各式各樣的精緻點心將小石桌擺得滿滿當當，程元龍只掃了一眼便沒興趣吃了。

不多時，門外又響起一陣環珮叮噹之聲，原來是黃氏領人進來了。

她人未到，笑聲先至。「程小公子，我們夫婦今日真是失禮。」

程元龍兩眼看天，不冷不熱地「嗯」了一聲。

黃氏又道：「老爺今日正在氣頭上，一時忍耐不住出言教訓青桐，叫小公子見笑了。」

程元龍聽到此話，嗤地一聲笑了。「忍耐不住？林大人在朝堂上被同僚攻擊、被皇上訓斥怎麼就忍得住了？有本事他衝他們發火啊！我看他不是忍耐不住，而是覺得沒必要忍吧！」

黃氏被堵得接不上話，只好乾笑兩聲扯起別的。

「魏夫人最近可好？」

「好得很，時常到廟裡上香，黃夫人閒著沒事也可以去求求子。」

「多謝小公子提點。」

程元龍看著這烏壓壓一大群人，突然沒興致待下去了，他最害怕的就是待在婦人堆裡，所以才不喜歡待在家。他興致缺缺地起了身，看了青桐和林安源一眼，最後慢吞吞地說道：「安源小弟，今日與你相談甚歡，以後有空閒可來找我切磋學問。」

林安源只懵懂地狂點頭，他實在記不起自己跟程元龍相談什麼了。

見程元龍準備離開，程安、程玉也趕緊跟著過來，他傲慢地略一拱手。「告辭了，有空會再來的。」

白氏和白嬤嬤等人趕緊起身相送。

「還有啊，林小弟，明日辰時，你去明翠湖邊尋我，咱們一起練習武藝、一起看腳趾頭。」這話明顯是說給青桐聽的，意在提醒她助他減肥的事。

第十三章

眾人聽著「看腳趾頭」這荒誕滑稽的約定，不禁暗暗發笑，但又都懾於這個小霸王的威名不敢笑出聲來。

黃氏臉上堆著假笑，恭謹而熱情地率領眾人送程元龍主僕三人出門。白氏遲疑片刻，也低著頭跟了上去。

行到二門外，林世榮已經等候在那裡，他的神色已經完全恢復正常，向程元龍說道：「小公子蒞臨寒舍，我們夫婦不勝榮幸，請代我問候令尊大人。」

程元龍不耐煩地揮揮手。「你不是剛問候過嗎？小爺我看在你跟青桐一個姓的分上，提點你一句，你得罪我爹不要緊，他覺得自己是個君子，且又忙得很，說不定一轉眼就忘了；但可千萬別得罪我，我這人專記別人的不好。」

林世榮臉色微黑，勉強陪笑著附和一句。

程元龍的目光掃到青桐身上，忽又想起了什麼事，道：「哦對了，林大姑娘，小爺聽說妳不小心拽了黃夫人的耳環，此事是真是假？」

白氏惶恐地看了黃氏和林世榮一眼，接著又用擔憂的目光看著青桐，她剛想說話，就聽青桐朗聲答道：「是真的，我是不小心拽的。」

程元龍點點頭。「我猜也是的。我聽人說林大姑娘十分善良，連池中的魚兒、蛙兒都捨不得傷害，怎會做出這種忤逆之事。」

眾人虛汗直流，睜眼說瞎話也不是這樣的。

「不是我說妳，妳一個女孩子家家的，以後別這麼淘氣。妳可跟我不一樣，我爹那是真君子，他每回說揍我，都是光打雷不下雨；再說我繼母為人賢良大度，待我比親生的還好。比方說，我一不小心把她養的貓兒給摔死了，再不小心把她的一等丫鬟給燒傷了，屋子點著火了等等，這等小事她都是一笑而過，從來不計較。」

黃氏呵呵乾笑兩聲，順著話誇了魏夫人幾句。

青桐有樣學樣，接著程元龍的話道：「其實我們太太也是個極賢慧的人，那些剋扣我娘月例、苛待我弟弟的事都是下人瞞著她做的；我上回打了欺負我弟弟的崔嬤嬤和春蘭，太太一點也沒責怪我，我還聽人說，她正準備將兩人賣掉呢！」

黃氏臉上掛著生硬的笑容，出語搪塞，同時詫異地打量了一眼青桐，她怎麼像突然轉變了性子似的。

程元龍見自己收的第一個徒弟竟這麼上道，頓時喜上眉梢，他摸摸下巴，如果有鬍鬚，他定會拈鬚微笑。

原來他也有擅長的東西嘛！看來以後得好好教導她。

眾人說著話便到了門首，眾人不禁暗暗鬆了口氣，心想終於將這尊神送走了。

就在這時，從街道對面駛來一輛掛著淺紅軟簾的雕花彩繪馬車，黃氏臉上不由自主地流露出一絲溫情，對金嬤嬤笑道：「是婉兒和媛兒回來了。」

馬車駛到門前，穩穩停住，接著先下來兩個容貌齊整的丫鬟，她們站穩身子，才伸手去扶兩位小姐，嘴裡說道：「婉姐兒、媛姐兒注意腳下。」

程元龍正要上馬，一見這情形，突然停下動作，一雙小眼睛看著這兩個打扮得如花似玉的小姑娘。

林淑婉和林淑媛本來正在小聲說笑，抬頭猛一看到鐵塔似的程元龍，不由得吃了一驚，腳步頓時慢了下來。

程元龍笑咪咪地說道：「不錯不錯，記得要敬著妳們的長姊啊！小心壞了名聲，長大後嫁不到好人家。」

雙胞胎又氣又羞，小臉上飛上一抹緋紅，委屈地咬著唇偷瞄著母親黃氏。這話要換了旁人說，她們早出語搶白了，偏偏對方是程元龍，她們年紀雖小卻也知道輕重。

黃氏的神色一變，笑容僵在臉上，尷尬地打圓場。「程公子這是和妳們說著玩呢！」

程元龍說完這番話，唰地一下打開扇子，搧了兩下扔給程安，然後在程玉的幫助下翻身上了馬，得意洋洋地走了。

林家眾人目送著程元龍離開。青桐在門口站了一會兒，看看林安源、又看看白氏，踟躕片刻，上前對著黃氏說道：「請太太原諒我，我方才不是有意那樣做，實在是被那種陣仗嚇壞了，慌不擇路地亂抓一氣。」

黃氏心中冷笑，面上卻仍不動聲色，言不由衷地說道：「罷了罷了，我知道妳不是故意的，妳以後要注意些才是，千萬別再惹妳爹生氣。」

青桐又走到林世榮面前，如是說道：「也請父親原諒我。」

林世榮則是一臉驚訝，他甚至一度懷疑自己聽錯了，這個頑劣、忤逆的女兒怎麼突然轉性子了？難道是嚇怕了？

青桐等了一會兒不見回應，於是自問自答道：「那麼你是默默原諒了？我猜也是的，朝野上下都說你是寬容大度之人，怎會介意這種小事？我的養父學問、名聲都不如你，可我無論做錯什麼，他都不介意。」

林世榮聽到這番話，臉色又變得鐵青。

青桐又道：「以前的事都別提了，只要沒有人欺負我，我一般都會規規矩矩的，不會給你們惹麻煩。」

林世榮壓著火氣，冷笑著反問道：「一般都會規規矩矩？這麼說妳有時候還是會不守規矩？」

青桐仰臉答道：「你們只要依了我幾件事，我就安靜地待在家裡。一是我們碧梧院五人的月例、糧米別再拖欠了，往年拖欠的都一起還了吧；二是那道砌一半的牆請繼續砌完，院牆後都是屬於我們的；三是讓我弟弟跟著林安泊一起讀書吧！讓他等幾年再進學堂，而我這幾天就會去學堂讀書。暫時就說到這裡，有什麼需要我會告訴你們的。」

林世榮和黃氏兩人頓時默然不語。

「不說話，那就是默認了。娘、小弟，咱們回去吧！」

青桐一手拉著白氏、一手牽著林安源，慢悠悠地回碧梧院去了。

且不說林世榮回去後如何發火生氣，黃氏如何咬牙暗恨，青桐仍舊在碧梧院裡過得悠然自在。

青桐雙手抱胸，像女王巡視自己的王國一樣，打量著這個幽靜異常的院落，而林安源像條小尾巴跟在她身後。

青桐乘機開始教育林安源。「安源，姊姊不能考科舉也不能當官，所以咱們家就靠你了，你要好好讀書，同時多長腦子，以後咱們飛黃騰達，享受富貴榮華。」

林安源似懂非懂地點頭。

次日一早，青桐吃過朝食，縱身一跳，翻過後院的高牆，步行來到明翠湖邊赴約「看腳趾頭」。

明翠湖，湖如其名，湖水碧綠，遠遠望去就像一大塊顏色純正的翡翠一般。湖邊垂柳依依，晨霧初散，朝陽初出，在湖面上灑下萬點金光。青桐沿著湖邊，一邊賞景一邊察看地形。

路過一片樹林時，她聽見裡面有人在練拳腳，一時好奇，便循聲走了過去。

樹林中有一大片空地，正中央立著一個四十來歲的彪形大漢，此人短衣襟、小打扮兒，生得方臉大眼，他此時正專注地打著拳，青桐看得入迷，一雙眼睛黏在了這人身上。只見他拳法沈雄，拳風颯颯，掌掌帶風，時而閃展騰挪，時而跳躍翻飛、貓跳蛇竄，讓人目不暇給。

那漢子早就察覺到有人在看自己，他一看對方是個小女娃，並不放在心上。青桐看了一會兒不覺手癢，竟開始跟著比劃起來。大漢一雙虎目倏地一亮，突然之間，他以迅雷不及掩耳之勢，向青桐猛撲過去。

青桐暗自吃了一驚，以為自己遇到了壞人，顧不得多想，當下猛一錯身，低頭閃過，她迅速退至一邊，瞪大眼睛，冷聲說道：「你皮癢了還是腦子進湖水了？我只多看你一眼，你就攻擊我？」

漢子斂步停下，看著青桐哈哈大笑幾聲，朗聲說道：「不錯不錯，妳的身體輕如狸貓、迅似狡兔，反應極快，是個習武的料。」說到這裡，漢子惋惜地搖搖頭。「只可惜是個女娃。」

青桐聽罷不惱不怒，突然指著他身後大聲喊道：「你看那是什麼？」

中年漢子下意識地回頭去看，青桐猝然發力，飛起一腳，踢向他的背部。漢子猝不及防，結結實實地挨了她一腳，漢子蹙了蹙眉頭，轉過身來瞪著青桐看。

青桐抬臉看著他一字一句地說道：「女娃打在你身上難道不疼嗎？和尚曰：『人有南北，佛性無南北』；青子曰：『人分男女，武藝不分男女。』」

漢子問道：「這青子是誰？」

青桐正要回答，突然聽到一個熟悉的、氣急敗壞的聲音嚷道：「都找了？沒人？這個土包子竟敢失約，看小爺怎麼收拾她。」這人正是程元龍。

一個男聲接道：「少爺，楊師傅的家離這不遠，不如咱們先去拜訪他。」

程元龍賭氣地說道：「不行，我在這兒看腳趾頭，你們倆去給我買些吃的。」

漢子側耳聽了一會兒，微微一笑，對青桐說道：「那個青子說得有點道理，我先回去吃朝食。」

青桐也不好阻攔他，又怕錯過他，便急切說道：「我有錢，你教我功夫，我給你錢。」

兩人的說話聲不小，自然而然地引起了程元龍的注意，他噔噔幾步小跑過來，四處察看，一看到青桐，臉現薄怒道：「土包子，妳在這裡為何不吱聲？」待他一看清漢子的面目，頓時訕訕一笑。「師、師傅。」

原來這個漢子正是程英傑替程元龍找的第七個師傅——楊鎮。

楊鎮衝他點點頭，接著順口邀請兩人同去他家。程元龍搖頭推辭了，只說改日再登門拜訪。楊鎮也不勉強，說了兩句閒話便離開了。

楊鎮離開後，程元龍怒氣未消地瞪了青桐一眼。「喂，土包子，妳要怎麼助我減重？」

青桐白他一眼，用力上前將他猛地一推，罵道：「死胖子，你滾吧！」說罷，青桐轉身便跑。

程元龍氣得胖臉通紅，爬將起來，便去追青桐，他邊追邊問道：「妳這個沒良心的，怎麼睡了一夜良心就被狗吃了。」

青桐時跑時停，時不時轉過身逗弄程元龍，一臉挑釁地看著他，彷彿在說「有種你追」。

程元龍被刺激得全身充滿力氣，兩人沿著湖邊追跑。

小半個時辰過去了。程安和程玉已經按程元龍的吩咐買了燒雞、燒鵝和肉餅等一堆熟食回來，就見他們的小少爺正邁著沈重無比的步伐氣喘吁吁地追著林青桐跑，兩人不知是怎麼回事，只好停下來乾看著。

青桐覺得時間差不多了，便逐漸放慢腳步，等到程元龍追上來時，她問道：「感覺怎麼樣？以後就這麼跑，每天跑半個時辰以上，管住嘴、邁開腿，保准你瘦。」

「好妳個土包子。」程元龍又累又熱，臉上汗如雨下，一時不知說什麼好。

他也顧不得什麼形象，撲通一聲坐在草地上，搖手吩咐程安、程玉。「你們兩個傻了？還不拿水、拿飯過來。」

「哎哎，來了。」

程元龍歇了一會兒，仰頭灌了小半壺水，覺得腹中饑餓，他正要去開食盒，一轉頭便看見青桐左手持雞、右手拿鵝，左右開弓，吃得不亦樂乎，他看得眼珠子都快掉出來了。

「喂喂，土包子妳吃就吃了，好歹給我留一些。」

青桐抽空回他一句。「我是錯誤示範給你看，你要減重就不能像我這樣吃。」

「我呸。」

程元龍簡直要氣笑了，他敲著水壺道：「妳說我吃什麼？」他一向有睡懶覺的習慣，今日為了她特地起了個大早，連朝食都沒吃，結果見到她後，先是被她推倒，再是被她氣。

青桐自作主張地吩咐程玉。「你，去買些包子和果子給他吃，包子要素的。」

「妳……」

青桐這廂已解決掉一隻燒雞，她用那隻油膩膩的手拽著程元龍到湖邊，對著湖中的倒影說道：「你瞧瞧，你離風度翩翩、玉樹臨風還差多遠？每次不想跑，想吃時，就照照鏡子，沒鏡子就照水。」

「哈哈……」青桐的話音剛落，就聽見身後傳來一陣響亮的大笑聲。

「誰？給爺滾出來！」程元龍氣得大嚷大叫，順手拾起一塊土塊狠狠地朝著發出笑聲的地方扔去。

「哎喲哎喲！別砸了，自己人。」伴隨著兩聲裝腔作勢的叫喚聲，一個身影麻利地閃了出來。

「原來是你個混蛋。」程元龍邊瞪帶罵。

「嘿嘿。」那個人影挪到了兩人面前，又是作揖、又是鞠躬的，一雙眼睛滴溜溜亂轉，悄悄打量著青桐。

原來這人正是程元龍為數不多的朋友之一張新泉。別看程元龍聲名狼藉，但還是有個把損友的。

張新泉打量了幾眼青桐，見她年齡這麼小不禁有些失望。他今日一大早就到程家去尋程元龍，意外得知這個每日必睡到日上三竿的傢伙竟然連朝食都沒吃便出門了，他覺得蹊蹺，便千方百計地從熟識的下人口中套出一丁點消息，經過加工想像，他將這個消息腦補成程元龍密會俏佳人的段子。

張新泉雖為男子，卻有著一副八卦心腸，於是他一路疾馳而來，迫不及待地想看看程元龍的俏佳人是什麼模樣，他更想知道的是，對方是怎樣的胃口才會看上程元龍這樣的人。

張新泉心思細膩，為了不驚散鴛鴦，老早就下了馬，將馬拴在一邊，一路鬼鬼祟祟地尋找著，結果隔著老遠就看見程元龍移動著小山一樣的身軀，拚命追趕一個身著白衫青裙的女孩子。他心中一喜，悄悄跟了上來，躲在林子裡，結果就看到了令人發笑的一幕。

青桐也看著他，這人跟程元龍年齡相仿，不過比他瘦多了。五官平常，但長得十分喜慶，尤其是一雙眼睛顯得機靈生動，彷彿會說話一樣。

程元龍指指此人，兩眼望天，對青桐說道：「他叫張新泉。」然後轉頭對著張新泉。「她就是我上次給你說的，力氣很大的土包子。」

張新泉可比程元龍圓滑多了，對著青桐笑嘻嘻地說道：「力氣大倒是真的，但是一點也不土，跟京中的女孩子沒什麼兩樣。」

青桐很是友好地衝他點頭。「不錯，男孩子要嘴甜些才好。」

程元龍看兩人互相稱讚，心中更加不爽，便冷淡地問張新泉。「你找我幹麼？」

張新泉兩眼一彎，笑道：「今日鄧先生的兒子鄧庭玉請客，咱們學堂裡的人差不多都去了，難道你不去？」

程元龍不屑地說道：「我才不去，一堆故作風雅的毛頭小子加上一大把矯揉造作的女孩子有什麼看頭。」

他因為性格頑劣，又不好好讀書，屢屢被先生批評，見著鄧先生只有躲的分兒，哪肯主動往前湊？

張新泉再三鼓動他。「去吧，今日有詩會呢！」

程元龍仍然不為所動。

張新泉眼珠轉了轉，側過身來附耳說道：「你不多看看那些千金小姐們，難道乾等著你爹給你訂一個不認識的女孩子做媳婦？」

程元龍騰地一下站了起來，抓著張新泉的衣領質問道：「你聽誰說的？我爹什麼時候說的？」

張新泉用力掙脫程元龍，面帶得色地說道：「我聽我二表姨的大姑子的三嬸說的，說貴妃娘娘和你爹有意給你挑一個門第清貴的名門淑女做妻子。你再想啊，你舅舅是將軍，掌著軍權，你父親也在兵部，你將來的岳家不能再是武將吧？那就只能在文臣中挑選了。嘻嘻，目前來說，跟你年齡相當、門第堪配的有鄧先生的姪女鄧文倩小姐，以及鍾大人的女兒鍾靈，她們兩個是最有可能的人選。」

「哼，就她們也配得上小爺我？」程元龍攢著眉頭，在腦海中回憶著這兩人的模樣，只記得一個端莊得過了頭、一個嬌弱得風一吹就能倒。

「呵呵。」張新泉但笑不語，心想無論她們兩個誰看上程元龍，也都是造化了，不過這話他可不敢明說。

剛好這個時候，出去買食物的程玉回來了。程元龍被青桐折騰了這麼長時間，早已餓得前胸貼後背，他抓過食盒拿起一顆包子就往嘴裡塞，結果一個身影閃過，還沒入口的包子就不見了。

程元龍瞪著青桐。「土包子，妳別太過分。」

青桐一臉嚴肅地命令他。「先喝水，再吃水果，最後再吃包子。」

程元龍盯著她看了一會兒，最後只得無奈妥協，咕嚕咕嚕喝了小半壺水，只覺得肚子裡像裝了一個小湖泊似的，身子一動，水就不停地拍打著五臟六腑。然後他啃了一個梨、一根黃瓜。

青桐看到程元龍吃黃瓜，不由得聯想到別的地方，她的臉上掛著隱晦的微笑。

最後程元龍終於吃到了包子，不過，他悲摧地發現自己肚子裡似乎沒空隙了。

張新泉驚詫地看著兩人，一臉的不可思議。程元龍被好友看得發窘，同時又覺得面子受了損傷，模稜兩可地解釋道：「她非要替我減重，我懶得與人計較。」

張新泉重新打量一遍青桐，突然有了主意，於是換了方法鼓勵程元龍。「青桐姑娘將來要上學堂吧？今日何不趁著這個機會去拜訪一下鄧夫人，只要入了夫人的眼，入學的事就好辦了。」

程元龍遲疑地看了看青桐，見她那副呆呆鄧鄧的傻模樣，也不禁替她著急，想了一會兒，一拍大腿道：「那就去吧！」

程元龍向來是個聽風就是雨的主兒，一旦下定決心行動也快，他吩咐青桐。「走吧，帶妳見見世面。」

青桐尚自懵懂，一臉困惑地看著兩人。

程元龍三言兩語地給她解釋一遍，最後總結幾句要點。「今日呢，妳先裝一天淑女，妳肯定不會吧？沒關係，爺教妳。笑不露唇、愛低頭、少說少吃；別人說什麼好笑話，不想笑也得意思一下；看男人不能直勾勾地看；走路邁著小碎步，就這樣，很簡單的。」

青桐思量半晌，大體明白了，接著問道：「那以後呢？難道要一直裝？」

程元龍嗤笑一聲。「先進去再說，到時妳可以把責任推到老師身上。」

程元龍火速從家裡調撥兩個丫鬟，又將自己那個十一歲的庶妹程潔拽出來陪著青桐，他則和張新泉各帶著兩個隨從小廝，浩浩蕩蕩地朝著鄧府而去。

程潔性子素來謹慎膽怯，寡言少語，青桐也不是能說會道的，兩人寒暄了幾句後便沒話說了。

馬車到了鄧府門首，程元龍讓程安上前通報，門房迅速放行。

鄧府景致與別家不同，既不像程府那樣富麗堂皇，也不像江府繁華熱鬧，它的布局精巧別致，獨具匠心，碎石花徑，幽徑曲橋，總是時不時給人一種驚喜。

府中所見最多的便是竹子了。據說跟竹子打交道是古代文人、士大夫必做的功課，今日一見，果然如此。那些亭臺軒榭名字取得也十分雅致，什麼風入松、竹韻亭、聽濤軒。

青桐在這廂飽賞景色，卻聽程元龍小聲提醒道：「土包子，別露出那副沒見過世面的樣子，別東張西望，記得裝淑女。」

他們進了園子，沒走多遠，便看見一群繡衣朱履的少年正說說笑笑朝他們這邊走來。為首的兩人正是狄君端和江希琰。

青桐先是一怔，接著朝兩人揮手招呼。

狄君端看到青桐也不禁一愣，特別是看到她竟和程元龍、張新泉結伴而來時，更是驚訝。

程元龍抬著下巴，高傲地打了個招呼。「狄公子、希琰小弟，真巧啊！」

兩人紛紛回禮，其他人也一一上前招呼。

江希琰板著臉，一本正經地對青桐說道：「林姑娘一切可好？祖母和舍弟甚是惦念妳。」青桐客套地答了兩句。

狄君端笑盈盈地看著青桐，正欲開口說話，程元龍卻突然說道：「小潔，妳領著她去找鄧小姐她們。」

青桐和程潔在鄧府丫鬟的引領下，一路穿廊過橋，到了後面花園裡。園子裡今日真是一片奼紫嫣紅，那些打扮得花枝招展的女孩子們或是倚石而站，或是臨水談天，有的在下棋，有的在調琴。

青桐一路看著，暗暗搖頭，這些技藝自己都不擅長。

她問旁邊的程潔。「這些妳都會嗎？」

程潔謹慎答道：「我一向愚笨，只粗通一二，從不敢獻醜。」青桐不知對方是在謙虛，只當她跟自己一樣是真的不會。

鄧文倩此時已聽到丫鬟來稟報，說程府二小姐和林家大小姐來訪。她一聽到程府二小姐，臉色不禁微微一變，隨即又問道：「這麼說，程元龍也來了？」

丫鬟笑著說是。

鄧文倩的臉色越發難看。她的心腹丫鬟碧月在旁悄聲說道：「小姐不必著急，這事還沒個影兒，奴婢不信老爺和夫人真捨得那麼做。」

鄧文倩很快鎮定下來，抿嘴一笑道：「是呢，我不必著急，反正人選也不止我一個。走吧，先去招待客人。」

鄧文倩今日身上著藕色衫子，下穿白紗挑線裙子。她生得圓臉豐唇，端正秀美，因常年耳濡目染，身上帶有一股書卷氣息；但她又不像那些才女們那般清高出塵，反而像個鄰家姊姊一般親切和氣，讓人看著就不由自主地想接近她。

程瀠默默打量著鄧文倩，心想她這樣的人最合適做兒媳婦了，自家哥哥的未婚妻子極有可能就是她，想到這裡，不由得對鄧文倩多了些親近之意，神情舉止也不像在家時那麼拘謹。

鄧文倩笑盈盈地領著丫鬟迎了上去，熱情地挽著程瀠的手，柔聲責怪道：「我可把妳盼來了。」

程瀠靦覥地笑笑，嘴裡誇道：「多日不見，文倩姊姊越發好看了。」

「喲，瞧這小嘴像抹了蜜似的。」

鄧文倩說著，拿眼瞄了一眼程瀠身邊的青桐，程瀠連忙幫著引見。「這位是、是林家的大小姐，名喚青桐。」

鄧文倩心思一轉，將林家之事在腦海中默默過了一遍，笑著問道：「可是前些日子江老夫人回鄉時，找到的那位林家大姑娘？」

程瀠輕輕推了推青桐，示意她回話。青桐只簡短地答個是。

鄧文倩見青桐衣著簡素，眼神有些呆愣，寡言少語，再想想京中關於林家的種種流言，便猜想她一定很不好過，心中莫名湧上一絲同情。她臉上一直帶著淺笑，幾次試著把青桐拉入談話圈子。

程潔見鄧文倩似乎對青桐觀感不錯，覺得心安不少。這是她的嫡兄第一次主動帶她出門，若是將事情辦好，以後自己在府裡多少會好過些。

鄧文倩得知青桐竟跟那個小霸王程元龍有些瓜葛，不覺對她越發有興趣。

她不著痕跡地引導著青桐說話。「青桐妹妹原來還有這等本領，要知道我們這些人都不敢沾惹他，上次他還把一隻癩蛤蟆塞到鍾靈妹妹的書箱裡，嚇得她都哭了。」

鄧文倩說著調皮地朝程潔眨了眨眼。「潔妹妹，妳不介意我說妳哥哥的壞話吧？」

程潔笑道：「這算什麼壞話，他自個兒也常拿出來嚇唬人呢！」

鄧文倩抿嘴一笑，當她聽說青桐力大無比時，眼裡更是流露出讚嘆的意思，她又問道：「青桐妹妹平時喜歡讀什麼書？」

青桐想了想，答道：「兵法。」

「好，難得有女孩子喜歡兵法的。」

三人正說得熱鬧，忽聽得一個嬌柔的聲音埋怨道：「文姊姊，怪道不理我們，原來躲在這兒呢！」

青桐抬眼望去，就見一個一身素白、身段婀娜的十三、四歲女孩子如風擺楊柳一般地搖過來。她烏黑的髮上斜插著一根玉色簪子，明珠墜耳，一張精緻白膩的瓜子臉上嵌著一雙水濛濛的大眼睛和一張櫻桃小口。

這個白衣姑娘就是鍾靈，單論容貌，鍾靈比鄧文倩還要美上幾分；不過，她的性格似乎有些不討喜。她那一雙冷眼掃向青桐，瞧著那副打扮，心中暗暗發笑，當下掩嘴笑道：「喲，文姊姊，妳什麼時候又新收了個丫鬟？」

鄧文倩笑容不變，忙說道：「妳又胡說，哪裡是什麼丫鬟，這是朝議郎林大人家的大女兒林青桐。她自幼與父母失散，前些日子才被江老夫人尋回。來，妳們也認識一下，以後也好在一起玩耍。」

鍾靈一聽是林世榮家的女兒，眼中不自覺地閃過一絲輕蔑。一個小小六品散官的女兒也配跟她結交？再加上她隱約聽說這個女孩子性格粗野，竟做出讓兩個男子當街互摸這種駭人聽聞的事情來，更加讓她不齒。

青桐雖不大通曉人情世故，但她有一種野獸般的直覺，她基本能察覺出對方對自己是不是有惡意，像眼前這個鍾靈姑娘，她深深地感受到對方正對自己散發出一股淺淺的惡意。

人與人之間就是這麼奇怪，有的人雖跟她無冤無仇，但一見面就莫名其妙的討厭，鍾靈對她大概就是這樣，同樣地，青桐也不喜歡她。

既然彼此不喜歡，那就不用客套了，所以青桐回了鍾靈一個白眼，頭撇向一邊，看向鄧文倩，以其人之道，還治其人之身。「喲，文姊姊，她是新收的丫鬟還是小妾？」

鍾靈像是受到了莫大的侮辱，臉皮一紅，怒聲道：「妳、妳太過分了。」

青桐漫不經心地拍拍袖子。「過分嗎？不過是與妳說了同樣的話而已。」

鄧文倩和程潔連忙好聲勸和，鄧文倩也看出來兩人氣場十分不合，便起身哄著鍾靈。「靈妹妹別氣，她比妳小，妳讓著些。走吧，咱們去別地說話。」

鄧文倩悄悄回頭對程潔和青桐歉意地一笑，示意她們稍等，扯著鍾靈到別處去了。兩人沒走幾步，剛好遇到黃雅芙前來尋找鍾靈，鄧文倩見黃雅芙正著力巴結鍾靈，便笑著將人交給她。

客人陸續到來，鄧文倩身為東道主自然十分忙碌，她好聲勸慰了鍾靈一番便帶著丫鬟去招待其他人了。

鍾靈本來平日不十分待見黃雅芙，此時心情鬱悶，只好抓著她訴苦抱怨。「文姊姊真是好心過頭了，什麼人都往園子裡請，先不說她身分低微，就是她那粗俗的舉止看著就令人作嘔，一雙眼睛直愣愣地，看著就讓人瘮得慌。」

黃雅芙越聽越覺得這人耳熟，插嘴問道：「妳說她是誰家的女兒？叫什麼名字？」

鍾靈頓時恍然，她都忘了，林青桐和黃雅芙也有一些關係，便不甚誠摯地道歉道：「對不住，我忘了她也算是妳的親戚了，我簡直被她氣壞了。」這黃雅芙正是黃氏的姪女，按理算是青桐的表姊。

黃雅芙一臉的不以為然。「她算什麼東西也值得妳生氣？我這人幫理不幫親，別說她不是我親表妹，即便是親的，我也會站在妳這邊。」

鍾靈聽到這句話，且不管她是真情假意，總之心裡舒服多了。

黃雅芙為了討好鍾靈，便將自己從雙胞胎表妹那兒聽到的關於青桐的事加油添醋、繪聲繪色地說了一遍。「她吃得多，像幾百年沒吃過東西似的，這也難怪，畢竟鄉下來的嘛；還動手打人，剛來第一天就無緣無故地把家中的丫鬟、婆子給毒打一頓，如今下人們見了她跟見了鬼似的，都躲著走……」

鍾靈驚訝地瞪大眼睛，尖聲道：「我的天吶，這世上竟還有這樣的人，吃得像豬一樣多。她倒是跟那個胖太歲有得一拚。」

鍾靈提到程元龍，忽又想起了什麼，說道：「對了，我方才見程潔竟跟她在一起，她們兩個是怎麼湊到一處的？」

黃雅芙接道：「聽說她在江府得罪了程元龍，後來不知怎地，兩人竟勾搭起來了。」

鍾靈冷笑不已。「看不出她小小年紀倒挺有心計，也知道自己巴不上好的，便揀了個沒人要的。」

兩人在這廂嘀嘀咕咕地說個不停。

過了一會兒，客人陸續到來，天氣也漸漸熱了，鄧文倩叫下人們將部分桌椅挪到涼棚下。

眾人分坐兩桌，鄧文倩輪流招呼，而黃雅芙早在鍾靈的示意下，有意無意地說出青桐的糗事，讓那些原本不認識她的人也算認識了。有的看著她笑，有的盯著她，看她是否像傳說中的那樣胃口奇大。青桐安安靜靜地坐在程潔身邊，眾人吃水果她也吃、別人喝茶她也喝，並沒有任何出格之處。

女孩子們正說笑一團，突然聽到有人喊道：「狄公子和鄧大哥他們正在東園比試射箭呢！」這個消息像一塊石子扔在湖裡頭，眾女的心中起了一圈圈漣漪。她們知道今日來了不少少年兒郎，有的還是在座幾個姑娘們的夢中情人。

眾人蠢蠢欲動，都有心去瞧瞧熱鬧，但誰也抹不下臉開口提議。

鄧文倩笑著起身說道：「本就想讓妳們瞧瞧熱鬧的，不過太陽太大，怕熱著妳們，現下我要去給哥哥送些茶水，妳們就陪著我去吧！」

眾姑娘矜持了片刻，都跟著起身，她們有的命丫鬟打傘，有的戴著帽子，一路嘰嘰喳喳地朝東園迤邐而去。

東園不像其他園子這麼精緻，比較開闊軒敞，她們到的時候，射箭比賽已經開始了，這會兒正輪到狄君端。

只見他從容不迫地拉滿弓，箭矢嗖地一聲射了出去，正中靶心，接下來的九箭射中了七箭，只有其中一箭稍稍偏離了靶心。

排在狄君端後面的鄧庭玉，別看他出身文官世家，又一副斯文書生模樣，他竟連中九箭。青桐仔細觀察那弓箭，心裡暗暗和自己的比較了一下，覺得這弓箭應該是半石的，合四十來斤，是初學者和一般人用的。青桐看著不禁手癢癢，雖然程元龍送她的弓也很不錯，就是太小了，青桐估計應該是他小時候射著玩用的。

兩人射畢，眾人齊聲喝彩叫好，有的女孩子還紅著臉偷瞄著兩人。

鄧庭玉之後是程元龍，眾姑娘一見是他，不覺興致大減。她們看的不是比賽，而是人，於是這些人有的發呆，有的交頭接耳說悄悄話，只剩鄧文倩、程潔等寥寥幾人認真觀看。

程元龍緊緊抿著嘴，豐滿的胸脯一起一伏，他憋著一口氣拉滿弓，瞄準靶心射了出去，誰知，他用力過猛，箭矢歪斜著飛了出去，沒射中箭靶反倒沒入了草叢。

眾人怔了片刻，鬨然大笑，姑娘們也紛紛掩口而笑。

程元龍臉唰地一下紅了，他似乎很不服氣，拉弓搭箭再射，不知是生氣還是緊張，那手竟有些抖。

青桐在旁邊看著，清聲提醒道：「胖子，莫讓旁人擾了心情，只盯著靶子，放開去射。」

程潔也小聲說道：「哥哥別緊張。」

程元龍不用回頭也知道「胖子」是誰說的，他深吸了一口氣，停了片刻，拉弓開射，嗖嗖連中兩箭。

笑聲漸漸弱了下去，只有幾個稀稀疏疏的叫好聲。程元龍專心致志、心無旁鶩，再度拉弓開射，接下來的數箭都是正常發揮，中了七箭，在這群少年中居於上游。

幾位少年比試完畢，丫鬟、小廝們紛紛上前端茶、遞帕子。

就在這時，程元龍洪亮霸道的聲音突然響了起來。「哎哎，都別走，讓姑娘們也比個高低。」

眾人一齊怔住。姑娘們？用這種弓，她們拉得動才怪。

程元龍看了看青桐，揚著下巴問道：「妳想射箭嗎？想贏錢嗎？」

青桐很乾脆地應道：「想。」

程元龍向著程安伸手。「拿銀子來，小爺今兒下注，誰敢？」

場上眾人面面相覷，有的抿嘴輕笑，拿眼瞟著青桐，沒一個相信她。鍾靈掩了口，與黃雅芙使了個眼色，相視而笑；而鄧文倩看程元龍和青桐的互動，心中不覺一動，若有所思地打量著兩人。

程元龍見眾人這般舉動，又命人取了一錠銀子，拍在桌上，兩眼睨著眾人傲慢地說道：「怎麼，都沒帶錢？我借給你們。」

這時有幾個人嘻嘻哈哈地下了注，其中自然少不了程元龍的幾個跟班。

狄君端卻正色勸道：「程公子，咱們使的這張弓足有半石，對於女孩子來說太重些，不如拿過小弓來比著玩，不必計較輸贏。」

程元龍瞥了他一眼，嘴裡發出一聲輕哼。「要玩就玩大的，什麼小弓？沒意思。」

程元龍不跟他廢話，又白又粗的手指在人群中一點，指著青桐說道：「土包子，小爺今兒把注下在妳身上，儘管去比。」

一時間，各種目光，驚疑的、看戲的、猜測的，一齊聚集在青桐身上。

黃雅芙在旁盈盈一笑，問道：「青桐表妹，妳在家鄉時可曾練過這種弓箭？」

青桐老實回答。「不曾，只玩過彈弓和土箭。」

黃雅芙拖長聲調，意味深長地「哦」了一聲，便沒再說話。

青桐盯著黃雅芙的臉端詳了片刻，只覺得這姑娘莫名有些面熟，卻又想不起在哪兒見過。

鍾靈趕緊提醒道：「林大小姐，這位妳想必還沒來得及見吧？她呀，就是妳的表姊，妳母親黃夫人的姪女黃雅芙。」

青桐恍然大悟，原來如此，這黃雅芙長得跟黃氏有三分相像。

青桐看著這兩人，又大大方方地將在場的人輪流掃視一圈，淡然一笑，也不多話，只大步走向放置弓箭的地方，順手拿起弓箭，然後搭箭，毫不費力地拉滿弓，瞄準靶心。

眾人先是驚詫，接著有人起鬨。「哎呀呀，她竟然真射了。」

有人喊道：「小心，別射到草叢裡去了。」

狄君端用眼神制止了那幾個起鬨的人，用平靜而溫和的聲音說道：「休管他人，靜下心來。」

麼。」

江希琰做為青桐的熟人，也不禁開口道：「無須憂慮，妳是女孩子，即便不中也沒什

孰不知，江希琰的這番話不但沒安慰到青桐，反而更助長了她的好勝心。

眾人話音未落，就聽見嗖地一聲，箭正中靶心。

——未完，待續，請看文創風476《佳人非淑女》下

為流浪貓狗加油 和貓寶貝 狗寶貝

廝守終生(一定要終生喔！)的幸福機會

對人來說，貓寶貝狗寶貝只是生活的一部分，
但妳（你）對牠們來說，卻是生活的全部，領養前請一定要考慮清楚——

▲ 乖巧無比又可愛的小撒嬌　必魯＆VODKA

性　　別：都是男生

品　　種：必魯是橘白米克斯，VODKA是全橘米克斯

年　　紀：皆為2.5歲

個　　性：都很親人，喜歡被大力撫摸，
　　　　　愛吃、愛睡、愛撒嬌。

健康狀況：皆已結紮

目前住所：新北市汐止區

本期資料來源：台灣認養地圖

『必魯＆VODKA』的故事：

必魯和VODKA約兩個月大時，被陳小姐的朋友在社區角落發現，雖然必魯曾一度命危，但在細心照顧下恢復得健康又有活力。在兩隻小貓兩歲左右，陳小姐的朋友因家中小朋友會過敏而送來給陳小姐，進而成為中途。

VODKA喜歡人家摸摸跟抱抱，必魯則喜歡被摸頭跟背，還會爬到主人的背上呼嚕嚕，對人的肚子撒嬌、按摩。另外，兩兄弟都愛吃、愛睡、愛撒嬌、愛講話，幾乎沒有脾氣，吃東西也不挑嘴，叫名字時會回話，經過時更會打招呼。可愛的VODKA有時甚至還會邊吃飯邊回頭講話，但可惜沒人聽得懂。

雖然兩兄弟對於洗澡會躲，但仍堅強面對乖乖洗完；剪指甲也是有些會排斥，可VODKA會認命、乖乖地直到剪完，必魯會稍微掙扎，需要抓著牠。而在大小便部分，兄弟倆都很乖，習慣礦物砂，但VODKA有點潔癖，廁所一定要天天清理不然會憋著。

必魯和VODKA對人十分信任，相當親近人，見到人就會蹭蹭，非常適合未養過貓的新手，也很適合一般的家庭，若您願意愛牠們、照顧牠們一輩子，歡迎來信powful0618@gmail.com (陳小姐)，主旨註明「我想認養必魯＆VODKA」。

VODKA

必魯

認養資格：

1. 認養者須年滿20歲，有獨立經濟能力，並獲得家人、同住室友或房東的同意。
2. 須同意簽認養寵物切結書。
3. 同意送養人日後之追蹤探訪，對待必魯及VODKA不離不棄。
4. 認養不需支付任何費用，只需要一顆願意愛動物的心，謝絕學生、情侶，禁止放養。
5. 希望能將必魯及VODKA一起認養。

來信請說明：

a. 個人基本資料：姓名、性別、年齡、家庭狀況、職業與經濟來源等。
b. 想認養必魯及VODKA的理由。
c. 過去養寵物的經驗，及簡介一下您的飼養環境。
d. 若未來有結婚、懷孕、出國或搬家等計劃，將如何安置必魯及VODKA？

文創風
475

佳人非淑女 上

國家圖書館出版品預行編目資料

佳人非淑女 / 昭素節著. --
初版. -- 臺北市 : 狗屋, 2016.12
冊 ; 公分. --（文創風）
ISBN 978-986-328-668-4（上冊 : 平裝）. --

857.7　　105019236

著作者　昭素節
編輯　林俐君
校對　沈毓萍　許雯婷
發行所　狗屋出版社有限公司
地址　台北市104中山區龍江路71巷15號1樓
電話　02-2776-5889～0
發行字號　局版台業字845號
法律顧問　蕭雄淋律師
總經銷　知遠文化事業有限公司
電話　02-2664-8800
初版　2016年12月
國際書碼　ISBN-13　978-986-328-668-4
原著書名　《外星女在古代》，由北京晉江原創網絡科技有限公司授權出版

定價250元
狗屋劃撥帳號：19001626
網址：love.doghouse.com.tw　E-mail：love@doghouse.com.tw